W0400764

VERLAG TORSTEN LOW

000248

Das Buch:

Sie sind aus Stein. Schmücken und zieren die Fassaden unserer Kirchen und Häuser.
Leiten das Regenwasser von ihnen ab. Vertreiben den Teufel und sein Gefolge.

Wasserspeier.

Doch sind sie wirklich nur in Stein geschlagene Figuren, starr und leblos?
23 Autoren beweisen in ihren unheilvollen, düsteren, traurig-romantischen und bösen Geschichten, dass Stein oftmals lebendiger ist, als es den Anschein hat...

Geisterhafte Grotesken

Fabienne Siegmund (Hrsg.)

Besuchen Sie uns im Internet
www.verlag-torsten-low.de

Umschlaggestaltung und Illustrationen:
Maik Schmidt, Manticor Illustrations

Lektorat: F. Siegmund, M. Low, F. Low,
K.Rademacher, M.Bunte

Satz: T. Low
Druck und Verarbeitung: Winterwork, Grimma
Printed in Germany

ISBN 978-3-940036-05-6

Inhalt

Vorwort

Wasserspeier.

Wenn man sich genau umschaut, sind sie eigentlich überall.

Sie verzieren Häuser, Kirchen und Kathedralen unserer Städte, beobachten stumm und starr die Geschehnisse.

Doch halt? Stumm und starr?

Sicher, sie sind aus Stein, doch seit jeher gelten sie als Wächter, Beschützer und manchmal auch als Kämpfer, Rächer und Verfluchte.

Als am 1. Januar 2010 – am Morgen, nachdem die Ausschreibung der Geisterhaften Grotesken zu Ende gegangen war, beinahe 150 Geschichten vor mir lagen, wusste ich, dass Wasserspeier, oder Gargoyles, um den englischen Begriff zu wählen, all das sein können – und noch mehr.

Was? Nun, lesen Sie selbst.

Mein Dank gilt Torsten Low – was wäre ein Buch ohne einen Verleger, Maik Schmidt, der so viele wunderbare Illustrationen angefertigt hat, Verena Hoyer, ohne die ich mich wohl im Dickicht der steinernen Schwingen verirrt hätte, Kerstin Rademacher, Michael Bunte und den anderen Korrekturlesern, die den ein oder anderen Satz entwirrt haben, allen Teilnehmern dieser Ausschreibung und natürlich Christoph Hardebusch, Christoph Marzi und Oliver Plaschka, die zwischen all ihren Deadlines und Terminen die Zeit gefunden haben, eine Geschichte beizusteuern.

Aber nun sollen sich die steinernen Schwingen öffnen und Sie in die Geschichten tragen...

Fabienne Siegmund
Im März 2010

Tagebuch eines Künstlers

Johannes Harstick

Sehr geehrter Kommissar Wiedmann,
anbei übersende ich Ihnen, wie gefordert, das Tagebuch des Patienten M. In diesem sehe ich meine These bestätigt, dass der Suizid M. ´ als Folge einer weit fortgeschrittenen endogenen Psychose geschah und nicht etwa, wie derzeit in den Medien angedeutet wird, durch die Umstände seiner Behandlung verursacht wurde. Ich bitte Sie auf Grundlage des Tagebuchs, sich selbst ein Bild von der geistigen Verfassung des Patienten zu machen. Für fachbezogene Rückfragen stehe ich selbstverständlich jederzeit zu Ihrer vollen Verfügung.
Ich kann Ihnen versichern, dass inzwischen alle nötigen Maßnahmen ergriffen wurden, um weitere solcher Vorfälle innerhalb meiner Klinik zu vermeiden.
Hochachtungsvoll Prof. Patrick Saint-Claire.

13. Mai
Nun, wie beginnt man, wenn das Gestein einem entgegen starrt? Die ratlosen Blicke des Betrachters zurückwirft, wie ein Spiegel, und der höhnend graue Fels den kreativen Geist vernebelt? Was habe ich nicht schon alles versucht, um dem Sandstein seine Seele zu entringen. Habe mein Ohr auf ihn gelegt, um ihn flüstern zu hören, habe ihn angebettelt, mit mir zu sprechen, mir sein Geheimnis zu offenbaren - doch nichts. Er blieb stumm und schweigt noch immer. Tot, kalt und tot. Ist es möglich, dass hier drinnen alles seine Seele verliert, dass die Wände, die mich umgeben, mich umklammern, nicht nur das Leben der Menschen aussaugen, sondern auch das der Dinge? Ich darf es nicht glauben! Schließlich will ich doch ein Kunstwerk erschaffen.

Viel musste ich opfern, um diese Gelegenheit zu bekommen. Auf Knien habe ich gefleht, habe alles, was meine Wahrheit ist, verleumdet. Sie blickten auf mich herab, wie auf ein Tier und lächelten ihr mitleidiges Akademikerlächeln. Sie gaben mir mehr Medikamente, in der Hoffnung, diese würden die Idee, die in mir reifte, verdorren lassen. Doch sie haben die Kraft meiner Gedanken unterschätzt, oh ja, sie haben mich unterschätzt. Nach einem halben Jahr gaben sie mir endlich, wonach ich verlangt hatte: Hammer und Meißel. Ich darf beides nur zwei Stunden am Tag in meiner Zelle aufbewahren. Man reicht es mir durch den Sehschlitz der Tür und während sich das Werkzeug in meinem Besitz befindet, werde ich ununterbrochen beobachtet. Zunächst verstand ich nicht, was diese Maßnahmen zu bedeuten haben, doch inzwischen ist es mir klar und diese Einsicht treibt ein verächtliches Lächeln auf mein Gesicht. Sie denken, ich wolle jemanden verletzen oder töten, vielleicht sogar mich selbst. Diese Narren, wie wenig sie von mir wissen, obwohl ich in endlosen Sitzungen alles über mich preisgab. Sie halten mich für wahnsinnig, nur weil ich Dinge ausspreche, die sie nicht einmal zu denken wagen. Aber ein Mörder? Ein Selbstmörder? Hach, wann werden sie endlich verstehen? Manchmal frage ich mich, wer die wahren Patienten dieser Anstalt sind.

Doch ich will nicht nur jammern. Ihre unvernünftigen Befürchtungen verschafften mir auch Vorteile. Der etwa zwei Meter hohe Block aus grauem Sandstein wurde unter größten Anstrengungen in meine Zelle gewuchtet. Ganze fünf Männer waren dafür erforderlich. Wahrscheinlich scheuen sie das

Risiko, mich mit Hammer und Meißel in der Werkstatt Seite an Seite mit anderen Patienten arbeiten zu lassen. Mir soll es recht sein. Der Anblick sabbernder, von Medikamenten ausgehöhlter Körperhüllen, die den Rest ihrer Tage mit dem Flechten sinnloser Körbe verbringen, wäre sicherlich nicht förderlich für meine Kreativität. Außerdem verschafft mir diese Gelegenheit wertvolle Zeit, denn nur hier in der Ruhe meiner Zelle kann ich das Gestein ungestört studieren, seine geheime Gestalt erkennen und auf das lauschen, was es mir zu sagen hat. Aber noch schweigt es, verdammt nochmal, noch schweigt es.

17. Mai
Meine Hand zittert vor Scham und Schmerz, während ich diese Zeilen schreibe. Ich habe mich versündigt, habe den edlen Geist aller Künste beleidigt. Verzweiflung und Ungeduld trieben mich zu dieser Tat, und ich übertreibe wohl nicht, wenn ich diese als die verabscheuungswürdigesten aller Schwächen bezeichne. Dieser Ort hat mich in ein Tier verwandelt, bar jeglicher höherer Vernunft, die für die Geburt eines Meisterwerks unbedingt erforderlich wäre. Doch ich werde versuchen, mich wiederzufinden, den Goldschatz meines tiefsten Inneren vom Schmutz dieser Anstalt zu befreien.

Das Unglück geschah gestern, soviel kann ich mit Sicherheit sagen. Alles andere verschwimmt in meinen Erinnerungen zu grotesken Schemen blinden Wahns. Ich hatte das Werkzeug auch an diesem Tag mit der Gewissheit entgegengenommen, dass es nicht zum Einsatz kommen würde. Der Fels in meiner Zelle schwieg wie eh und je. Die leblose Stille, die von ihm ausströmte, lag wie ein beunruhigender Nebel über allem. Ich meinte fast zu spüren, wie er mich beobachtete, ebenso wie der Wärter hinter mir, dessen Augen beharrlich durch den Sehschlitz starrten. Die Minuten verstrichen und jene Blicke auf mir versetzten mein Gemüt in eine heftige Unruhe. Ein Zerren an den Nerven, das mit jedem Moment unerträglicher zu werden schien. Wenn ich jetzt nicht mit meiner Arbeit beginnen würde, so versuchte ich mir einzureden, dann würde es wohl niemals geschehen. Die Stimmen in meinem Kopf wurden aufdringlicher. Es waren, wie ich jedoch zu spät erkannte, die falschen. Stimmen, die mir diese Gesellschaft im Laufe der Jahre ins Gehirn gebrannt hatte, tote Wahrheiten, lebendige Lügen.

»Klammer dich nicht an Illusionen!«, flüsterten sie. »Nicht du wartest auf den Felsen, sondern der Fels wartet auf dich!«, heuchelten sie. »Fang einfach an, alles andere ergibt sich von selbst!« Verdammt sei ich, doch ich hörte auf sie.

Im Rausch aufglimmender Panik griff ich zu Hammer und Meißel. Wie der Wahnsinnige, für den sie mich halten, stürmte ich auf den Sandsteinblock zu. Stolperte, taumelte. Mit beiden Armen umklammerte ich den Felsen, wie ein Kind die sterbende Mutter. In meinem Kopf schrien die Stimmen, ein ohrenbetäubender Chor blasphemischer Unvernunft. *Vater*, dachte ich, *Vater im Himmel, erlöse mich!* Dann geschah alles wie von selbst. Der Meißel presste sich gegen das jungfräuliche Gestein, der Hammer raste durch die Luft, rauschte und schlug klirrend auf. Ein Schrei? Der Meißel glitt ab, hinterließ keine Kerbe im grauen Felsen. Stattdessen durchbohrte er meine

Hand. Grau verwandelte sich in Rot, die Welt begann sich zu drehen und ich verlor mein Bewusstsein.

Als ich wieder erwachte, lag ich in meiner Zelle. Meine Hand war verbunden und darunter pochte der Schmerz. Doch viel größer als dieser war der Schmerz in meinem Herzen und der pocht noch immer, dumpf und schwarz. Eine Wut gegen mich selbst aber vor allem gegen die Stimmen und jene, die sie in meinen Kopf pressten.

Sie haben mir mein Werkzeug genommen, doch ich werde solange keine Nahrung zu mir nehmen, bis ich es wieder habe. Bis dahin werde ich mich an meiner Wut laben und an der kostbaren Lehre aus diesen Geschehnissen: Nicht der Fels wartet auf mich, sondern ich auf ihn. Und solange er nicht zu mir spricht, ist es Sünde, ihn zu zwingen!

21. Mai

Drei Tage haben sie durchgehalten, dann gaben sie mir mein Werkzeug zurück. Es ist erstaunlich, wie schnell sie ihre Prinzipien aufgeben, nur um zu verhindern, dass einer ihrer Patienten den Hungertod stirbt. Dabei hätte es Möglichkeiten gegeben, wahrlich elegante Möglichkeiten. Doch was verschwende ich meine Zeilen für diese Narren, es gibt Bedeutenderes zu berichten: Er hat gesprochen!

Meine Wut war es, die ihm ein Flüstern entlockte. Mein wachsender Hass brachte ihn zum Reden. Es glich einer Offenbarung, als ich letzte Nacht im Schein des Mondes den Felsen betrachtete und mein Blut, das noch immer an ihm klebte. Es rief wieder und wieder die Erinnerungen an meinen Frevel zurück, bis nackter Zorn meinen Körper zum Beben brachte. Als die Welt um mich herum schwarz zu werden begann, da ahnte ich, was es heißt, wenn man von unbändiger Wut spricht. Der Mond zog sich aus meiner Zelle zurück, als fürchtete er die Folgen meiner Raserei. In den Mauern erstarb das rastlose Trippeln der Ratten und draußen verstummte der Wind, wie kurz vor dem Sturm. Einzig der Sandstein blieb unverändert, bis ich es wahrnahm, das, wofür ich die ganze Zeit über blind gewesen war. Konturen, die bisher tief in ihm verborgen lagen, schienen nun an die Oberfläche zu quellen. Ein Pulsieren, das mehr Andeutung als wirkliche Form verriet. Und doch, ich begann zu weinen und ich weine auch jetzt noch vor Glück, denn ich weiß nun, was ich zu tun habe.

Die Sekunden verrinnen wie Stunden, während ich auf mein Werkzeug warte. Endlich verstehe ich es, die Kunst ist eine Tochter der Freiheit.

23. Mai

Wie sehr wünsche ich mir in diesem Augenblick die Gabe großer Dichter. Vergeblich bemühe ich mich, meine Gefühle in Worte zu kleiden. Glück, wunderbares, unfassbares Glück, anders kann ich nicht beschreiben, was ich fühle.

Meine Arbeit hat endlich begonnen und ich stürze mich mit freudiger Besessenheit in sie hinein. Der Fels ist zäh, das muss ich eingestehen. Er verlangt von mir alles, was ich an Kraft besitze. Noch ist nicht viel zu erkennen, auch wenn meine Hände schon jetzt von Blasen übersät sind und der Schlaf mich nach getaner Arbeit gierig in seine Arme nimmt. Zwei Stunden am Tag sind einfach zu wenig, doch all mein Bitten und Flehen, die Werkzeuge länger behalten zu können, wurde von den Wärtern ignoriert. Ich muss mich fügen, will ich nicht riskieren, dass man mir wieder alles nimmt. Ich fühle mich wie ein kleiner Junge, der das Papier von seinem Geschenk nur nach und nach entfernen darf, aber der spürt, dass sich etwas unschätzbar Wertvolles darin befindet. Glück, wunderbares, unfassbares Glück!

Ich habe allerdings etwas festgestellt. Der Fels scheint zu verstummen immer dann, wenn die Freude an meiner Arbeit am größten ist. Überkommen mich daraufhin Panik und Wut, erhebt auch das Gestein wieder seine Stimme. Mir ist, als wenn das, was im Felsen verborgen liegt, aus Hass geboren werden soll.

17. Juni

Lange habe ich nicht mehr geschrieben. Wie hätte ich es auch tun sollen? Die Arbeit an meiner Skulptur nimmt mich vollkommen ein. Betrachte ich meine zerschundenen Hände und mein blasses, eingefallenes Gesicht im Spiegel, dann überfällt mich manchmal ein Schauer und etwas in mir zweifelt daran, ob es richtig ist, dem Felsen meine gesamte Lebensenergie zu schenken. Nun, schenken? Ist das wirklich das richtige Wort? In manchen Augenblicken habe ich das Gefühl, als würde das Gestein meine Lebensenergie rauben, sie aus meinem Körper heraussaugen wie ein grauer Vampir. Ich weiß, dass dies Unsinn ist. Meine Seele schreit nach Freiheit. Sie ist es, die mich zwingt, so oft ich kann, an meinem Werk zu arbeiten.

Besonders beunruhigend ist es geworden, seitdem Saint-Claire einen ersten Blick auf meine Arbeit geworfen hat. Auch wenn er zu ihnen gehört, so muss ich ihm dennoch anrechnen, dass er ein ausgesprochener Liebhaber der Künste ist und nicht blind, wenn es darum geht, ein entstehendes Meisterwerk zu erkennen. Er zeigte sich von meiner Arbeit begeistert, lobte sie in höchsten Tönen und gestand mir das Privileg zu, die Werkzeuge vierundzwanzig Stunden am Tag in meiner Zelle behalten zu dürfen. Des Weiteren versprach er mir, sich um die Beschaffung weiterer Werkzeuge zu bemühen, die mir ein filigraneres Arbeiten ermöglichen sollen. Eigentlich müsste dies ein Grund zur Freude für mich sein, doch der zunehmende Verfall meines Körpers bereitet mir Sorgen.

Ich habe daher begonnen mich strengen Regeln zu unterwerfen, die es mir ermöglichen, meinen Leib zu schonen. Ich zwinge mich zu regelmäßigen Pausen, nutze jede Gelegenheit, meine Zelle zu verlassen, und beende meine Arbeit, sobald die Sonne untergegangen ist. Die Nacht ist tabu und muss es auch bleiben.

Es fällt mir nicht immer leicht, meinen eigenen Regeln zu gehorchen, denn die innere Befriedigung, die mir die Arbeit verschafft, wird von Tag zu Tag obsessiver. Es ist wohl die Herausforderung überragender Meister, zwischen kreativem Rausch und der Vernunft ein stabiles Gleichgewicht herzustellen. Ich bin zuversichtlich, dass mir dies auch in Zukunft gelingen wird. Denn wie zitiert der eitle Saint-Claire so gerne: »Anima sana in corpore sano!«

23. Juni

Es ist mir eine tiefe, ruhige Freude zu beobachten, wie das Werk unter meinen Händen voranschreitet. Das von mir aufgestellte Regelwerk bewährt sich hervorragend. Meine körperliche Verfassung erreichte in den letzten Tagen wieder ihre alte Blüte. Die Hände und Arme beginnen sich an die schwere Arbeit zu gewöhnen und so bleiben mir Kraft und Muße, an dieser Stelle etwas genauer auf meine Fortschritte einzugehen.

Der graue Sandstein ist inzwischen nicht mehr nur ein stummer Felsblock. Ich befinde mich quasi in ständigem Dialog mit ihm. Er hat eine Form preisgegeben, die etwas Menschenähnliches an sich hat. Dennoch erkenne ich bisher nur vage Konturen, deren genaue Deutung ich nicht verfrüht vornehmen möchte. Ich frage mich immer wieder, ob es die Norm der großen Kunst ist, sich dem Künstler bis zur ihrer Vollendung in ihrer Gesamtheit zu entziehen. Hatten nicht die großen Meister immer eine genaue Vorstellung von dem, was sie taten? Pläne, Zeichnungen, Skizzen?

Auch wenn es überheblich erscheinen mag, mich überkommt die Gewissheit, dass ich eine höhere Stufe der Inspiration erreicht habe. Eine Art Verwobenheit mit allem Sein, wie es die fernöstlichen Religionen andeuten. Ich bin kein Schöpfer, sondern vielmehr ein Entdecker, der die Schwingungen des Gesteins in konkrete Formen übersetzt. Ich habe eingesehen, dass das, was ich aus dem Felsen herausschlage, schon immer dort war. Eine Präsenz, die älter ist als die Menschheit, vielleicht sogar älter als das Gestein selbst. Dies mag vielleicht verrückt klingen, aber ist das nicht eine Eigenschaft aller neuen Wahrheiten?

6. Juli
Was mag Gott gefühlt haben, als er am siebten Tag auf sein Werk blickte? Ich kann es erahnen.

Sicher, es besitzt nicht die Größe und Pracht eines Universums, doch das, was dort vor mir in der Zelle steht, hat längst die Sphären gewöhnlicher Kunst überschritten. Es ist Schöpfung und nichts weniger!

Mein Werk entzieht sich der Beschreibung durch Worte und das, obwohl es noch nicht einmal vollendet ist. Viel bleibt noch zu tun, doch schon jetzt übersteigt seine Schönheit alles, was ich bisher gesehen habe. Müsste ich es dennoch umschreiben oder mit bereits existierenden Kunstwerken vergleichen, dann würde ich meine Skulptur am ehesten den Wasserspeiern der Gotik und Renaissance zuordnen. Gargoyles, wie man sie im angelsächsischen Sprachraum auch nennt. Doch herrje, diese Biester auf den Kathedralen Europas wirken wie deformierte Steinklötze im Gegensatz zu meiner Schöpfung.

Der Fels ist verschwunden. Ich blicke nun auf die steinernen Umrisse einer hockenden Gestalt. Ihr menschenähnlicher Körper scheint in höchster Anspannung, als bereite er sich auf einen gewaltigen Sprung vor. Schwingen, denen von Fledermäusen nicht unähnlich, schmiegen sich elegant an die Flanken des Wesens, sie bilden mit den vor der Brust verschränkten Armen eine Einheit. Ein schlangenartiger Schwanz schlingt sich um Beine und Füße der chimärenhaften Erscheinung. Ihr Kopf ist gebeugt, wie in traumlosem Schlaf. Allerdings sind die Konturen des Schädels noch nicht ausgearbeitet und verwehren somit jeglichen Vergleich. Auch sonst ist alles mehr Umriss als Detail, mehr Form als Struktur.

Ich benötige mehr Zeit, weshalb ich beschlossen habe, die von mir aufgestellten Regeln bezüglich meines Tagesablaufs wieder aufzuheben. Mein Körper sollte inzwischen abgehärtet sein und Regeln, pah, Regeln sind etwas für Knechte.

11. August
Etwas Unheimliches geht vor sich, etwas, das nicht mehr meiner Kontrolle unterliegt. Mein Arbeitsrausch hat sich in den letzten Wochen mehr und mehr in einen Wahn verwandelt. Mein Leben erscheint mir nunmehr wie eine einzige Trance. Von den frühen Morgenstunden bis zum späten Abend arbeite ich fortwährend an der Skulptur. Ich muss mich zwingen zu schlafen, zu essen und zu trinken. Mein Körper ist zugrunde gerichtet, eine ausgezerrte Hülle. Mir gelingt es kaum noch, einen klaren Gedanken zu fassen. Mein Geist ist erfüllt von grundlosem Zorn und dem Trieb, die Arbeit zu vollenden. Ich habe keinen Einfluss mehr auf das, was ich tue. Jemand oder etwas nutzt meinen Körper für seine Zwecke.

Das Anstaltspersonal scheint nicht beunruhigt zu sein. Ich mache keinen Ärger, das ist alles, was für sie zählt. Vielleicht sollte ich Ärger machen. Ich habe versucht, mir etwas anzutun, doch es hielt mich davon ab, dieses… Ich kann es nicht beschreiben.

Der Gargoyle, welcher er inzwischen zweifelsohne ist, wird nun immer deutlicher. Seine Haut ist überdeckt mit Schuppen, seine Gliedmaßen enden in klingenartigen Krallen, eine unaussprechliche drachenartige Fratze quellt aus seinem Schädel. Steinerne Augen starren mich unentwegt an.

Er ist fast fertig, doch ich wage nicht mich weiter dieser fremden Macht auszusetzen. Sie wird mich zerstören, wenn ich nicht zur Ruhe komme. Kann die Kunst eine Bestie sein? Habe ich ihre dunkle Seite enthüllt? Möge die Muse mich verschonen, möge ihr tödlicher Feenkuss an mir vorüberziehen!

Ich werde meine letzten Kräfte aufbringen und mich davon abhalten weiterzuarbeiten. Nur wenige Tage Ruhe und Erholung, mehr benötige ich nicht.

13. August
Es ist hoffnungslos. Ich kann nur noch darum beten, dass es so bald wie möglich überstanden ist.

Meine Bemühungen, die Arbeit für einige Tage ruhen zu lassen, schienen zunächst erfolgreich. Doch als ich gestern Morgen erwachte und auf die Statue, auf den Gargoyle blickte, da erkannte ich, dass er sich verändert hatte. Seine Gesichtszüge waren feiner, hier und da gab es einige Details, die am Vortag noch nicht dagewesen waren. Dies ließ nur einen Schluss zu: Ich hatte in der Nacht, ohne es zu bemerken, weitergearbeitet. Das Phänomen des Schlafwandelns ist mir nicht unbekannt, dass es jedoch solch intensive Ausmaße annehmen kann, beunruhigt mich zutiefst. Hinzu kommt die Tatsache, dass ich so leise gearbeitet haben muss, dass es keinem der in dieser Nacht diensthabenden Pfleger aufgefallen ist. Sie hätten mich ansonsten sofort ins Bett zurückgejagt.

Heute Morgen war es das Gleiche. Neue Strukturen im Gestein und frische Wunden an meinen Händen, die eindeutig bezeugen, dass ich derjenige bin, der des Nachts am Gargoyle arbeitet. Außerdem fand ich heute nach dem Aufstehen einen Zettel, eingeklemmt zwischen den Klauen der Statue. Darauf ist ein seltsamer Text gekritzelt, dessen Sinn mir vollkommen fremd ist, der jedoch der Handschrift nach eindeutig aus meiner Feder stammen muss. Mir ist es bisher nicht gelungen, alles, was dort steht, zu entziffern, da die Worte teilweise von Blut und Schweiß verwischt sind, doch Folgendes daraus kann ich hier wiedergeben:

In Ylphalath kommt der Alte…der große Schlaf aus dem Zyklus der Gestirne. Weit ist die Ebene Uranthir und mächtig ist das Auge der Grauen. Wie Lyon're schrieb…im Jahr, da Killiver fiel und der zweite Mond erlosch…denn Dunkelheit ist ihr Leben und Licht der Tod…der Adler mit den hundert Klauen… Jilrath… ein Bote… Jilrath, der rastlose Träumer im Schwingengewand, Jilrath…

Ich wage nicht, weiter über diese Sätze nachzudenken. Bald, so hoffe ich, ist es überstanden!

16. August
Warum ignorieren sie mich? Warum tun sie so, als sähen sie nicht, was vor sich geht? Sind sie eingeweiht in die Mysterien, die im Erwachen begriffen sind? Sind sie selbst Teil des Plans? Zwei Stunden habe ich gegen die Tür meiner Zelle geschlagen, habe geschrien und darum gefleht, sie mögen die Statue aus meiner Nähe entfernen, bis ich schließlich der Ohnmacht nahe auf dem Boden zusammensank. Sie haben nur gelächelt und gesagt, dass die Statue noch einige Tage bei mir bleiben müsse, bis sich ein geeigneter Standort für sie gefunden hätte. Sie gaben mir Medikamente, immer

wieder, immer mehr, begreifen sie denn nicht? Mir bleiben keine Tage, vielleicht nur noch Stunden. Der Gargoyle ist vollendet. Seine abstoßende Fratze grinst mir entgegen. Was habe ich nur erschaffen? Seit heute Morgen sehe ich die Risse. Sie zeugen von der Wahrheit meiner Befürchtung, die sich wie eine Drohung des Schicksals in mein Gehirn brennt. Verflucht ist die Menschheit, da sie den Abgrund der jenseitigen Welten vergessen hat. Nicht umsonst bannten die Alten jene steinernen Dämonen auf ihre heiligsten Orte. Sie kannten noch die Bedrohung aus den schwarzen Klüften abseits aller Vernunft. *Denn Dunkelheit ist ihr Leben und Licht der Tod.* Sie wussten um die Präsenzen in den Zwischenräumen. Doch heute höre ich die Narren von den Podesten ihrer Hörsäle spotten: »Architektonische Elemente! Abschreckung! Spiegel für Dämonen!« Blinde Nichtsnutze, allesamt. Nicht Spiegel sind es, die auf den Mauern der Kathedralen hocken, sondern gefangene Albträume, deren Macht alles Menschliche übersteigt und wehe, wenn sie entfesselt wird und - wehe mir, da ich sie entfesselt habe. Die Risse im Sandstein werden größer. Meine Schöpfung befreit sich langsam aus ihrer Hülle. *Und mächtig ist das Auge der Grauen*, auch wenn es im Moment noch nur Gestein ist. Ich erkenne dahinter schon jetzt lodernde Blicke. Sie gieren nach Freiheit, sie fordern mein Leben als Opfer, *Jilrath, der rastlose Träumer im Schwingengewand, Jilrath.*

Man hat mir mein Werkzeug genommen, als Saint-Claire bemerkte, dass ich die Statue zerstören wollte. Verflucht sei seine Liebe zur Kunst! Alles haben sie allerdings nicht gefunden. Ein Meißel befindet sich noch unter meinem Bett. Er wird nicht ausreichen, um den Gargoyle zu zerstören, doch für andere Dinge, falls es soweit kommt, wird er genügen.

Ich blicke aus dem Fenster und kaltes Grauen umklammert mich. Draußen beginnt es zu dämmern und die Nacht rückt näher. Vielleicht wird es meine Letzte sein. Denn *Dunkelheit ist ihr Leben und Licht der Tod, Jilrath.*

Es ist Nacht, schreckliche, unbarmherzige Nacht. Wie ein Kleinkind habe ich mich unter meiner Decke verkrochen, schreibe im kläglichen Licht meiner Nachttischlampe, flüchte mich in die letzte Sicherheit meiner eigenen Worte. Warum? Weil mein Schicksal als Mahnung dienen soll. Ab heute wird etwas umgehen in dieser Welt, etwas, das seit Jahrhunderten vergessen war. Gott vergebe mir meine Tat.

Was würde ich darum geben, wenn es nur die Ausgeburt eines Wahnsinns wäre. Wie sehr wünsche ich, man hätte mich zurecht hier eingesperrt! Doch nein, mein Verstand ist klarer als je zuvor. Dies ist die Wirklichkeit.

Still, still, ich höre etwas. Der Sandstein bröckelt. Jilrath. Es ist vorbei, alles Beten war vergebens, alle Hoffnung ist verloren. Der Fels bricht, er erwacht. Ein Flüstern aus den Schatten, ach könnte ich doch schreien. Jilrath. Schon spüre ich seinen heißen Atem, näher, immer näher, das widerliche Rauschen lederner Schwingen in der Dunkelheit. Der Meißel, der Meißel…

Sehr geehrter Professor Saint-Claire,
ich kann Ihnen nur zustimmen, wenn Sie die geistige Gesundheit M.` anzweifeln. Allerdings spricht vieles dafür, dass einige fahrlässige Vorgehensweisen innerhalb Ihrer Klinik den Tod M.´ begünstigt haben. Zwar lässt sich ein direktes Fremdverschulden nahezu ausschließen, dennoch sollten Sie mit weiteren rechtlichen Maßnahmen rechnen. Die Autopsie hat ergeben, dass sich M. mit dem von ihm versteckten Meißel selbst an Hals und Oberkörper tödlich verletzt hat, auch wenn die Wunden einige Besonderheiten aufwiesen, die das Personal der Autopsie zu albernen Bemerkungen veranlassten, auf die ich hier nicht näher eingehen möchte. Zuvor muss M. ebenfalls mithilfe des Meißels sowohl die Statue zerstört, als auch das Gitter von seinem Zellenfenster entfernt und dieses eingeschlagen haben. Warum er dies tat, bleibt ungeklärt. Ebenso interessant ist die Frage, warum das diensthabende Personal von all dem nichts mitbekam.
Es gibt keine Anhaltspunkte für einen Mord, keine Motive, keine Verdächtigen ohne Alibi. Aus diesem Grund wird der Fall voraussichtlich meinem Aufgabenbereich entzogen, doch ich kann Ihnen versprechen, dass Sie und Ihre Klinik damit nicht aus meiner Aufmerksamkeit verschwinden. Vielleicht sehen wir uns schon bald wieder!

Es grüßt Sie,
Jürgen Wiedmann

P.S.: Ich habe mir meinen Brief gerade noch einmal durchgelesen und bin zu dem Schluss gekommen, dass es unnötig ist, Ihnen zu verschweigen, was eine der Assistentinnen der Autopsie über die Wunden M.´ sagte. Ich meine, ihre genauen Worte waren: »Fast wie von Krallen.«

Stein

Tabea Petersen

»Ich hab keine Angst.« Es klingt beinahe trotzig. Doch als die anderen sich zu mir umdrehen, habe ich schon wieder den Kopf gesenkt. Ich weiß, dass Christophers hübsche geschwungene Lippen sich gleich zu einem höhnischen Lächeln verziehen werden, dass der Blick aus seinen blauen Augen hart ist und kalt. Dass Nicole die Augen verdreht, die sorgfältig gezupften Augenbrauen hochzieht und eine genervte Miene aufsetzt. Das habe ich schon so oft gesehen, ich muss nicht mehr hinschauen.

Daniels Augen sind braun. Braun mit winzigen grünen Pünktchen darin. Schön. Nicht hart und kalt. Früher war Daniel oft ganz nett zu mir. Ich glaube, wir waren beinahe so etwas wie Freunde. Jetzt aber schaut er meistens erst einmal zu Christopher hin, bevor er irgendetwas sagt oder tut. Christopher gibt den Ton an.

»Hört euch die Vogelscheuche an! Wohl von Kraft geträumt, oder was?«

Die Vogelscheuche, das bin ich. Früher war ich traurig, wenn sie mich gehänselt haben. Jetzt macht es mir, glaube ich, nichts mehr aus. Ich weine auch nicht mehr heimlich. Sie haben ja Recht. Ich weiß, dass ich hässlich bin.

Meine Haare sind fast ganz weiß und meine Haut so hell, dass man wie dünne, bläuliche Linien die Blutgefässe sehen kann, die darunter durchschimmern. Auch meine Augen sind beinahe farblos. Sie vertragen das grelle Sonnenlicht nicht, deshalb trage ich eine Brille mit getönten Gläsern. Klein bin ich, viel zu klein für mein Alter. Viel zu dünn, viel zu schwach.

Es macht ihnen Spaß mich zu demütigen. Je schwächer ich bin, desto stärker fühlen sie sich. Das

Alien nennen sie mich. Oder Laborratte, oder Mutant. Oder eben Vogelscheuche.

»Du hast also keine Angst, nein?«

Ich hätte nicht sprechen dürfen.

Manchmal bin ich neugierig. Möchte sehen, was sie machen. Gehe ihnen nach. Wenn ich ihnen zuschaue, kann ich mir beinahe vorstellen wie es wäre dabei zu sein. Meistens achten sie gar nicht auf mich. Ich habe gelernt fast unsichtbar zu sein, wenn ich will. Aber jetzt haben sie mich gehört.

Ich hätte nicht sprechen dürfen.

»Stimmt, da oben wärst du eigentlich auch in bester Gesellschaft.«

Ich kann das Grinsen auf Christophers Gesicht hören, auch wenn ich es nicht sehe. Wahrscheinlich deutet er, während er spricht, mit einer lässigen Kopfbewegung nach oben in Richtung Kirchendach. Die Wasserspeierfiguren an der Dachtraufe. Groteske Gesichter, gemeißelt in Stein. Dämonenfratzen, sagt man. Ihretwegen sind wir hier.

In der Klasse haben sie sich Gruselgeschichten über diese Figuren erzählt: Dass sie nachts lebendig werden und einander Dinge zuflüstern. Dass sie Menschen mit ihrem starren Blick verfluchen können. Dass es Unglück bringt, wenn man ihnen zu nahe kommt. Dass sie der Grund sind, weshalb sich die Bauarbeiten an der Kirche wieder und wieder verzögern: Plötzliche Krankheiten unter den Arbeitern, mysteriöse Unfälle am Bau und dergleichen mehr.

Selbstverständlich glaubt keiner im Ernst an solche Sachen. Unheimlich finden sie die Kirche aber trotzdem, vor allem bei Nacht.

Ich fürchte mich nicht. Ich habe ein Buch mit Fotos aus der Kirche, auch die Wasserspeierfiguren sind darauf abgebildet. Für mich sehen sie nicht abstoßend aus. Nur sehr alt und irgendwie … weise. Ich stelle mir gern vor, dass die Figuren lebendig sind, denn ich weiß, dass sie nichts Böses im Sinn haben. Sie sind viel herumgekommen in der Welt, haben viel gesehen. Und irgendwann haben sie herausgefunden, dass es besser ist, aus Stein zu sein.

Christopher fürchtet sich auch nicht. Sagt er. Er will auf dem Baugerüst bis ganz nach oben aufs Dach klettern und als Beweis Fotos mit seinem Handy machen, die er morgen in der Klasse zeigen wird. Natürlich ist er nicht allein losgegangen. Christopher macht nie irgendetwas allein. Meistens hat er eine ganze Clique um sich versammelt, jetzt ist es nur Nicole. Und Daniel.

Ich habe sie gesehen, an der Straßenecke. Sie hatten Taschenlampen dabei und sahen sich immer wieder nach allen Seiten um. Da bin ich ihnen nachgegangen. Bin im Schatten der Häuserzeilen entlang geschlichen und durch die Absperrung auf die Baustelle geschlüpft. Sie haben mich nicht bemerkt. Bis jetzt.

»Siehst ja auch genauso aus wie die.«

Nicole quittiert Christophers Bemerkung mit einem schrillen Kichern. Sie kichert fast immer, wenn Christopher etwas sagt. Steht betont lässig da und kaut auf ihrem Kaugummi, so als wäre sie nur ganz zufällig dabei, doch ihre Blicke folgen jeder von Christophers Bewegungen. Daniel lacht auch. Ganz kurz nur.

»Hey, ich hab ne Idee: Warum schicken wir nicht die Vogelscheuche hoch aufs Gerüst? Hast ja selbst gesagt, dass du keine Angst hast, stimmt's Vogelscheuche?«

Nicole kichert noch mehr, Daniel schnaubt ein bisschen. Es klingt unsicher.

Ich halte den Kopf gesenkt, schweige. Irgendwann werden sie des Spottes überdrüssig werden und mich nicht mehr beachten. So ist es immer.

»Ist ja deine Familie. Hörst du, sie rufen dich schon.«

Vielleicht haben sie mich ja tatsächlich gerufen, die Gesichter aus Stein. Jedenfalls spüre ich plötzlich das glatte, kalte Metall einer Gerüstleiter in meiner Hand, meine Füße setzen sich wie von selbst in Bewegung. Der weiße Lichtstrahl von Christophers Taschenlampe huscht in geisterhaftem Zickzack über das Gewirr aus Leitern und Gerüstplanken, bis er mich gefunden hat. Als ich über die Schulter nach unten schaue, sehe ich im kalten Lichtkegel Christophers lachendes Gesicht. Es scheint unnatürlich, verzerrter als die Köpfe der Wasserspeier auf dem Dach. Für einen winzigen Moment trifft mein Blick Daniel, seine Augen sind geweitet wie vor Angst.

Dann verschwimmt sein Gesicht vor meinen Augen, ich merke wie ich schwanke. Ich darf nicht nach unten schauen. Schließe die Augen, klettere weiter.

»Ey, die macht das wirklich!« In Daniels Stimme schwingt Panik mit.

»Sieht ganz so aus.« Christopher dagegen klingt überlegen wie immer. Amüsiert.

»Das schafft die nie. Du weißt doch, wie unsportlich sie ist.«

»Was ist los Daniel? Hast du etwa Angst um deine Freundin?«

»Quatsch! Ich will bloß keinen Ärger kriegen, wenn ihr was passiert, das ist alles. Los, sag ihr, sie soll runterkommen!«

»Na gut, wenn's dich beruhigt... Ey, Vogelscheuche! Hier ist einer, der nicht will, dass du dir deine spackigen Knochen brichst!«

»Lass gut sein, hörst du! Du kannst runterkommen!«

Ja, ich höre sie. Ihre Stimmen erreichen mich wie von weit weg, aber sie kümmern mich nicht mehr. Habe sie längst hinter mir zurückgelassen. Bald schon höre ich nichts mehr außer dem Rauschen des Windes, dem Knarren des Gerüstes und meinem eigenen, keuchenden Atem. Muss mich jetzt ganz auf das Klettern konzentrieren. Eigentlich darf ich mich gar nicht so anstrengen. Beim Sportunterricht in der Schule sitze ich meistens nur auf der Bank und schaue zu. Jetzt aber klopft mein Herz so wild, als wolle es die Brust sprengen. Das Blut rauscht in meinen Ohren, die frostige Luft sticht in der Lunge. Ich spüre, wie mir der Schweiß zwischen den Schulterblättern hinabrinnt, gleichzeitig aber friere ich. Eigentlich bin ich auch viel zu dünn angezogen. Wenn Mutti zu Hause gewesen wäre als ich ging, hätte sie verlangt, dass ich meine Winterjacke anziehe und den Schal umbinde. Ich kann die Winterjacke nicht leiden. Sie ist so riesig und dick, dass ich fast darin zu ertrinken glaube, und die groben

Wollfasern des Schals bohren sich wie kleine Stacheln in meine Haut. Darum habe ich nur meine Jeansjacke angezogen.

»Scheisse, ich glaub da kommt jemand!«

Das ist das Letzte, was ich von ihnen höre. Zu hören glaube. Wie in Zeitlupe sehe ich sie davonlaufen, von hier oben gleichen sie krabbelnden Ameisen.

Es kommt niemand. Das Geräusch, das sie erschreckt hat, stammt von der Leiter. Von der Leiter, die fiel, genau in dem Moment, in dem meine Fußspitzen die Dachkante erreichten. Ich schwanke ein wenig, dann aber spüre ich unter den Fingerspitzen kühlen, glatten Stein. Es gelingt mir ohne größere Mühe, mit meinen Händen Halt zu finden. Ich lasse mich in die Hocke gleiten, lehne meinen Kopf gegen ein steinernes Ohr.

»Hallo«, flüstere ich.

Mir ist, als hörte ich ein leises Brummen, als spürte ich unter meinen Fingern ein kurzes, sachtes Vibrieren. Es ist ein freundliches Geräusch. Ein Willkommensgruß.

Ich weiß nicht, wie lange ich jetzt schon hier oben sitze und in die Dunkelheit hinausschaue. Zuerst konnte ich noch einen hellen Streifen am Horizont erkennen, doch nun sehe ich nur die Sterne. Irgendwo weit, weit unter mir liegt die Stadt mit ihren Lichtern, Fenstern, hinter denen Menschen sitzen, aber sie scheinen unendlich fern.

Am Anfang habe ich gefroren. Habe mich ab und zu vorsichtig bewegt, um die Kälte zu vertreiben. Habe mir überlegt, wie ich wieder nach unten komme. Habe

Angst bekommen, als ich merkte, dass ich mein Handy nicht dabei habe. Wartete darauf, dass die anderen zurückkommen oder Hilfe holen würden. Dachte darüber nach, ob ich es wohl die ganze Nacht hier oben aushalten könnte, bis morgen früh die Arbeiter wieder auf die Baustelle kämen. Erschrak noch ein wenig mehr, als mir einfiel, dass morgen Samstag ist und keine Arbeiter kommen werden. Dachte an meine Eltern, die sich sicher schon Sorgen um mich machten.

Ich konnte beinahe sehen, wie Mutti unruhig in der Küche auf und ab lief, seufzte und ein ums andere Mal sagte: »Wo bleibt sie denn nur? Sie müsste längst zu Hause sein.«

Vati erwiderte etwas wie: »Nun reg dich doch nicht gleich so auf. Sie kommt eben in die Pubertät, in dem Alter ist so etwas ganz normal.« Bestimmt haben sie sich dann ein bisschen gestritten. Sie streiten sich oft, und meistens geht es dabei irgendwie um mich. Vielleicht werden sie bald anfangen, nach mir zu suchen. Doch hier oben finden sie mich bestimmt nicht. Niemand wird kommen.

Aber das spielt jetzt keine Rolle mehr. Ich habe aufgehört nachzudenken. Spüre keine Angst mehr, auch die Kälte nicht. Spüre fast gar nichts mehr. Nur den glatten Stein an meiner Wange, der sich nun nicht mehr kalt anfühlt, sondern irgendwie vertraut. Tröstlich. Der Bügel der Brille drückt an meinem Ohr. Stört mich. Die Hand zu heben, die Brille abzusetzen, dauert eine kleine Ewigkeit. Meine Finger sind so steif von der Kälte, dass die Brille zwischen ihnen hindurch rutscht, in der Dunkelheit verschwindet mit einem leisen Klirren, das schwächer wird und schließlich ganz verstummt. Ich brauche sie nicht mehr.

Höre nur noch das sachte Flüstern der steinernen Figuren um mich herum. Bald werde ich eine von ihnen sein: Ein schmales, kantiges Gesicht mit großen, farblosen Augen. Ich werde aus Stein sein.

Bald.

Ein langer Weg

Wiebke Beyer

»Danke!« Zärtlich strich sie über den Stein. Er fühlte sich vertraut an. Und diese Vertrautheit nahm ihr die letzten Zweifel und die Angst. Entschlossen wischte sie sich die Tränen von den Wangen und sprang.

Niemand weiß genau, wie lange der alte Turm im Park schon steht. Vor langer Zeit erhob er sich stolz neben einer Kirche, heute ist er fast in Vergessenheit geraten.

Nur die Jugendlichen, die Traurigen und die Hoffnungslosen suchen ihn noch auf. Und viel zu viele der ihren haben sich bereits von seiner Zinne gestürzt. Man hat mehrfach überlegt, ob er abgerissen werden sollte. Und man hätte es auch getan, wäre nicht ER dort oben. Er, der dunkle Greif, die Bestie, der Gargoyle. Er ist von außergewöhnlicher Gestalt, eine Komposition aus Mensch, Vogel und Tier, gebannt in dunklen Stein. Die Oberfläche ist glatt, von unzähligen Händen geschliffen und poliert, so dass ihn selbst im kalten Licht der Nacht ein rätselhafter Schimmer umgibt.

Er ist keine schön anzublickende Gestalt, und doch ... - mit fingergleichen Klauen klammert er sich an die oberste Kante seines Domizils, das Maul zu einem Schrei aufgerissen, den nur die Verzweifelten vernehmen. Lange schon hat er seine Funktion als Wasserspeier verloren und bei Regen rinnt das Wasser tränengleich um seine Klauen und an den alten Steinwänden hinab.

Die Menschen sind zu jung, um es zu bemerken, doch er ist mit der Zeit heller geworden. Verschluckte seine Schwärze zu Beginn seiner Wacht das Licht, so gibt sein Leib es mittlerweile zurück. Nur seine Augen sind dunkel geblieben, dunkel und gegenwärtig.

Ein Kuss war es, der ihn aus seinem Schlaf voller Ungewissheit und Zorn erweckte. Einer Ungewissheit, die die Dunkelheit mit sich brachte. Einem Zorn, der einem sehnsuchtsvollen Streben entsprang. Ungestüm erglomm das Leben wieder in seinen dunklen Augen und er stemmte sich gegen die Fesseln, die ihn banden. Doch der Fluch war stärker. Gefangen in schwärzestem Stein blieben ihm nur seine Augen zum Sehen und seine Ohren zum Hören.

Ihr Name war Eleonora, ihr Haar war rot wie die untergehende Sonne und ihre Augen so grün wie das frische Grün nach langem Schnee. Sie hatte, um sich abzustützen, ihre kleine, schmale Hand auf seinen Nacken gelegt. Nur leicht, doch für ihn wog sie wie ein ganzes Gebirge, denn er spürte durch diese Berührung all ihren Schmerz. Man hatte sie angeklagt, eine Hexe zu sein. Verlassen von Gott und der Kirche, verbrachte sie ihre letzten Stunden auf dem Turm bei der Bestie, um zu Beginn des neuen Morgens verbrannt zu werden. Der Kuss galt der Welt, wie sie sie vor kurzem noch gekannt und geliebt hatte, bevor sie denunziert wurde. Und er galt dem Mann, mit dem sie viele Jahre geteilt hatte und der ihr nun den Rücken gekehrt hatte.

Der gerade Erwachte fühlte ihren Schmerz, doch er konnte mit ihm nichts anfangen. Zu tief war er in seine eigene Vergangenheit versunken, in Erinnerungen an eine Schlacht und an Ströme von Blut.

Als der Morgen graute, holten sie sie und er hörte von Ferne das Knacken von brennendem Holz und ihre Schreie, bevor er wieder in dunklen Träumen versank.

Die Zeit fließt und in ihr dämmert er dahin. Immer wieder wecken ihn Berührungen aus seiner Starre. Dies eine Mal ist es ein Vater, der kleine Hemden an seine Brust drückt. Der Turm ist von Rauch umzogen, dunkler Qualm, der nach Entsetzen und Qualen riecht.

Das weckt seine Neugier. Der Mann neben ihm beachtet seine dunkle Gestalt nicht. Sein Gesicht ist rußverschmiert und er weint. Die Pestglocken hallen, viele sind gestorben. Er bricht zusammen, birgt sein Gesicht in den Händen. Seinen Kopf, zu schwer um allein von dem dünnen Körper getragen zu werden, lehnt er an ein schwarzes Bein des Gargoyles.

Wieder durchzucken ihn die Gefühle eines anderen. Er sieht eine Frau auf einem Lager, dunkle Beulen überziehen ihren mageren Körper. Neben ihr liegt ein Knabe, der auch große dunkle Beulen aufweist. Stille lastet in dem Raum.

Weitere Tote kreisen in den Gedanken des Mannes, doch der Gargoyleversinkt in seinen eigenen Erinnerungen. Wie lange ist es her, dass er an sie dachte, dass er sich ihrer erinnerte? Seine Brüder, denen er entgegentrat in jener schicksalhaften Dämmerung. Mit Worten waren sie nicht zu überzeugen, also griff er auf seine anderen Fähigkeiten zurück und niemand konnte ihm widerstehen in seiner Herrlichkeit und Macht.

Und die es doch taten, zerfetzte er im Rausch. Denn dies war seine gottgegebene Gabe, er war dazu geschaffen! Aber es ist so lange her, warum befasst er sich damit? Ist es der Schmerz des Menschen neben ihm, der ihn zu diesen Gedanken trägt? Er weiß es nicht und so lässt er sein Bewusstsein wieder ins Vergessen treiben.

Doch nicht zu lange, da wird sein Stein wieder mit Gefühlen überschwemmt. »Still!«, flüstert eine zarte Stimme. Er spürt ein, nein zwei kleine Herzen an seiner Brust schlagen. Und kleine Hände, die sich an ihm festklammern. »Ruhig, du darfst nicht weinen!« Wieder dieses Wispern. Vor ihm, zwischen seinen Pranken, knien zwei Menschenkinder, aneinander und an ihn gepresst. »Wenn sie hier oben nachschauen, darfst du keinen Mucks von dir geben, hörst du? Sonst finden sie uns, und dann…« Die Stimme des Mädchens verklingt und zurück bleibt ein leises Schluchzen. Durch ihre Hände spürt er, dass sie Angst hat, um ihren kleinen Bruder, um sich. Er sieht Schrecken und Tod. Dunkle Männer, die laut sind und Türen eintreten. Die ihnen folgen. Warum? Erregt öffnet er sich seiner Umwelt, lauscht in die Nacht. Und da hört er sie, schwere Schritte. Es sind viele, und sie kommen!

Das kleine Mädchen hält nun ihren kleinen Bruder fest in den Armen und lehnt mit dem Rücken an seinen Beinen. Sie wiegt ihn und summt vor sich hin. Es hat Angst, doch es scheint keine Angst vor Schmerzen oder Tod zu sein. Es ist die Angst vor Verlust!

Da fliegt die Bodenklappe auf. Der Gargoyle kann es nicht sehen, doch er spürt das Vibrieren des Bodens, als die Männer sich auf dem Dach des Turms verteilen. Sie suchen, doch sie finden nichts. Ratlose Stille. Die Kinder kauern zu seinen Füßen, ganz still.

Einer der Männer streift seinen Rücken, stützt sich ab. Und er spürt Gefühle, die auch ihn einst umtrieben. Zorn, Gleichgültigkeit und ... Treue? - Doch bevor er sich wieder in seinen Gedanken verlieren kann, erschallt eine Stimme vom Fuß seines Turms. »Da oben, zwischen den Klauen des Monsters!« Die Kinder sind entdeckt! Er will seine Schwingen ausbreiten, will seine Klauen in das Fleisch der Männer bohren! Doch er ist Stein, kann sich nicht bewegen. Und muss hilflos hinnehmen, dass die Kinder grob aus ihrem Versteck gerissen werden.

Noch lange klingen ihre kleinen, schwachen Stimmen in seinen Gedanken wieder.

Ein Wirbel aus Erinnerungen tanzt in seinem Kopf, macht das Einschlafen zu einer Unmöglichkeit. Er hatte jemandem die Treue geschworen, nur wem? Und er hat sie gebrochen, aus Zorn? Er hat gekämpft, gegen sein eigen Fleisch und Blut - gleichgültig! Warum?

Als die Sonne aufgeht und ihre ersten Strahlen seinen steingrauen Leib umschmeicheln, ist er noch tief in Gedanken versunken. Doch er schläft nicht mehr. Er ist wach!

Wieder ziehen Jahre dahin, doch sie verfliegen nicht mehr ungesehen. Er sieht, lauscht. Zu seinen Füßen kommen und gehen die Menschen. Neugeborene sieht er als Greise sterben. Doch alle kommen sie immer wieder zu der Kirche, auf deren Turm er wacht.

Eines Nachts klettert ein junger Mann durch die Bodenluke. Er verströmt Zufriedenheit und Vorfreude. Er tritt neben den Gargoyle und lehnt sich an dessen Flügel. Gedankenverloren lässt er ein kleines Stöckchen durch die Luft wirbeln und an der Seite der Steinbestie auf und abwandern. Er erwartet ein Mädchen. Vor den inneren Augen des Gargoylessteigt ihr Bild herauf. Sie ist von zarter Gestalt, mit langem sonnengelben Haar und lachenden blauen Augen. Interessiert mustert er noch ihr Bild, als er auch schon ihre leisen Schritte vernimmt. Die Luke im Boden öffnet sich erneut, der junge Mann verlässt seinen Standort an der Seite des Gargoylesund das Bild des Mädchens verschwindet aus seinen Gedanken. Dafür hört er jetzt leise flüsternde Stimmen, ein sanftes Lachen. Sie hat eine warme Stimme, die trunken ist vor Glück. Er kann es spüren, auch wenn sie ihn nicht berührt.

Dann verstummen ihre Stimmen und er hört eine Weile nur das Rascheln ihrer Kleider, das Streifen von Haut an Haut, Atem.

Noch vor Sonnenaufgang verlassen sie beide seinen Turm. Gedankenvoll blickt er in die Sonne. Seltsam, was die Menschen antreibt.

Nicht lange und er sieht die beiden wieder. Unten auf dem festen Boden. Sie trägt ein helles Kleid und einen Blütenkranz im Haar. Und ihr Strahlen erreicht ihn wieder. Es ist so hell und wärmend wie die Sonne.

Immer wieder sieht er die beiden, mal am Fuß des Turms, mal bei ihm hoch oben. Hört ihre Stimmen, spürt ihre Zuneigung.

Eines Tages kommt sie allein. Er spürt, dass sich etwas verändert hat. Sie tritt neben ihn, lehnt sich an seine Seite, so wie es einst der junge Mann tat und blickt in die Ferne. Der Gargoyle lauscht, sucht ihre Geheimnisse, ihre Gedanken. Doch in ihr herrscht Stille, das Lachen ist verschwunden. Genauso wie ihr Mann.

Der Gargoyle erinnert sich, einst hatte er Arme und Hände. Wie gerne würde er die Frau mit seinen Armen umfangen, sie halten und trösten. Doch seine Hände sind gefährliche Klauen, gefangen in Stein. Und er erinnert sich, das letzte Mal, als er seine Hände anblickte, waren sie rot von Blut. Wie kann er da den Gedanken wagen, dieser Menschenfrau Trost spenden zu wollen?

Es ist das letzte Mal, dass er sie spürt.

Die Jahre fliegen wieder. Er ist in sich versunken, sucht nach dem Gefühl, das sie in ihm ausgelöst hat. Und nach den Erinnerungen, die er damit verbindet, an aller Zeiten Anfang.

Er wurde als einer der Mächtigsten erschaffen, in seiner Vollendung und Herrlichkeit den Heerscharen voran zu stehen und seinem Herrn zu dienen.

Doch Pläne wurden durchkreuzt und sein Weg endete in Flammen und Blut und schließlich in schwarzem Stein.

Wieder ist ein Mädchen bei ihm. Sie kniet zu seinen Füßen und starrt in die Tiefe. Eine Hand hat sie an seinen Hals gelegt. Sie wartet auf ihn, auf den Mann ihrer Träume. Er hat versprochen, zu kommen. Noch ist Zeit, sie klammert sich wie eine Ertrinkende an diesen Gedanken. Die letzten Strahlen der Abendsonne lassen ihr Gesicht in einem warmen Glanz erglühen. Sie hat große braune Augen, in denen Hoffnung und Enttäuschung miteinander ringen. Er hat ihre Bitte endlich erhört und will sie ebenso sehen, vielleicht sogar berühren? Küssen? Der Gargoyle erforscht ihre Gedanken, lässt sich nach wohlüberlegtem Zögern ganz auf sie ein. Sieht, wie sie den jungen Mann umwirbt. Er ist von höherem Stand, doch hat er ihr beim Tanz ein Lächeln geschenkt, das ihr Herz berührte. Lange hat sie auf eine weitere Gelegenheit gewartet, ihn zu sehen. Und dann erfüllte sich ihr Traum. Sie sah ihn und er verabredete sich mit ihr hier, bei der steinernen Bestie. Doch warum haben seine Freunde so hämisch gegrinst? Sie schüttelt unwillig den Kopf, kein Zweifel soll über ihre Hoffnung triumphieren. Der Gargoyle spürt, wie sie alle Befürchtungen beiseite schiebt, sich ganz ihrer Zuversicht hingibt. Er wird kommen! Und so hofft schließlich auch er, ganz gefangen von den Empfindungen des Mädchens an seiner Seite.

Und er kommt, als die Sonne bereits wieder aufgeht. Umringt von einer Horde grölender Reiter, treibt er sein Pferd dicht an den Turm heran. In der Hand hält er eine Rose. Hämisch winkt er damit zu dem Mädchen hinauf, dann zerdrückt er die Blüte in einer Hand und wirft sie zu Boden.

Noch lange, nachdem das Hufgetrappel und die Schreie der Männer verklungen sind, kauert das Mädchen mit den braunen Augen neben dem Gargoyle. Sie hat keinen Ton von sich gegeben, auch nicht, als die ersten Tränen zu fließen begannen. Nun ist sie ruhig, sie berührt ein letztes Mal den Gargoyle, dann dreht sie sich um und verlässt den Turm so still, wie sie gekommen ist.

Doch er vergisst sie nicht. Zu tief war er in ihren Gefühlen versunken. Und er versucht zu begreifen, was ihre letzten Gedanken waren. Spürte er da so etwas wie Vergebung? Warum? Dieser Mann hatte sie gekränkt, innerlich zutiefst verletzt. Er hätte Feuer auf ihn regnen lassen, wäre er dazu noch in der Lage gewesen. Er versteht sie nicht, die Menschen. Und die Weite ihrer Herzen.

Schon seit vielen Jahren existiert die Kirche am Fuß des Turmes nicht mehr. Auch der Turm ist mittlerweile mehr Ruine als alles andere. Nur er wacht noch hier, still, einsam. Selten kommen Menschen zu ihm, höchstens um an ihm vorbei in den Abgrund zu treten. Dann erwacht das Schweigen um ihn kurzfristig durch blaue Lichter und Schreie zum Leben.

Doch seit kurzem hat er eine Besucherin. Es ist ein junges Mädchen, schwarzes Haar, graue, forschende Augen. Sie sitzt oft hier oben. Am Anfang hat er sie nur gehört. Nie hat sie ihn mit ihren Empfindungen gestreift. Still saß sie in seiner Nähe und er hörte das Kratzen eines Stiftes und das Rascheln von Papier.

Er genießt ihre Anwesenheit. Sie ist ruhig und unaufdringlich und doch ist sie da! »Du hast es wirklich gut hier oben! Weißt du das?«Ihre Stimme ist belegt und dunkel. »Niemand, der dich nervt und keiner, der was von dir will.« Sie klingt bitter, er will ihre Gedanken spüren. Doch sie wahrt Abstand.

»Niemand…« Er hört, wie sie sich bewegt. »Ich muss gehen. Zeit, sich den Löwen zu stellen!« Leise Schritte tappen zu der Treppe, dann ist sie fort.

Lange erforscht der Gargoyle seine Gedanken. Warum sollte er sich wieder für eines dieser kurzlebigen Lebewesen interessieren? Zu viele hat er gespürt, zu viele hat er vergehen sehen. Er ist müde, will nur noch in sich vergehen, keine Schmerzen mehr ertragen von denen, die herkommen. Und doch, eine Stimme flüstert ihm zu, dass es seine Aufgabe sei, hier weiter auszuharren, zu warten, zu lernen.

Und dann kommt sie wieder, sitzt in seiner Nähe, spricht zu sich. Und spricht zu ihm. Der Schmerz, den er zuerst nur in ihrer Stimme hörte, hüllt ihn bald ein. Auch wenn sie ihn nicht berührt, so kann er ihn doch wahrnehmen. Es ist nicht so, dass sie die ganze Zeit traurig ist, doch der Kummer begleitet sie überall hin. Und sie zeichnet. Blatt um Blatt füllt sie mit Skizzen, die sie dem Wind übergibt. »Ich würde so gerne hier weg!« Er hört, wie sie aufsteht. Zeit zu gehen, denkt er. Doch sie verlässt ihn nicht. Sie tritt zu ihm, kniet sich an seine Seite. Nun erblickt er ihren Skizzenblock. Darauf ist die Zinne eines Turms zu sehen, an der ein Wesen hängt, eine Komposition aus Mensch, Vogel und Tier. Weite federbesetzte Schwingen erstrecken sich in den Himmel, Klauen zermalmen den Stein zu seinen Füßen und der Mund ist zu einem stummen Schrei aufgerissen. Und neben ihm kniet eine Frau mit dunklem Haar.

Er sieht das Bild nur kurz, dann reißt sie es aus dem Block, zerknüllt es und wirft es in den Wind.

Doch der kurze Blick hat ihm genügt. Er erkennt in dem Monster sich selbst. Was ist nur aus ihm geworden? War er nicht von prächtiger Gestalt, mit weiten Schwingen und menschengleichen Zügen?

Sie geht und lässt ihn in Wut, Entsetzen und Schmerz zurück.

Am Anfang aller Zeiten tobte unter den Engeln eine große blutige Schlacht. Manche der ihren waren unzufrieden mit ihrer Existenz und so wandten sie sich gegen ihren Schöpfer und gegen ihre Brüder, die ihm noch dienten. Viele erloschen, bis Gott schließlich eingriff. Er verstieß so manchen seiner Engel und strafte sie ob ihres Stolzes und ihres Ungehorsams.

Und manch einen bannte er als Mahnmal in Stein. Er verfügte, dass erst, wenn sie ihren Frevel eingesehen und bereut hätten, sie von ihrem steinernen Fluch erlöst würden.

Sie kommt noch einmal. Doch es ist keine Distanz mehr zwischen ihnen nötig. Sie tritt neben ihn und legt sacht ihre Hand auf seinen Schädel. Nun kann er spüren, was sie fühlt. Ihren Verlust, ihren Schmerz – ihre Reue.

Und das Wissen, das Vergangenes unveränderlich und für die Ewigkeit ist.

Und er fühlt wie sie.

»Danke!«, flüsterte sie und sprang.

Er greift nach ihr, doch seine Hand schlägt nur in Stein. Er ruft die Mächte des Windes, die ihm untertan sind. Doch sie erwachen zu spät. Er sieht ihren zerschmetterten Leib am Fuße seines Turmes liegen. Tränen wie flüssiger Kristall laufen seine Wangen hinab. Ihm ist nicht einmal bewusst, dass sich sein Körper langsam aus seiner steinernen Hülle befreit. Er sieht nur die vielen Leben, die vor seinen Augen beendet worden waren, sieht die verschenkten, vergeudeten und erwiderten Gefühle. Sieht die gebeugte Gestalt der Frau mit dem sonnengleichen Lachen und sieht den zerschmetterten Leib des Mädchens mit dem rabenschwarzen Haar.

Wie soll er nun leben mit all den Erinnerungen. »Vater, du bist grausam!«

Noch ist sein Fleisch nicht gänzlich aus seiner steinernen Erstarrung erwacht. Knirschend löst er seine Klaue aus der Mauer. Dann noch eine...

Als man sie fand, bemerkte man auch sofort die in Tausende Brocken zersprengte Gestalt des Gargoyles um sie herum. »Vielleicht ist sie auf ihm rumgeklettert und mit ihm zusammen abgestürzt.«, mutmaßte einer der Männer. »Na ja, dann kann der Turm wenigstens abgerissen werden. Erinnert sich ja eh keiner mehr an das alte Ding!«

Das Märchen von der Liebe, der Blindheit und den steinernen Herzen

Christoph Marzi

Manchmal macht Liebe so blind, dass man die Liebe selbst nicht mehr zu sehen vermag. So trug es sich zu, dass ein armer Handwerksmann sein Herz an ein wunderschönes Mädchen verlor. In dem Dorf hinter dem Wald geschah dies, vor langer Zeit, als die Frauen, die nun alt und gebeugt frische Blumen an die Gräber ihrer Männer legen, noch Jungfrauen waren. So lange, dass alles, was sich damals zugetragen hat, wie ein Märchen erscheint.

Der Handwerksmann jedenfalls traf sich in einer Sommernacht mit dem Mädchen am Dorfbrunnen. Dort küsste er sie zum ersten Mal, unter einem Sternenzelt, das voller Wunder war. Sie gaben sich alle Versprechen, die junge Liebende einander geben, und sie spürten, wie das Glück sie bei der Hand nahm und bald zur Kirche führte.

Der Handwerksmann liebte seine Frau von ganzem Herzen und sie lebten in einer kleinen Kate am Dorfrand. Da die Liebe den Menschen eine Kraft gibt, der sie ohne jenes Gefühl niemals gewahr würden, begann sich auch das Schicksal des Handwerksmannes und seiner Frau zum Guten zu wenden. Die Geschäfte gingen gut und beide waren wohl gelitten überall im Dorf und der Umgebung. Was sie mit Fleiß und Zuversicht anpackten, gelang ihnen, und in den Jahren, die der Hochzeit folgten, wuchs ihr bescheidener Wohlstand wie auch das Glück. Die Frau schenkte zwei Söhnen das Leben, die zum Stolz ihrer Eltern heranwuchsen. Eines Tages dann gingen sie in die Welt hinaus, um ihr Glück zu finden, und die Frau und der Mann blieben in der Kate zurück.

Die Jahre vergingen. Der Handwerksmann und seine Frau blickten auf ihr Leben zurück, und die Liebe, die sie einst so blind gemacht hatte, ließ sie nun nicht mehr erkennen, was ihr Leben ausgemacht hatte.

Die Worte, die einmal süß und lieblich gewesen waren, wurden abgestanden und schal wie die Milch, die zu lange in den Töpfen ruht. Die Blicke, die sie einander zuwarfen, wurden beiläufig und ungeduldig. Die Stille zwischen ihnen wurde laut und die Gespräche leise und leer.

Die Zeit verging wie Honig, der aus Waben rinnt, und etwas, das nagend wie bitterer Winter war, begann sich in ihnen zu regen. Die Menschen im Dorf bemerkten die Veränderung und die Kinder mieden es, an der Kate am Dorfrand vorbei zu gehen. Die Frau keifte oft und der Handwerksmann wurde mürrisch. Nie entgingen der Frau die Blicke, die ihr Mann neuerdings den jungen Mädchen, die von den Feldern kamen, nachwarf. Und nie entgingen dem Mann die Vorwürfe, die sich zwischen den Worten seiner Frau verbargen. Die beiden wühlten rastlos in der Erde der Vergangenheit und fanden die alten Träume, die zu gießen sie vergessen hatten in all den Jahren und die folglich keine Wurzeln geschlagen hatten. Verkümmerte Pflanzen waren es und sie anzuschauen, machte die Winter nicht kürzer und die Sommer nicht kühler.

Wie Messer schnitten die Worte, die der Handwerksmann sagte, ins Gemüt der Frau. Und wie Nadeln bohrten sich ihre Antworten in die Stimmung, die ihn schweigen ließ. So ging es lange Zeit.

Eines Tages trafen sich die beiden am Dorfbrunnen und gerieten in heftigen Streit. Sie prügelten mit Worten aufeinander ein und die Menschen schauten aus den Fenstern und schüttelten die Köpfe.

Keiner von beiden erinnerte sich mehr daran, dass sie an diesem Ort einander den ersten Kuss gegeben hatten; und keiner der beiden wusste mehr, dass sie sich hier an diesem Brunnen das Versprechen gegeben hatten, miteinander zu leben. Sie hatten vergessen, wer sie einst in der Sommernacht gewesen waren. Und als sie einander Verwünschungen aussprachen und der Hass ihnen die Worte bitter machte; als sie sich mit den Händen am Brunnenrand abstützten und einander am liebsten in der dunklen Tiefe versenkt hätten; als sie all die Erinnerung an die Liebe, die sie einst so blind gemacht hatte, vergessen hatten; da kam der Moment, in dem ihnen die Herzen endgültig zu Stein wurden.

Sie sahen, wie die Kälte, die sie in sich trugen, aus ihnen hervorbrach und sie in grauen Stein verwandelte. Die Hände wurden ihnen zu Klauen und die Körper beugten sich unter der Last der Lieblosigkeit, die ihnen zum Herzschlag geworden war. Ihre Gesichter wurden zu wütenden Fratzen, wilden Tieren gleich, die nur Hunger und Gier, niemals aber Liebe in sich tragen.

So endete es. Noch heute kann man sie dort sehen, die beiden Wasserspeier, die am Brunnen stehen. Auf ihren Köpfen wächst Moos und Efeu rankt sich an ihnen empor. Kaum jemand schöpft mehr Wasser aus dem Brunnen in der Mitte des Dorfes hinter dem Wald. Die Alten aber, die sich erinnern, erzählen den Kindern noch immer das Märchen vom Handwerksmann und seiner Frau – und wenn die

Jahre vergehen und die Kinder zu Liebenden heranwachsen, dann werden ihnen die beiden Wasserspeier zur Warnung gereichen. Denn sie wissen, wie sehr sie sich davor hüten müssen, dass die Liebe sie niemals so blind macht, dass sie die Liebe selbst nicht mehr zu sehen vermögen.

In der Verdammnis

Torsten Scheib

Ich verfluche dich! Hörst du mich, Gehörnter? Auf dass dich Glut und Schwefelregen unter sich begraben! Für alle Zeiten! Weshalb musstest du mich verstoßen? Ausgerechnet *mich*? War ich dir nicht stets ein treuer Wegbegleiter und ergebener Diener gewesen? Hast du schon vergessen, *wer* an deiner Seite in die Unterwelt eingekehrt ist? Ohne Zweifel und Buße? Was ist nur mit dir geschehen, Morgenstern? Habe ich dir nicht stets alle Wünsche und Aufträge erfüllt, die du von mir verlangt hast? Hast du den Ausbruch der Pest vergessen? In diesem winzigen Dorf? Die Woge aus Blut, Eiter und Tod? Und was war mit der Flut, die ein ganzes Inselreich und deren Bewohner unter sich verschlang?

Ach ja. Ich vergaß. Ich bin ja im Laufe der Zeiten zu *menschlich* geworden; zu mitfühlend. Dass ich nicht lache! Wessen höhnisches Gelächter war denn erklungen, als unzählige Menschen in den klaffenden, endlosen Erdspalt gestürzt sind? Und was war mit der Inbrunst, welche die Legionen von Flammenspeeren begleitete, auf ihrem Weg hinab zum Heiligen Tempel? Zeugt dies etwa vom Handeln eines Diener Gottes? Tut es das? Antworte mir!

Aber natürlich wirst du mir nicht antworten. Du hast dein Urteil gefällt, dein Wort gesprochen. Hast mich aus deinem Reiche verbannt und aus mir eine Obszönität aus Stein gemacht; hier, am Walm des Kirchendaches. Inmitten der Menschen. Jener Wesenheiten, denen ich zuletzt immer ähnlicher geworden sein soll. Aber auch wenn du mich und meine Worte nicht hören kannst oder willst, Gehörnter – ich schmettere sie dir dennoch entgegen:

Ich hasse die Menschen! Wahrscheinlich sogar noch mehr als du selbst!

Und ausgerechnet unter ihnen, die nach dem Abbild des Vaters gemeißelt sind, muss ich mein Exil verbüßen; muss ich auf das Ende aller Tage warten. Wäre ich ein Mensch; besäße ich Dinge wie Reumut oder Trübsal – ich würde weinen. Würden salzige Tränen an meinen Wangen hinab rinnen wie scharlachfarbenesBlut auf kalter Haut. Stattdessen überzieht eisiges Regenwasser meine neue Form oder strömt durch mich hindurch, ehe es aus meinem stets geöffneten Maul gespieen wird und sich als Sturzbach auf das Katzenkopfpflaster ergießt.

Platsch.

Es ist kein Regen, der auf meiner Schulter landet. Auch wenn ich es eigentlich nicht als abstoßend und erniedrigend empfinden dürfte, so sind ebendies meine Regungen. Flammender Zorn durchdringt mich – bei jedem einzelnen Vogel, der seine Ausscheidungen auf meinen Schultern oder meinem Haupte ablädt. Es ist so unvorstellbar demütigend.

Platsch.

Ja, Morgenstern – erfreue dich an meinem Anblick! Weide dich an mir und meiner beschämenden Lage und – einen Augenblick!

Ist das dort unten nicht der Dienstbote des Stadtherrn? Natürlich ist er es. Seine gedrungene Gestalt würde ich jederzeit erkennen. Die Person neben ihm ist mir dagegen völlig unbekannt. Aber seine Haltung und die Art, wie er sich ständig nach allen Seiten umsieht – beides lässt keinerlei Zweifel an seinen Machenschaften. Und was ist das bloß für ein

Beutel, den der Dienstbote an ihn weiterreicht? Sieht wie eine Geldkatze aus. Schwer gefüllt, wie mir scheint. Zu dumm, dass ich die Worte nicht verstehen kann, die von den beiden flüsternd ausgesprochen werden. Ob der Stadtherr von den Machenschaften seines Dienstboten in Kenntnis gesetzt ist? Und wie würde wohl seine Reaktion aussehen, wenn man ihn damit konfrontieren würde? Hach, wäre ich doch bloß in der Lage, mich von hier fort zu schwingen; frei wie die Vögel, die mir ständig auf den Schädel scheißen! Wie gerne würde ich jetzt ans Fenster des Stadtherren fliegen und ihm einige sicherlich sehr aufschlussreiche Einzelheiten preisgeben!

Platsch.

Da stehen sie wieder. Wie jeden Sonntag. Hübsch in Reih und Glied wie Vieh auf dem Wege zur Schlachtbank. Reich und arm, groß und klein, jung und alt. Ihr Stimmengewirr dringt zu mir hinauf. Ihre Verzweiflung. Ihre Hoffnung auf Erlass und Reinwaschung ihrer Seelen. Nur damit sie gleich danach wieder von vorne mit ihren Missetaten beginnen können. Diese heuchlerische Bande! Nur die allerwenigsten dort unten sind hier, um ihrem Gott zu huldigen. Der Rest will sich nur ein reines Gewissen verschaffen, ehe das Lügen, Stehlen und Misshandeln fortgeführt wird. Dort unten, Gott – sieh' sie dir an! Sieh' sie dir ganz genau an! Das sind *deine* Werke; *deine* Ebenbilder. Doch danken sie dir ob ihres Daseins oder der Mannigfaltigkeit dieser Welt? Nein – von Tag zu Tag wenden sie sich immer zahlreicher von dir ab; werden flügge und spucken auf das Kreuz, an dem dein Sohn für sie gestorben war. In diesem ganz besonderen

Fall muss ich dem Morgenstern Recht geben: Sie werden dir immer ähnlicher. Aber haben wir dich vor unserem Fall nicht immer davor gewarnt? Haben wir nicht immer darauf hingewiesen, dass der Tag unweigerlich kommen würde? Und schließlich ist er ja auch gekommen; wurden die Früchte vom Baum der Erkenntnis geerntet – und mit ihnen das wahre Wissen über dich und deine Diener. Natürlich würdest du niemals zugeben, dass deine Schöpfung – und zwar nicht zum allerersten Male, wohlgemerkt – gescheitert ist und deine gezüchteten Sklaven sich ihren auferlegten Ketten entwunden haben; bewahre! Schon damals hast du – ausgerechnet du – dich in ein Geflecht aus Lügen und wirren Halbwahrheiten gestürzt, ohne dabei die Schärfe der Dornen und Ranken zu bedenken, die sich tief in dein unsterbliches Fleisch gebohrt und nicht mehr losgelassen haben. Und Luzifer? Er war der Einzige von uns, der deine Täuschungen durchschaut hat – und durfte dafür hinabfahrenin die tiefste Grube. Wie einen verachteten Zweig hast du ihn beiseite geworfen. Und mich und so viele andere auch, die Zweifel hegten. Doch waren es weder Luzifer noch einer seiner treuen Mitstreiter gewesen, welche sich schlängelnd durch das hüfthohe Gras im Garten Eden um Adams und Evas Füße gewunden und ihnen die Verführung zugeflüstert haben. Diese Mär ist einzig und alleine deinem Geiste entsprungen; ein wahrhaft meisterlicher Vorwand, um sämtliche Fährten zu verwischen und deinen einstmals treuesten Cherubzum Sündenbock zu machen.

Müsste ich den Morgenstern deswegen nicht weniger verabscheuen? Gewiss nicht. Sicherlich brodelt in mir noch ein unvorstellbares Maß an Abscheu und

Erbostheitob meiner Verbannung an diesen Ort, doch entstammt mein eigentlicher Groll einer gänzlich anderen Quelle.

Womöglich hätte ich es niemals ansprechen sollen; ja nicht mal darüber sinnieren. Aber *diese* Erkenntnis war wie die rot-glühende Spitze einer Lanze, die sich tief ins Fleisch gebohrt und dieses mit Fäulnis angesteckt hat. Hätte ich sie weiter mit mir getragen, ich wäre daran elendig verreckt.

Denn Luzifer war immer mehr zu einem Abbild jenes Gottes geworden, der uns damals aus seinem himmlischen Reiche verstoßen hat.

Ahh – Markttag! Wie sehr ich mich doch nach diesem Tage gesehnt habe! Wenigstens *etwas* Abwechslung an diesem zumeist furchtbar öden Ort! Dieses farbenfrohe Gewusel, das mich immerhin kurzweilig von meinem Dasein ablenkt. Die mannigfaltigen Gestalten, die dort unten hinter ihren Ständen die Waren anpreisen oder sich geduckt ihren Weg durch die Menge bahnen; hie und da ein paar Kartoffeln stibitzend oder eine prall gefüllte Geldkatze, direkt vor den weit aufgerissenen Augen der Stadtwachen, die dennoch blind sind für alles, was sich direkt vor ihnen abspielt.

Umgeben von seinen liebsten Lakaien und Speichelleckern taucht nun auch der werte Stadtherr auf. Ist schon ein Weilchen her, seitdem ich ihn zu sehen bekommen habe. Er ist fetter geworden. Und die Falten in seinen Augenwinkeln noch tiefer. Sein einstmals klarer, entschlossener Blick wirkt trüb. Als würde man auf einen aufgewirbelten See hinabblicken. Einfache Bauern und Geschäftsleute scharwenzeln um ihn herum wie hungrige Streuner auf der verzweifelten

Suche nach einem Stückchen madenzerfressenem Brot. Sie küssen die edelsteinverzierten Ringe, die auf seinen speckigen, wurmgleichen Fingerchenstecken; erflehen seine Hilfe und schwören im gleichen Atemzug ewig währende Treue. Ihr Narren! Merkt ihr denn nicht, wie eure Worte an ihm abperlen wie Regentropfen? Eure Schicksale sind ihm gleichgültig. Seht euch nur seine Augen an. Sie sagen mehr als Tausend ausgesprochene Worte. Für ihn seid ihr so eminent wie gefallenes Laub, das achtlos beiseitegeschoben wird. Zu schade, dass ich nicht mehr in die Köpfe der Menschen hinein lauschen kann. Zu gerne hätte ich gewusst, welche Melodeyen im Schädel des Stadtherrn gespielt werden. Handeln sie von den Truppen des Feindes, der sich vor den Toren der Stadt postiert hat und deren Lagerfeuer ich Nacht für Nacht von meiner Warte aus beobachten kann? Oder erzählen sie von seinem ganz persönlichen bevorstehenden Niedergang?

Wenn ich mir die verstohlenen Blicke seines Dienstboten betrachte, der sich abseits der Menge postiert hat, dann fange ich an, Letzteres zu glauben. Diese schleimige Kröte führt etwas im Schilde, daran besteht kein Zweifel. Seht ihn euch nur an! Dieses widerwärtige, verkommene Subjekt! Nutzt seinen Status aus, um sich ungeniert satt zu fressen und volllaufen zu können und wer nicht pariert, der wird von den Wachen abgeschleppt. Andere müssen zahlen; er lässt sie ausbluten wie frisch erlegte Wildschweine. Jetzt hat er den Stand des alten Mannes und seiner jungen Tochter ins Visier genommen. Auf ihrem Karren thronen wunderschöne Äpfel; saftig und rot wie das Pausbäckchen eines Kindes. Schwere Steingutkrüge sind gefüllt mit verführerischem, frisch gepresstem

Most. Ohne zu fragen oder den Alten auch nur anzusehen, greift sich der Bote einen Krug und führt ihn an seine Lippen. Gurgelnd lässt er den Most über sie fließen; der Saft rinnt ihm über das Kinn und die Wangen. Gleichgültig wirft er den halbleeren Krug beiseite, der auf dem Pflaster donnernd zerschellt und dessen Inhalt sich, einem lebenden Wesen gleich, durch die Fugen der Steine seinen Weg entlang bahnt.

Jetzt deutet er auf den alten Mann. Dann auf seine Tochter, deren von langem, rabenschwarzen Haar umflossenes Gesicht mindestens ebenso delikat und verführerisch ist wie die Äpfel auf dem Karren. Furcht legt sich einem schwarzen Tuche gleich auf die Züge des Alten, nachdem der Dienstbote seine letzten Worte ausgestoßen hat. Die Augen des jungen Mädchens weiten sich. Der Zeigefinger des Dienstboten weist abwechselnd auf den Alten und seine Tochter. Speicheltropfen kommen aus seinem Mund geschossen, als er seine Tirade fortsetzt. Mann und Tochter sind näher gerückt; suchen Schutz bei dem jeweils anderen. Sie zittern. Doch liegt es nicht an der Kälte. Als der Dienstbote seine Hand auf den Griff seines Schwertes legt, beben sie förmlich.

Verdammt – wenn ich mich doch nur von meiner Warte lösen und mich hinunter stürzen könnte, um diesen Bastard eine Lektion –

»Diebe! Ergreift sie!«, hallt die spitze Stimme des Boten zu mir hoch. Gemeinsam mit mehreren Wachen bahnt er sich seinen Weg durch die Menschenmasse, doch die beiden Kinder – ein kleiner Junge und ein noch kleineres Mädchen – sind schneller und wendiger als er. Das Mädchen hält mit ihren zittrigen Fingern mehrere Äpfel umschlungen; der Bruder etwas, das wie eine Geldkatze aussieht. Flink und geschickt weichen sie den Händen aus, die sie ergreifen möchten; elegant umgehen sie etwaige Hindernisse. Doch dann – ein kurzer Moment der Unaufmerksamkeit. Das Mädchen streift die Seite eines Karrens und gerät ins Stolpern. Die Äpfel entgleiten ihren Fingerchen; einer nach dem anderen. Sie kullern zwischen den Füßen und Schuhwerken der Passanten entlang, ehe sie von den Schatten aufgenommen werden. Als sie über ihre Schulter blickt, auf der Suche nach dem Jungen, entgeht ihr der massive Fleischberg, der sich vor ihr aufgetürmt hat. Mit voller Wucht schlägt sie gegen den Wachmann – und der Junge stürzt gegen sie. Breit grinsend packt sich der Wachmann die beiden an den Aufschlägen ihrer verdreckten Kleidung und zerrt sie davon; direkt hin in jene Richtung, aus der sich der Dienstbote des Stadtherrn und seine Speichellecker nähern. Doch so leicht gibt der Kleine nicht auf. Mit Schwung befördert er die Spitze seines löchrigen Schuhwerks gegen den Knöchel des Wachmanns, der winselnd zusammenfährt und die beiden Diebe ungewollt zurück in die Freiheit entlässt. Junge und Mädchen zögern keinen Wimpernschlag. So schnell es ihre kleinen Füße erlauben, rennen sie davon. Dabei entgleitet die Geldkatze der Hand des Jungen. Klimpernd verteilen sich hell schimmernde Goldmünzen zwischen den Bürgern und Marktleuten, den Armen und Reichen. Doch niemand schert sich um sie. Jeder scheint zu wissen, wem die Münzen gehören – und was passieren kann, wenn man sich des Eigentums der rechten Hand des Stadtherrn bemächtigt.

Zornig, einem verzogenem Bengel nicht unähnlich, stapft der Dienstbote mit einem Fuße auf. Rings um ihn sind die Wachen damit beschäftigt, seine Goldmünzen aufzupicken wie Tauben das trockene Brot. Von den beiden Kindern fehlt jegliche Spur. Und auch der Alte und sein hübsches Töchterlein haben das Weite gesucht.

Das ganz alltägliche Treiben nimmt wieder überhand – und damit auch die Langeweile.

Könnt ihr mich hören? Nein? Seid ihr vielleicht auch Verdammte, die man in solch erniedrigende Körper versetzt hat?

Ich weiß nicht, wie oft ich schon mit den anderen Wasserspeiern konversiert – und keine Antwort – erhalten habe. Scheinbar bin ich hier oben *doch* der einzige Verstoßene. Ach, wenn ich doch bloß jemanden hätte, mit dem ich reden könnte … dieses einsame Dasein lässt mich ganz irrsinnig werden! Selbst ein Mitstreiter der himmlischen Scharen wäre mir sogar genehm. Eigentlich wäre alles besser als meine ewigen Monologe oder die Annäherungsversuche an die Tauben, die entweder nur sinnloses Gurren oder ihre Mageninhalte für mich übrig haben. Immerhin – es ist eine sehr schöne Nacht. Wolkenlos. Mit Tausenden und Abertausenden von funkelnden Sternen. Selbst die Lagerfeuer vor den Stadttoren brennen heute nicht. Eine dünne Schneedecke liegt über allem und lässt den Irrglauben zu, dass in den Häusern und Gassen keine Menschenseele beheimatet ist. Eine interessante Vorstellung – eine Welt ohne Menschen. Was der Gehörnte wohl davon halten würde … oder der himmlische Vater selbst? Welchen

Zweck hätte dieser Ort dann noch? Wozu dann noch all diese Scharmützel zwischen Himmel und Hölle? Welche Berechtigung gäbe es dann noch für das Harmageddonund welchen Sinn hätte unsere Existenz? Würden wir unsere Waffen niederlegen, uns die Hände reichen und fröhlich Wein saufen und heilige Kantaten schmettern? Oder würde uns die plötzliche Trübsal in den gleichen Wahnsinn stürzen, den meine, nun schon so lange währende, Verbannung aus dem Schattenreich des Morgensterns bei mir ausgelöst hat? Die unzähligen Pfade, die von dieser so simpel erscheinenden Überlegung abweichen, bescheren mir Unwohlsein. Und, offen gestanden, der Gedanke einer verwaisten Welt ohne Menschen; ihre völlige Abwesenheit – auch. So sehr ich sie auch verabscheue – und, ja, das tue ich *immer noch* und voller *Inbrunst* – so unvorstellbar wäre all dies hier mit ihrem Fehlen. Gibt es nicht sogar unter den Menschen ein sehr passendes Sprichwort dazu? Gut möglich. Nur fällt es mir gerade nicht ein.

Aber was ist das? Geräusche. Klingt wie … Schritte. Gleichmäßig werfen die Häuserwände das hohle Knirschen von Füßen im Schnee, direkt zu mir hinauf. Als das Licht des Mondes auf die beiden fällt, erkenne ich sie wieder. Es sind die beiden Kinder, die vor ein paar Tagen ein paar Äpfel auf dem Marktplatz gestohlen haben – und die Goldmünzen des Dienstboten. Jetzt schleppen sie sich durch die Kälte und den Schnee; bibbernd und zitternd und fast zu schwach, um sich noch auf den Beinen zu halten. Der Junge hat einen Arm um die Hüfte der Kleinen geschlungen; er zieht ihren Körper mit sich wie einen schweren Sack voller Getreide. Für mich besteht kein Zweifel – die beiden *müssen* Bruder und Schwester sein. Und sie sind verzweifelt. Ihre starren, längst taub gewordenen und zu Fäusten geballten Hände schlagen gegen jedes verschlossene Tor und versperrte Fenster. Nirgends flammt der warme Schimmer von Kerzenlicht auf; erscheint der Hausherr, sein Eheweib oder wenigstens die Magd und bietet den beiden ein Stückchen Brot oder eine Schale fad gewordener Brühe an. Ist es denn die Möglichkeit? Kann man so tief und fest in den Schlaf versunken sein?

Und dann überfällt mich die Erkenntnis. Schlagartig, unverhofft.

Sie *wollen* nicht hören. Sie *wollen* nichts mit den Kindern zu tun haben. Sie wenden sich von ihnen ab, als hätten sie die Pest oder ähnlich geartete Seuchen. Dabei sind es nur Kinder. Hungrig, frierend, verzweifelt. Dem Tode nahe.

Jetzt stolpern sie an der Kirche entlang. Mit letzter Kraft zieht der Junge am eisernenTürring des zweiflügeligen Portals. Es ist verschlossen. Wimmernd sinkt er auf seine Knie, dabei um Einlass, um Gnade bettelnd, während seine Fäuste unablässig gegen das Holz hämmern; immer und immer wieder. Längst sind seine Knöchel aufgescheuert und über die Hände fließt warmes Blut. Der Junge bemerkt es nicht einmal. Schließlich kauert er sich neben seiner Schwester auf den Boden. Nimmt sie in den Arm. Singt ihr leise ein Schlaflied vor. Jeder Ton ist wie ein Messer, das in mein Inneres getrieben wird.

Kurz darauf ist es wieder still.

Am frühen Morgen kommt der Priester taumelnd aus einer Seitengasse hervor. In seiner Rechten hält er noch immer einen Humpen, den er regelmäßig an seine Lippen führt. Als er das Kirchenportal erreicht und die beiden, mit einer Schnee- und Eisschicht vollständig bedeckten Gestalten ausmacht, fällt kein Wort des Entsetzens oder der Trauer über seine vom Saufen betäubten Lippen. Stattdessen greift er schulterzuckend in sein wärmespendendes Gewand, holt ein Schlüsselbund hervor und verschwindet im Innern der Kirche.

Gegen Mittag erscheinen zwei Wachleute, einen Karren im Schlepptau. Gleichgültig picken sie die leblosen Körper auf und schmeißen sie mit derselben Verachtungswürdigkeit auf den Karrenaufsatz. Es hätten gleichwohl auch zwei Schafe sein können, die während der Nacht von einem Wolf erlegt und in Tausend Stücke gerissen worden sind. Ein sonderbares Gefühl überkommt mich. Es ist kein Schmerz und zugleich trotzdem eine unglaubliche Agonie. Fast erscheint es mir, als würde ich auseinander gehen wie gärende Hefe, ehe selbst mein steinerner Karzer dieser unbändigen Kraft nicht mehr gewachsen ist und ich mich mit neuer Kraft zum Firmament hinauf schwinge, um danach Tod und Verderben unter den Menschen zu säen. Was ist nur los mit mir?

Ist es … Mitleid? Ist es das, was mich so plagt und meinen Wahn in ungeahnte Höhen empor treibt? Hatte der Morgenstern letztlich doch Recht gehabt? Bin ich wirklich *zu menschlich* geworden?

Nein, verflucht – bin ich nicht. Es ist dieses Dasein, diese widerwärtige Hülle, in die er mich gesteckt hat und nicht zuletzt jene alles zermarternde Einsamkeit.

Weiter nichts! Ich bin *kein Mensch* und ich trage auch nicht den kleinsten Funken Menschlichkeit in mir! Hast du mich gehört, Luzifer! Nicht den kleinsten Funken!

Während ich die ganze Zeit mit mir selbst hadere, entgehen mir die neuesten Ereignisse. Der Feind hat die Stadttore gestürmt und überschwemmt nun die Straßen der Stadt mit blutigen Wogen. Von überall tönt das Klirren von Schwertern, rasselnden Ketten und menschlicher Verzweiflung. Jedes einzelne Wehklagen nagt an mir wie ein ausgehungerter Parasit. Am liebsten würde ich meine Augen schließen und meine Ohren obendrein und mich tief in den Schatten verstecken. Doch diese Gnade wird mir nicht gewährt. Stattdessen werde ich Zeuge, wie die halbe Stadt nieder gemetzelt oder in Ketten gelegt wird. Nun weiß ich auch, warum die Feuer vor den Stadtmauern ausgeblieben sind. Doch ist diese Erkenntnis alles andere als tröstlich für mich.

Es sind nicht wenige bekannte Gesichter, die in den folgenden Stunden meine Blicke kreuzen; Männer, Frauen, Kinder. Manche kenne ich vom Gottesdienst, andere von ihren Marktständen oder wegen bemerkenswerter Episoden, die sich direkt unter meinem Leib aus Stein abgespielt haben. Wahrscheinlich gibt es hier niemanden, der die Stadt und ihre Bewohner besser kennt. Doch was habe ich davon; welcher Nutzen wird mir dadurch zuteil? Ich bin zur Hilflosigkeit verdammt, kann mich nicht von dem Elend und Blutvergießen abwenden, das dort unten unablässig produziert wird. Unschuldige; ihre Körper zerschunden, ihre Gewänder zerrissen und blutgetränkt, die vom Feind quer über den Marktplatz gezerrt werden, bevor ihre Schädel auf dem Henkersblock landen und gleich darauf in einem blutverschmierten Weidenkorb. Erst kurz, bevor man ihm den Kopf von den Schultern trennt, wird mir bewusst, *wer* das jüngste Opfer des Henkers ist. Und eigentlich sollte mich Frohmut erfüllen; Euphorie, Zufriedenheit – doch selbst, nachdem man die kopflosen Überreste des Dienstboten, dieser hinterlistigen kleinen Made, zu den anderen Toten auf den Karren geworfen hat, bleiben derlei Empfindungen aus. Mir fällt sein Herr ein. Der Stadtherr. Ihn hat man noch nicht zum Henker gezerrt. Ob er die Flucht ergriffen hat oder längst tot ist?

Meine Überlegungen erstarren wie die Oberfläche eines Sees im tiefsten Winter, als eine junge Frau zum Henker geführt wird. Erfüllt von purer Verzweiflung, versucht sie, sich aus den Pranken der Männer zu befreien, doch ist ihr kein Erfolg beschieden. Ihr rabenschwarzes Haar weht unbändig in der kühlen Luft des Tages.

Nein. Nein, nein, nein, nein, NEIN!

Doch besteht nicht der geringste Zweifel. Sie ist es. Die wunderschöne Tochter des alten Apfelbauern!

Und es gibt nichts, was ich gegen ihren bevorstehenden Untergang machen kann.

Auch nicht ihr Vater, der sich entschlossen den Soldaten entgegen wirft, welche die verängstigten Bürger im Zaum halten. Sie schlagen ihn nieder, treten auf ihn ein, spucken ihn an, bis nur noch ein blutiges Bündel zurückbleibt.

Alles in mir sträubt sich, dieser Enthauptung beizuwohnen. Mit ganzer Kraft wehre ich mich dagegen, kämpfe ich gegen mein steinernes Verließ an; beschwöre ich mein altes Ich, zu alter Stärke zu finden und ein Ende mit dieser Farce zu machen …

... als das Beil des Henkers auf den entblößten Nacken des Mädchens hinab fällt und ihre Schreie unvermittelt enden, während die Schneide Muskeln und Knochen zertrennt.

Fast scheint es, als habe man *mich* enthauptet.

Mein unbändiger Hass, die unvorstellbare Abscheu – sie sind mit einem Mal wie fortgewischt; wie Morgentau vom Blatte einer Blume. Zurück bleibt eine sonderbare Leere, eine Inhaltslosigkeit, die fast noch mehr schmerzt als jeder Zorn.

Unter mir erklingen Stimmen. Die Sprache ist mir unbekannt, doch das Entsetzen darin ist nicht zu überhören. Die Soldaten zeigen zu mir hinauf. Manche weichen zurück, während andere auf die Knie fallen und sich bekreuzigen. JA! FÜRCHTET EUCH VOR MIR! HABT ANGST – SPÜRT MEINEN HASS AUF EUCH; EUCH ALLE! OH, WIE ICH EUCH VERABSCHEUE! ALLE MITEINANDER! AUS DER TIEFSTEN – was ist das?

»Macht Platz, Männer! Macht Platz!«Grobschlächtig stößt der Hauptmann seine Männer beiseite. Manche von ihnen zittern wie Espenlaub. Andere sind auf die Knie gefallen und beten. Nicht wenige haben sich eingenässt. Breitbeinig bleibt der Hauptmann vor der Kirche stehen und blickt hinauf. Als er die roten Tropfen bemerkt, die aus den Augenwinkeln des wohl abstoßendsten aller Wasserspeier rinnen, die er jemals zu Gesicht bekommen hat, zieht sich sein Herz vor Angst zusammen. Es fällt ihm nicht leicht, die Fassung zu bewahren. Seine massige Gestalt schwankt für einen Augenblick. Doch dann ist der Hauptmann wieder ganz der Alte. Seine tiefe Stimme donnert über den Marktplatz wie eine Naturkraft, als er sich seinen Männern zuwendet: »Und davor fürchtet ihr euch? Vor einer hässlichen Unke aus Stein? Was ist nur in euch gefahren? Habt ihr denn alle den Verstand verloren?«

»Aber, aber seht doch …«, meldet sich ein Jüngling zu Wort. Sein zitternder Arm deutet nach oben zum Walm hinauf. »Seine Augen … er weint Blut!«

»Das ist die Strafe des Himmels!«, plärrt ein anderer Soldat ganz in der Nähe.

»Und wenn es der Teufel höchstpersönlich wäre, der dort oben stünde!«, kontert der Hauptmann. »Nichts und niemand wird mir diesen Sieg streitig machen! Falls nötig, würde ich mich sogar mit den Erzengeln an der Himmelspforte anlegen!« Mit zusammengekniffenen Augen wandert sein Blick die Fassade empor wie eine flinke Spinne. Der Anblick der Groteske, die von dort oben Blut herabregnen lässt, ist in der Tat unheimlich. Und erst diese gequälte, von Leid zeugende Fratze! Sie erscheint so – menschlich …

»Schluss mit dem Unsinn«, murmelt er schließlich und stapft an seinen Leuten vorbei. Verwundert blicken seine Männer ihm nach, bis er nicht mehr zu sehen ist. Immer wieder lugen sie verstohlen nach oben, um sich ebenso rasch wieder abzuwenden.

Kurze Zeit später bebt die Erde. Lauthals bahnen sich fünf Soldaten samt der schweren Kanone ihren Weg, begleitet vom ungeduldigen Hauptmann, der die Männer unablässig anschreit, sich ja nicht von dem grausigen Anblick abzuwenden oder gar die Flucht zu ergreifen. Die Räder des Geschützes geben ein malmendes Knirschen von sich.

Die Kartusche, der Stopfen und das Geschoss selbst stecken bereits im Kanonenrohr. Die Lunte wartet darauf, angezündet zu werden. Eine Aufgabe, die der Hauptmann höchstpersönlich übernimmt. Ungeduldig nimmt er die teergetränkte Fackel entgegen, dessen Flamme umgehend auf die Lunte überspringt.

Der Knall ist weithin zu hören; sogar noch vor den Toren der Stadt.

Als sich der Rauch verzogen hat und der Schaden deutlich wird, den das Geschoss verursacht hat, liegt ein Funkeln in den Augen des Hauptmanns. Von dem einen Wasserspeier ist nichts mehr übrig geblieben.

»Seht ihr das, Männer? Seht ihr das?«, unterbricht er das Schweigen und weist auf das klaffende Loch an Fassade und Dach. »Das ist der Beweis – nicht einmal die himmlischen Mächte können sich uns in den Weg stellen!«

Der Jubel der Männer übertönt selbst den Donner der Kanone.

Zufrieden und erleichtert setzt sich der Trupp wieder in Bewegung. Niemand schenkt den Steinbrocken, die das Geschoss aus der Kirche gerissen hat, auch nur die geringste Beachtung. Oder dem Fragment einer steinernen Fratze; die Züge von unendlicher Trauer zeugend, aus deren Augenwinkel scharlachfarbene Tränen strömen…

Sonne Licht und Monden Schein

Chris Lind

Sieben Tage habe ich sie angeschaut, bis ich den Mut fand, sie anzusprechen. Genau genommen hat sie mich angesprochen, aber ich fand den Mut zu antworten. Wie ein Elfenwesen sieht sie aus, fragil und zart und ätherisch, nicht wie die anderen Studentinnen um sie herum, die mit den großen Brillen, hinter denen sie ihre Gesichter versteckten, oder die in Schwarz wie Vampire in Billigproduktionen der 70er Jahre des letzten Jahrhunderts. Selbst die wenigen Seminarschönheiten, die sich in die historische Bibliothek verirren, verblassen neben ihr. Jeder Junge, den es wie mich in die Büchersäle geführt hat, legt den Stift beiseite, klappt das Notebook zu oder lässt ein Buch polternd zu Boden fallen, wenn er sie das erste Mal sieht. Dunkelblaue Augen, die an Flüsse erinnern, die sich zu einem Strom vereinigen, der in das Meer mündet. Haare so blond, dass sie silbern schimmern. Gesichtszüge fein wie auf einem alten Gemälde. Sie passt nicht in unsere Zeit, aber vollkommen in das alte Gemäuer der historischen Bibliothek. Ich fühle mich in ein anderes Jahrhundert zurückversetzt, wenn ich sie dort sehe, vertieft in Folianten, die nach Leder und Staub riechen und sich knarzend öffnen. Eine Zeit der Kutschen, der elegant gekleideten Damen und galanten Herren.

Sieben Tage habe ich sie aus der Sicherheit meines Bücherwalls beobachtet und nie den Mut gefunden, sie anzusprechen. Nichts von dem, was man sonst nebenher, ohne nachzudenken, zu einer Frau sagt, wenn sie einen interessiert, scheint mir für sie passend. Man kann eine Fee nicht einfach zu einem Wein einladen. So sitze ich und schaue, genau wie alle um mich herum. Ihre Schönheit hält uns Normalsterbliche ab. Mit einem kleinen Seufzer versuche ich, mich auf den Text zu konzentrieren. Nur noch wenige Tage, bis ich die Seminararbeit abgeben muss.

»Kannst du mir das Buch leihen, wenn du es nicht mehr brauchst?« Eine Stimme, wie das Streicheln von Sonnenstrahlen auf der Haut.

Sie hat mich angesprochen.

Sie.

Mich.

Ich blicke hoch, mit geöffnetem Mund. Kein Wort fällt mir ein. Nichts. Nur ein eifriges Nicken.

»Danke.« Ein Lächeln und sie schwebt zurück zu ihrem Tisch.

Ich habe die Riesenchance nicht genutzt. Wenn ich ihr sofort nachlaufe, das Buch gebe, dann ... nein, das wäre zu auffällig. Wofür interessiert sie sich? Vielleicht finde ich hier einen Anhaltspunkt, ein Thema, etwas, um sie zu beeindrucken. Ich blättere durch die Seiten. Bilder von Ungeheuern aus Stein. Eins scheußlicher als das andere. Was will sie damit? So ein Feenwesen wie sie.

Endlich finde ich den Mut, mich ihr zu nähern. Nur nicht stolpern auf dem Weg zu ihrem Tisch, dem Weg, der mir unüberwindlich erscheint wie eine Schlucht. Höhenangst plagt mich. Höhenangst in einer Bibliothek. Ich setze mich wieder hin. Schlucke dreimal und suche die Kraft, mich ihr zu stellen. Mit fünf, sechs großen Schritten bin ich bei ihr, will ihr das Buch mit lässiger Geste auf den Tisch legen, es entgleitet mir, rutscht am Tisch vorbei und knallt auf den Fußboden. Alle schrecken hoch und zischen mich vorwurfsvoll an.

»Entschuldigung«, stottere ich und schleiche zurück zu meinen Büchern, baue eine Bastion um mich auf und verkrieche mich dahinter.

»Magst du einen Kaffee mit mir trinken?«, dringt ihre Stimme durch meinen Bücherwall. »Ich heiße übrigens Sophia.«

»Nein, zu viel zu tun.« Ich schüttele den Kopf. »Danke. Ich bin Matthias«, schiebe ich aus Höflichkeit nach. Ich sehe nicht auf, will sie nicht ansehen, nicht schwach werden. Nicht einmal im Märchen bekommt ein Junge wie ich ein Mädchen wie sie.

»Bitte. Ich würde mich freuen.«

Damit habe ich nicht gerechnet. Wie eine Marionette packe ich meine Sachen und folge ihr in die Cafeteria. So früh am Tag sitzen hier nur wenige Studenten. Zwei oder drei kenne ich flüchtig und freue mich über ihre erstaunten Blicke, als ich mich mit der Schönen an einen Tisch setze.

»Du bist nicht von hier, so wie ich«, sage ich, »weil, du hast Kaffee gesagt. Nicht Mokka oder Schwarzer.«

»Stimmt.« Sie lächelt. »Ich bin vor langer Zeit hierher gezogen, aber an manchen Worten erkennt man es immer noch.«

Ihre Freundlichkeit nimmt mir die Angst und bald sprechen wir wie alte Bekannte. Über das Studium, die Universität, was hinterher wird, das Erwachsenwerden-müssen, alle Zweifel und Fragen. Sie liest die gleichen Bücher wie ich, kennt die Bands, die ich mag. Wenn ich an eine Traumfrau glaubte, säße sie hier.

»Was interessiert dich an Geschichte?«, frage ich schließlich. In Seminaren zu Kunstgeschichte oder Literatur kann ich mir sie viel besser vorstellen.

Sie antwortet mit einer Gegenfrage. »Was dich?«

Ich zucke die Achseln. »In der Schule war ich gut darin. Damit kann man Professor werden, dachte ich.«

»Ich studiere nicht wegen des Abschlusses. Ich suche etwas.«

Unser Abschied ist kurz, weil wir uns wieder sehen werden. Bei unserem dritten Treffen lädt sie mich zu sich ein. Ihre Augen leuchten. Ich habe etwas zu feiern, hat sie gesagt. Warte auf mich, heute Mittag.

Sie läuft mir entgegen, umarmt mich wie den langersehnten Geliebten.

»Komm.« Sie zieht mich mit sich, als ob sie es nicht erwarten kann, mit mir allein zu sein. Ich denke nicht weiter nach, schiebe alle Fragen und Zweifel beiseite, lebe nur für den Moment. Diese Augenblicke mit ihr. Unser Weg führte uns am Dom vorbei.

»Schau nur, die steinernen Monster.« Ich deutete mit einer Hand zu den Gargoyles, die die Kirchenfront zierten. »Ich schreibe meine Semesterarbeit über gotische Wasserspeier.«Vielleicht kann ich sie mit meinem geballten Wissen beeindrucken. Schließlich haben wir uns über ein Buch kennen gelernt.

»Wasserspeier schützen Sakral- und Profanbauten vor Wasserschäden, weil sie das Wasser vom Mauerwerk wegleiten. Man kennt sie unter verschiedenen Namen. In Italien heißen sie Grónda Sporgente, in den Niederlanden Waterspuwer. Bekannter ist das französische Gargouille oder der Gargoyle im Englischen«, doziere ich und sie schweigt.

»Es gibt die unterschiedlichsten Motive, häufig Tiere oder Fabelwesen, manchmal auch Menschen. Verbreitet sind Löwe, Hund, Wolf, Ziegenbock, Widder und Stier. Gerne auch Affe oder Schwein. Selten sind Pferde, Hirsche, Katzen und Hasen.« Ihr

Schweigen stachelt mich weiter an. Die Worte fließen wie Wasser. »Der Drache ist das beliebteste Fabelwesen. Erstaunlich ist die Vielfalt der Motive: Dämonen, Satan, Faune, Sphinxe, Hexen – alles findet sich an den Dächern. Und alle gruselig anzuschauen. Böse Wesen.«

»Nein«, antwortet sie und ich meine, Tränen in ihren Augen zu sehen. »Verdammte Seelen, die niemals glücklich werden können.«

Oh verflucht, habe ich mir eine Esoterikerin angelacht? Es wäre zu schön gewesen. Bevor ich antworten kann, lacht sie und hakt sie sich bei mir ein. Ihre Nähe, ihr Duft nach Frische und Meer nimmt mich gefangen und verdrängt alle Fragen.

»Lass uns hinaufklettern, damit du die siehst, über die du so viel weißt.« Höre ich Ironie in ihrer Stimme?

»Dein Wunsch ist mir Befehl.«

Niemand hält uns auf, als wir in den Turm hinaufsteigen. Sie kennt sich aus, ist sicher nicht zum ersten Mal hier. Endlich stehen wir vor ihnen, den steinernen Wächtern der Kirche.

»Was hältst du von ihnen?«

»Hässliche Biester. Zeichen von Aberglauben.« Ich zucke die Schultern. Das Thema habe ich mir nicht ausgesucht und werde nicht warm mit ihm. So wenig wie mit meinem Studium.

Sie schaut mich an. Dunkle Meeresaugen. Traurig. »Gargylen sind nicht hässlich, nur missverstanden. Schau, wie schön er ist.«

Sie zeigt auf eine Figur, verwittert, der Stein angenagt durch die Zeit und den Dreck unserer modernen Welt. So einen Gargoyle habe ich bisher noch nicht gesehen. Kein Gnom oder Drache oder

Dämon. Nein, ein Adler, nein, ein Löwe. Ein Wesen mit dem Körper eines Löwen und dem Kopf eines Adlers.

»Ein Greif«, hilft mir ihre Stimme auf die Sprünge.

Richtig. Ein Greif. Löwenadler. Der hier trägt sogar eine Krone auf dem Kopf. Obwohl er sie nicht benötigt. Dem Bildhauer ist es gelungen, das Wesen majestätisch aussehen zu lassen, edel und stark.

»Er ist etwas Besonderes, selbst unter den Gargylen, nicht?« Sie liebkost den Stein und ich wünsche mir, an seiner Stelle zu sein. »Er ist der Wächter der Sonne, der Begleiter Apolls. Stein am Tag, frei in der Nacht.«

Ich nicke, als ob ich wüsste, wovon sie spricht. So tief bin ich nicht in die Historie der Gargoyles eingedrungen, habe ich auch nicht vor.

»Warum nennst du sie Gargylen?«

Sie zuckt die Schultern. »Der Name gefällt uns besser.«

Langsam klettern wir hinunter und ich frage mich, ob ich lieber verschwinden sollte. Andererseits, was ist so schlimm daran, dass sie sich für Gargoyles, nein Gargylen, interessiert?

Ihre Wohnung entspricht meinen Erwartungen. Ein Feenwesen kann nur in einem alten Gründerzeithaus leben, mit hohen Decken und Blick auf den Fluss. Stuck und Parkett, eine perfekte Wohnung für die perfekte Frau. Nur wenige Möbelstücke zieren die Räume. Ein gemütlich aussehendes rotes Sofa, ein Schreibtisch, zusammengewürfelte Stühle und eine Küche, die aus unterschiedlichen Zeiten zu stammen scheint. Kein Fernseher, aber Buchregale an allen Wänden, daneben noch Bücher auf kleinen Tischen.

Bücher neben dem Sofa, bestimmt auch neben dem Bett. Das Zimmer bekomme ich nicht zu sehen.

»Wenige Dinge. Ich bin viel umgezogen.« Sie lächelt. »Nur von meinen Büchern kann ich mich nicht trennen.«

Die Bilder an den Wänden irritieren mich. Keine Kunstdrucke, nur riesige Fotos von Gargylen in allen Formen. Eber, Affen, Hunde, Pferde, Dämonen, ja selbst menschenähnliche Wesen fangen meinen Blick. Nur den Greif mit der Krone, den wir uns heute angesehen haben, kann ich nicht entdecken.

Ich schreibe eine Hausarbeit über die Bestien, und sie ist fasziniert von den Dingern. Fast schon besessen. In den Regalen meterweise Literatur zu Gargylen und Zauberei.

»Schreibst du deine Abschlussarbeit über die Wasserspeier?«

Hat sie sich an mich herangemacht, damit sie von meinen Arbeitsergebnissen profitieren kann? Ein geschicktes Manöver. Wäre auch zu schön gewesen, um wahr zu sein. Warum sollte so eine Frau sich für mich interessieren?

»Nein. Meine Interesse ist eher ... privater Natur.« Ihre Antwort legt nahe, dass ich das Thema wechseln sollte und ich nehme das erste Buch vom Stapel. Ein Roman über … Gargylen. »Wie gefiel er dir? Ich habe nur Lobhudeleien gelesen und werde da immer skeptisch.«

»Ich mochte es. Die Hauptfigur ...«

Der Nachmittag vergeht wie im Flug, kein peinliches Stocken in den Gesprächen. Nur ab und zu schaut sie auf die Uhr. Sie öffnet eine Flasche Rotwein, stellt Weißbrot und Käse dazu.

»Was machst du heute Abend?« Ihre Frage überrascht mich. Ich habe lange überlegt, ob ich den Vorstoß wagen kann. Darf ich sie um ein Date bitten, jetzt schon, oder sollte ich besser noch warten? Bevor ich antworten kann, zerstören ihre Worte alle Hoffnung.

»Ich muss verreisen. In einer Stunde geht mein Zug.« Eine Wolke zieht über ihr Gesicht. »Ich ... ich brauche deine Hilfe.«

Aha, habe ich es doch geahnt. Leichthin antworte ich: »Soll ich deine Katze füttern oder so etwas?«

»Wenn es nur das wäre.« Ihr Lachen klingt künstlich. »Du musst meinem Freund erklären, dass ich verreist bin.«

Zwei Worte zerbrechen meine Welt in Scherben. Ich hätte es wissen müssen. So eine Frau ist niemals frei.

»Ruf ihn doch an«, würge ich hervor. »Oder schreib ihm eine SMS.«

»Das geht nicht. Er ist erst nach Sonnenuntergang erreichbar und erwartet mich hier. Bitte.«

»Warum? Ich verstehe das alles nicht.«

»Ich bin verflucht.« Sie sieht mich nicht an, mustert die Maserung des hölzernen Tisches, streicht mit den Fingern über den Stiel des Rotweinglases. »So lange schon.»

»Das Gefühl kenne ich.« Mein Lachen klingt so verlegen wie ich mich fühle. Warum nur müssen immer die Schönen verrückt sein? Wie kann ich unauffällig aus der ganzen Sache herauskommen?

»Ich bin verflucht, nicht verrückt.« Endlich schaut sie auf, mir direkt in die Augen. »Du bist der Erste, dem ich davon erzähle.«

Sie steht auf, stellt sich ans Fenster, zeigt auf die Sonne, die hinter den Wolken zu erahnen ist. »Meine Freundfeindin, die mir Leben und Gestalt gibt, ihn aber bindet.« Sie wendet sich mir zu, zeigt auf ein Poster vom Mond. »Schau sie dir an, meine Feindfreundin. Wenn sie erscheint, ist er frei und ich gefangen.«

Meine Füße wollen mich schnell, ganz schnell aus der Wohnung bringen, weg von der schönen Frau mit den wirren Worten und Sinnen. Doch etwas in ihrer Stimme, eine Traurigkeit, die viel älter ist als sie, lässt mich bleiben und ihr zuhören, weiter zuhören.

»Unsere Geschichte ist nicht neu oder besonders originell. Ein junges Paar, nicht füreinander bestimmt. Ein böser Zauberer.« Sie hebt die Schultern und lächelt mich an. Ein Lächeln, für das ich ihr alles glauben würde. »Eine kurze Zeit des Glücks, eine bittere Strafe. Ein Fluch, der ewig währt. Mein Geliebter ist der Gargyle, der Greif, den du heute gesehen hast.«

Ich öffne den Mund, doch kein Wort entkommt meiner Kehle. Das alles muss ein Streich sein, ein Witz, den sich jemand auf meine Kosten macht.

»Kein Scherz.« Sie schüttelt die hellen Haare. »Armand wird im Tageslicht zum Greif und im Mondschein zum Menschen. Ich lebe im Sonnenlicht als Frau und erstarre im Dunkeln zu einer steinernen Sphinx. Nur wenige Momente der Dämmerung bleiben uns für unsere Liebe.«

Noch immer starre ich sie mit geöffnetem Mund an.

»Ich suche seit achthundert Jahren nach einem Gegenzauber, in allen Bibliotheken und Antiquariaten. Die ganze Welt habe ich bereist, ohne Erfolg. Bis ich dich traf.« Ihr Blick ein einziges Leuchten. »Das Buch, das du mir gegeben hast, enthielt den Schlüssel.«

Das kann ich nicht glauben. Dieses langweilige Werk mit den elendigen Fußnoten, das mich nach zehn Minuten zum Einschlafen brachte, kann einen jahrhundertealten Fluch brechen.

»Eine der Anmerkungen passte wie ein Puzzlestückchen zu meinen Recherchen. Es wies mir den Weg zum letzten Hinweis, der mir fehlt. Morgen werde ich die Lösung finden. Doch dafür muss ich verreisen. Sofort. Bitte warte auf Armand.« Angst tritt in ihre schönen Augen. »Sage ihm nichts von meinen Plänen. Keine falschen Hoffnungen. Ich will ihn nicht enttäuschen. Bleibst du?«

Was kostet es mich? Dann tue ich ihr und ihrem Komplizen den Gefallen und spiele das Spielchen bis zu seinem bitteren Ende mit. Morgen finde ich mich sicher in einem Video bei youtube, aber dafür hatte ich ein paar Stunden die Illusion einer möglichen Liebe zur schönsten Frau der Welt.

»Bitte.« Sophia braucht nicht zu flehen. Für ihr Lächeln würde ich noch mehr auf mich nehmen. »Bitte. Du bist meine einzige Rettung.«

»Was muss ich tun?«

Sophia gibt mir Anweisungen, als sie die Koffer packt. Die Tür fällt hinter ihr ins Schloss und ich schüttele mich, als ob ein Bann von mir abfällt. Ich habe es ihr versprochen. Enttäuschung in ihren Augen könnte ich nicht ertragen. Also gieße ich mir noch ein Glas Rotwein ein und warte. Wie gerne hätte ich jetzt eine Zigarette. Warum nur habe ich aufgehört zu rauchen?

Endlich höre ich den Schlüssel im Schloss. Was werde ich ihm sagen? Entweder löst sich gleich alles in Gelächter auf oder aber ich stehe einem Mann gegenüber, dem ich erklären muss, dass seine Freundin verreist ist, auf der Suche nach einem seltenen Buch. Vielleicht sollte ich gar nichts sagen?

Die Tür öffnet sich und ich kann nicht mehr fliehen, muss mich ihm stellen. Als ich aufstehen will, taumele ich, blicke auf die Rotweinflasche. Leer. Vorsichtig tapse ich zur Küchentür, stelle mich wartend auf. Auf alles gefasst, eine Kamera, ein paar Leute, die ich kenne, meine Semestergruppe vielleicht. Nicht auf ihn. Ich stehe ihm gegenüber und verfalle seiner Schönheit. Nie hätte ich gedacht, dass ich mich in einen Mann verlieben könnte. Doch er. Genau wie sie. Nicht von dieser Welt. Ein Blick in seine grauen Augen lässt mich an Nebel denken, an feine Wassertröpfchen, die in der Luft tanzen, sich wie ein Streicheln auf die Haut legen.

»Ich bin Armand.« Wie lange hält er mir schon die Hand entgegen, während ich ihn schafsäugig anstarre?

»Hallo, ich heiße Matthias«, stottere ich und spüre die Röte meinen Hals hinauf kriechen. Was wird er nur von mir denken? Es gibt keine zweite Chance für den ersten Eindruck, schießt mir durch den Kopf und noch mehr Blödsinn.

»Komme ich zu spät?« Eine Stimme wie Sommerregen, wie Herbstwind, der durch Blätter wirbelt. Nicht von dieser Welt. »Schläft sie schon?«

»Nein, Sophia ist verreist. Überraschend. Ich soll hier bleiben und es dir sagen, wir haben uns in der Bibliothek kennen gelernt, gestern, sie hat sich ein Buch von mir geliehen«, schieße ich heraus und möchte vor Scham versinken, schrumpfen, woanders sein.

Er lächelt mich nur an. Wie sie, nur eben männlich. Ihr Spiegelbild. Zusammen müssen sie ein so unglaubliches Paar abgeben. Ihr Anblick muss blenden wie ein Blick in die Sonne. Mein Gott, was für ein Leben könnte ich führen, wenn ich so lächeln könnte. Nicht so ein unauffälliges, langweiliges, trostloses.

»Danke, dass du hier gewartet hast.« Er mustert mich. »Hat sie dir von uns erzählt?«

Ich nicke und schlucke. Meine Kehle trocknet aus. Was, wenn er sein Geheimnis bewahren will? Wenn er mich tötet, um mein Schweigen zu sichern? Wenn er ein Greif in einer Menschenhaut ist und ich sein Abendessen?

Er lacht laut auf, wie sanftes Grollen eines Sommergewitters. »Ich bin zwar kein Mensch mehr, aber sorge dich nicht.«

Da dämmert es mir und ich möchte endgültig vor Scham verschwinden. Sie können Gedanken lesen, beide. Oh nein. Sophia kennt alle meine Gedanken. Ich werde ihr nie wieder gegenüber treten können.

»Wir bemühen uns, euch nicht zu belauschen.« Wieder dieses Lächeln. »Glaube mir, Sophia muss dich sehr schätzen, wenn sie dir unsere Geschichte erzählt hat.«

Er deutet zum Tisch, holt noch eine Flasche Wein. Ich trinke Wasser, wechsele dann mit ihm zu dem Roten und lausche seinen Erzählungen, atemlos, wie früher als Kind meiner Großmutter, wenn sie Märchen aus fremden Zeiten erzählte.

Armand erzählt von seiner Verwandlung, von dem Fluch, davon, alle Jahre die Stadt zu wechseln, weil

Sophia und er nicht altern, von den Menschen, die er kennen lernte und verlor, von den Orten, an denen sie lebten, von den Abenteuern, die sie überstanden. Nur von Erlösung spricht er nicht. Ich lausche und lausche und beginne zu träumen. Sophia nannte es Halbleben, doch Armand nennt es Unsterblichkeit.

Als ich ihn fragen will, was er als Mensch machen würde, springt er auf, umarmt mich und stürmt hinaus. Verdattert bleibe ich sitzen und sehe die Morgendämmerung am Himmel aufziehen. Jeden Morgen muss er seinen Platz einnehmen, ist gebunden an den Ort, den er sich in dieser Stadt aussuchte. So ganz habe ich das nicht verstanden.

Wie in Trance gehe ich nach Hause, trunken von Rotwein und Armands Geschichten. Bereits am Nachmittag steht Sophia vor meiner Tür, Augen voller Glück. Sie nimmt mich in den Arm, tanzt mit mir durch den engen Flur.

»Lass uns feiern.« Sie holt eine Flasche Sekt, nein Champagner, aus ihrem Rucksack. »Ich kenne den Weg.«

»Noch keinen Alkohol, nicht für mich. Trink du ruhig.« Mein Kopf dröhnt, als ich ihn schüttele. »Magst du einen Mokka?«

Sie setzt sich in meine winzige Küche, streicht mit der Hand durch die Haare. Unsicher wirkt sie auf einmal, als ob sie etwas sagen möchte und nicht weiß, wie. Eben noch voller Freude und nun … ich werde sie nie verstehen.

»Wie kannst du euch retten?«

»Ich hatte Hoffnung, dass es einen anderen Weg gibt, doch er führte in eine Sackgasse.« Sie sieht zu Boden, malt Kreise mit ihrem Fuß, zeichnet Bilder mit dem Finger auf den Tisch. »Nur ein Opfer kann uns befreien, ein Opfer in der Tag- und Nachtgleiche. Jemand, den nichts an diesem Leben hält. Freiwillig muss er das Halbleben wählen.«

Meine Nackenhaare stellen sich auf. Ich spüre einen Schauder meinen Rücken hinunterlaufen. Hat sie mich bewusst ausgesucht?

»Jemanden wie dich, der seinen Alltag hasst und sich wünscht, zu einer anderen Zeit zu leben.« Sie sieht mich an. Durchdringend. Ihre Augen wie eine See im Sturm. »Du wärst unsterblich.«

»Aber alleine auf ewig.«

Sie lacht. Traurig und leise. »Nein, einige der Gargylen sind Wartende. Menschen, die nicht geliebt wurden, und auf ihr Glück zu einer besseren Zeit hoffen. Die Nächte gehören euch.«

Ihre Worte treffen mich stärker als jeder Schlag. Wirkt mein Leben in ihren Augen so elend, dass ich es gegen ein Halbleben austauschen würde?

»Wovon sollte ich leben? Wie wohnen?« Erstaunlicherweise stellen sich mir als Erstes praktische Fragen. Ich will gar nicht wissen, warum sie mich ausgewählt hat.

»Du kannst die Wohnung haben und mein Konto. Viel Geld. Ich lebe schon lange.« Sie lächelt mich an. »Wegen deiner Augen. Ihre Traurigkeit lässt dich zu einem Gargylen werden.«

»Ich muss drüber nachdenken.«

»Mir bleiben zwei Tage oder noch ein Jahr Elend.« Wieder sieht sie mich an, mit diesen Augen, in denen ich ertrinken könnte. »Ich weiß nicht, ob ich noch warten kann.«

Zwei Tage.

Zwei Tage, in denen ich Listen erstelle. Eine Bilanz meines Lebens. In denen ich Angst und Neugier abwäge, Hoffnung und Furcht. Immer wieder denke ich an das Flehen in ihren Augen. Wer bin ich, dass ich mich dieser Liebe in den Weg stelle? Sophia gehört Armand, niemals mir. Wieder und wieder denke ich an meinen Abend mit Armand, an seine Geschichten, die mir so abenteuerlich erschienen. Soll ich mit ihm reden? Ihn um einen Rat bitten? Nein, so eine Entscheidung muss ein Mann allein treffen.

»Ich mache es.« Sie hat die Tür so schnell geöffnet, als ob sie wusste, dass ich heute komme. »Was muss ich tun?«

Sophia erklärt mir den Zauber. Fast bin ich enttäuscht, wie einfach er zu wirken ist. Kein Blut, keine Formeln, keine Dämonen. Nur ein Schwur und ein Stein.

»Willst du zurück?« Angst klingt aus ihrer Stimme, färbt ihre Augen dunkel.

Ich schüttele den Kopf. »Habe gestern alles geklärt. Ein paar E-Mails zum Abschied, die morgen abgeschickt werden. Mein Testament.« Ich zucke die Schultern. »Lass uns beginnen.«

Sie lächelt mich an, ihr Gesicht voller Glück. »Ich habe Armand weggeschickt, damit wir heute allein sind.«

In der Nacht liege ich neben der steinernen Sphinx, streichele ihr Gesicht, ihren Nacken und wünsche, es hätte ein Leben für uns beide geben können.

Am nächsten Morgen nehme ich meinen Platz am Dom ein, Armands Platz, spüre die ersten Sonnenstrahlen auf meinem Gesicht und merke, wie mein Körper versteinert. Ich möchte schreien, den Handel rückgängig machen, doch meine Stimme versagt. Ich kann nur noch geradeaus sehen, der Sonne entgegen, die meine Verwandlung bringt. Aus dem Augenwinkel sehe ich eine Bewegung, einen zweiten Gargylen, der neben mir entsteht. Dann sehe ich nichts mehr, höre aber eine Stimme, leicht wie ein Fluss, spüre eine sanfte Berührung an meiner Schulter.

»Er ruht neben dir.« Ihre Tränen tropfen auf mich wie Sommerregen. »Er will nicht als Mensch altern und sterben. Liebt er mich nicht?«

Sanft zieht sie die Hand zurück, während mein versteinertes Hirn versucht, ihre Worte zu begreifen. Ich spüre einen Kuss auf meinem Gargylengesicht. Wie sehe ich wohl aus? Ein Hund? Ein Affe? Ein Widder, etwa, oder ein Dämon? Nur kein Eber. Vielleicht auch ein Greif? Oder kann es nur einen geben?

»Ganz umsonst habe ich dich zu diesem Halbleben verdammt.« Sie küsst mich erneut. Ihre Tränen und ihr Haar streicheln mich. »Verzeih mir.«

Ich wünschte, ich könnte sie halten und Worte des Trostes in ihre Haare murmeln, doch ich bin Stein. Stein, den die Sonne erwärmt. Kann sie jetzt noch meine Gedanken lesen?

Wieder erklingt ihre Stimme, wie ein Hauch. »Ich habe nur für den Moment gelebt, in dem wir uns in die Arme schließen und miteinander alt werden können. Ich will nicht ewig leben. Doch er …«

Ich höre ihre Schritte verklingen. Werde ich sie wieder sehen? Oder wählt sie die Donau?

Wie konnte Armand nur ausschlagen, mit Sophia zu leben? Tag und Nacht miteinander teilen. Ich erinnere mich an unser Treffen. An seine Worte, als ich ihn gefragt habe, ob er nicht genug vom Leiden hat, wie er den Fluch nur ertragen kann. Er hat mich angelächelt, so wie nur er lächeln kann. Selbst Sophias Lächeln verblasst neben seinem.

»Wir leben die Sehnsucht, mein Freund«, hat er gesagt und sich zu mir gebeugt. »Sehnsucht ist das einzige Gefühl, das ewig leben kann. Nur in der Sehnsucht kann sich wahre Liebe erfüllen.«

Ellas Hochzeit

Miriam Denise Weeke

»Schlabber nesch, gef dem Leffel ab, Ellachen! Droage de Pischepütz wesch!«

Matthea, in ihrem schwarz-wollenen Kleid und den streng nach hinten geknoteten grausträhnigen Haaren, stieß ihrer Tochter mit Wucht in die Seite.

Gierig schlang Ella den letzten Haferschleim in sich hinein, stellte das Kumpchen rasch in den übel riechenden Ausguss. Es war höchste Zeit in die Schule zu kommen, wenn man diesen Ort, an dem sie lesen lernte, überhaupt Schule nennen konnte. War es nicht vielmehr eine Rohrstock-Anstalt, in der alte sadistische Herren zarte junge Mädchen blau schlugen? »Schoad nuscht, Ellachen«, sagte Mutter dazu.

»Moader, leeve Moader, mecht bloß ma....«, Ella schlang ihre dünnen Ärmchen um ihre ebenso klapprige Mutter in der Hoffnung wenigstens bei ihr etwas Wärme empfangen zu können. Doch Matthea war kalt und stieß die Zärtlichkeiten ihrer Jüngsten wie immer von sich.

»Wat zippelst? Ab, de Pischepütz! Nu oawer, raus aus de Köök!«

Ella schreckte zurück, rannte die knarrende, unter ihren Füßen seufzende hölzerne Treppe hinauf, um Mutters Nachttopf zu holen. Er war randvoll. Mit zitternden schwachen Händen trug sie das Gefäß vorsichtig die Stiege hinab. Sie durfte nichts verschütten, sonst wäre ihr Prügel sicher. Draußen schüttete sie den streng riechenden Urin auf das Pflaster, schaute zu, wie er die Rinne hinablief und zwischen den Steinen versackte. Ihr Blick folgte den Tropfen und schweifte ab bis hin zur Häuserzeile am Mottlau-Ufer. Ob Pomuchel bei Nacht noch in der

Mottlau war, fragte sie sich. Pomuchel liebte das Wasser und in den lauen Sommernächten war es am Flusse angenehm schön.

»Dröömst de allwedder? Tu nesch wie meschugge, sonst holen se diä.« Matthea warf Ella ein altes Stück Buchenholz auf den Buckel. Ella rannte die Stiege hinauf, schob Mutters Nachttopf unter das Bett, grabschte nach ihrem Bündel, in dem sie die Fibel trug, stahl sich unbemerkt einen Kanten aus der Küche und stürzte aus dem Haus. Den Weg zur Schule rannte sie immer, anstatt ihn zu schlendern. Auch ging sie einige Minuten früher los als nötig, um einen Abstecher in die Frauengasse machen zu können. Zu ihrem Pomuchel wollte sie. Ohne ihn, ohne Pomuchel, hielt sie das Leben nicht aus.

»Pomuchelchen! Doar es mien leewet Pomuchelchen. Nee, wie es dat doch scheen!« Ella schlang beide Arme um den steinernen Fischkopf und sank auf die kalte Steintreppe hinunter. An diesem frühen Morgen spürte sie noch seine Sanftheit, seine Weichheit, sein Leben, das im Laufe des Vormittages erkalten würde.

»Na! Na!«, zwinkerte der steinerne Wasserspeier ihr zu, »Wir waren doch die halbe Nacht zusammen!«

»Eck weet, Pomuchelchen. Oawer beeste wesch, es mia doad. Weest, jedroschen hat se mech. Se schlächt middem Leffel nach mir. Nu hälf mä doch Pomuchel, nu hälf mä doch!«

»Heirate mich, Ella! Dann kannst du immer bei mir sein und ich kann dich vor aller Grausamkeit beschützen.«, gurgelte Pomuchel ihr lieblich zu.

Verträumt sah Ella den Regentropfen nach, die auf sie herunter fielen, sich im Wasserspeier sammelten, der sie wie kleine glitzernde Perlen ausspuckte. Ella sah in ihnen lauter Silberfäden, die sich die Straße wie kleine lustige Wasserschlangen hinunter schlängelten. Schmuckstücke, diese Perlen, lauter Schmuckstücke, die ihr gehörten, wenn sie Pomuchel heiraten würde, dachte sie. Keine Schläge würde sie mehr erleiden müssen. Nur Reichtum, Sanftheit und freie Bewegung wäre ihr zukünftiges Leben. Immer würde er ihr Liebeslieder gurgeln auf ihrer Wasserperlenreise.

Nachts, wenn die Menschen schliefen, verließen die Seelen der Wasserspeier ihr steinhartes Haus, um in der Stadt ihr Unwesen zu treiben. Es waren die Seelen der Verdammten, einst lebende Menschen, die man folterte, erhängte, erschoss im Namen irgendeines Gottes. Wer es schaffte, sich im Sterben in einen der Ziegelsteine der alten Kirchen und Gemäuer oder in einen der alten Wasserspeier der Patrizierstraßen zu retten, der konnte sich über den Tod hinaus an die Erde binden. Pomuchel hatte man erschossen, Peterchen hieß er zu Lebzeiten, weil er einen Kanten Brot gestohlen hatte. Weil ihm die Kugel wie eine heiße alles versengende Glut vorkam, die seine Sinne betäubte, lebte er nun in einem Wasserspeier, um die Erinnerung an dieses Feuer so oft er konnte zu löschen. In einem Fischkopf lebte Peterchen, einem Fischkopf ähnlich dem eines Dorsches. Am Tage war der Stein kalt und tot. In der Nacht erwachte er zu neuem Leben. Da entglitt Peterchens eingesperrte Seele der steinernen Hülle. Dann spukte er im Hause seines Mörders, verfolgte ihn mit wüsten Träumen über brennende Häuser und schimmelndes Riesen-Brot, das sich über ihn stülpte und ihn auffraß. Aber den anderen, denen unschuldig ein schlimmes Los bestimmt war, denen half er, vor allem den Kindern, die hungerten, stand er bei. Und so fand er eines Tages die zarte schwache Ella mit blasser Haut und blonden Zöpfen, die keine Gelegenheit ausließ, sich eine Kruste, einen Kanten Brot zu stehlen, weil sie Haferschleim nicht ausstehen konnte und weil es ohnedies viel zu selten etwas zu essen gab. In der Nacht legte sich Pomuchel zu Ella und schenkte ihr seine Zärtlichkeit. Dann trafen sich ihre Seelen und waren wie Mann und Frau. Manchmal, wenn auch sie im Nachtschlaf den Körper verlassen konnte, zogen sie gemeinsam rüber zum Zeughaus, wo sich an besonderen Tagen der Wasserspeier-Clan traf. Hier am alten Zeughaus feierten die Wasserspeierseelen ihre Feste, auch Hochzeiten feierten sie. Am Zeughaus gab es einst die schönsten Wasserspeier der Stadt. Aus vergoldetem Kupferblech waren sie und man konnte ihnen ihre bösartige Zärtlichkeit ansehen, hatte Pomuchel gemeint. Am Tage aber mussten die Speierseelen in ihre Steine zurück. Dann waren sie verwundbar und empfindsam, eingesperrt im kalten grauen Stein. Am Tage konnte er nichts für Ella tun. Wenn es in der Nacht regnete, dann blieben die Seelen auch in den Steinen, um das Wasser zu beseelen. Wasser ohne Seele war nichts wert.

Ein Fenster wurde aufgerissen. Jemand warf Ella einen alten Holzlöffel an den Schädel.

»Dat es allwedder de Bekloppte von Schmidtgens Matthea.«, hörte sie jemanden rufen.

Stunden waren vergangen. Seit Ella das Haus am Morgen verlassen hatte, vernahm Matthea kein Zeichen von ihrer Tochter. Bis in den späten Abend wartete sie verzweifelt und schnaubte vor Wut.

»Es et tum steenern Föschken allwedder speele middem woater? Dä Schur sall die hoale!«

Wo würde sie heute wieder ihre Tochter aufgreifen? Nichts als Schande brachte ihr das Kind ein. Na die könnte was erleben, wenn sie sie erwischte. Sogar im Nachthemd lief Ella nachts aus dem Haus, irrte durch die Straßen und spielte in Pfützen. Die Nachbarn bemitleideten Matthea. Mondsüchtig sei das Kind und schucker. Matthea rannte die Straßen entlang von Wasserspeier zu Wasserspeier, aber sie fand ihre Tochter nicht.

»Dä Föschköpp grienen wie dem Deibel. Dem mecht ech nech jeschänkt kriechen.« Ihr wurde beim Anblick der kichernden Speier unbehaglich zumute. Angst und Schrecken bibberten in ihr. Ella wird schon wiederkommen, tröstete sich Matthea, wie sie immer wiedergekommen ist. Wo sollte sie auch hin? Sie hatte ja niemanden als die Mutter. Der Vater war ausmarschiert, die Geschwister hat der Typhus gefressen. Sechs Kinder hatte Matthea dem Krieg gelassen. Das hatte sie kalt gemacht, ihr Herz zu Stein werden lassen, reglos und hart. Sie war keiner Zärtlichkeiten mehr fähig. Nur mit dem Löffel werfen oder einem Holzscheit, das waren die einzigen Berührungen, derer sie noch fähig war. Sie liebte Ella, trotz ihrer Eigenarten, war sie doch das Einzige, was sie besaß an menschlicher Nähe. Doch wie konnte sie es ihrer Tochter zeigen? Es musste anders werden zwischen ihr und dem Kind. Aber wie?

»Wo best denn, Ellachen? Wo best denn?«, brabbelte Matthea still vor sich hin, während sie aufgeregt die ganze Nacht auf und ab lief.

Gegen Morgengrauen klopfte es an der Haustüre. Matthea öffnete:

»De Noaberin kömmt. Wat sächt se allwedder? Dag och, Noaberisch!«

»Matthea, kriesch nesch. Dat Ellachen! Se ham se aus dä Mottlau jetrocke.«

Matthea lachte laut los, kriegte sich nimmer ein vor Lachen.

»Mottlau? Nee, wat mecht dat Ellachen im Woater moake? Et kann ja gar nesch schwemme!«

Steinerne Wächter

Tanya Carpenter

Seit Menschen die Kraft des geschriebenen Wortes für sich entdeckten, hat dies allein Macht über die Zeit. Was wird vergessen, was bleibt in Erinnerung? Nur mittels Schrift für die Nachwelt Festgehaltenes überdauert die Jahrtausende und klingt auch in den Herzen derer nach, die Licht und Schatten noch durchwandern, wenn jene, die mit Feder oder Druckerschwärze aufzeichneten was geschah, längst vergangen sind.

Die Geschichte, die ich euch erzähle, wäre dieser Macht beinahe zum Opfer gefallen. Der Herrscher jener Zeit verbot bei Todesstrafe allen Schreibern seines Reiches, die Ereignisse aufzuzeichnen. Als einige von ihnen es dennoch taten, ereilte sie das Beil des Henkers. So wagte bald niemand mehr, ein Wort darüber zu verlieren – selbst als der Herrscher starb. Was, wenn seine Schergen über seinen Tod hinaus das Urteil sprachen und vollstreckten, wenn einer wagte, sich über die Order hinwegzusetzen?

Nur eine einzige Schriftrolle hat die Zeit überdauert, auch wenn vermutet werden muss, dass ihr Erschaffer bald nach ihrer Verfassung Gevatter Tod begleitete. Ich selbst fand sie vor einigen Jahren, gut verborgen in einem irdenen Gefäß, eingeschlossen in den Mauern einer Sakristei, deren Grundfeste heute verfallen und moosbewachsen sind. Einzig was von ihr noch blieb, sind die steinernen Wächter, elf an der Zahl, die auf den Zinnen sitzen, als hielten sie Wache über das Gotteshaus und den angrenzenden Friedhof. Nun, wo alles um sie herum vergangen und zerbrochen ist, ragen die Pfeiler, auf denen sie Platz genommen, wie Säulen der Ewigkeit in den Himmel empor. Ein schauerliches Mahnmal. Doch wofür?

Merkwürdig sind sie anzuschauen, die elf Gebrüder. Ihre harten, kalten Leiber scheinen von unbändiger Kraft zu zeugen. Jeder Muskel ihrer starken Arme und Beine zeichnet sich bis heute deutlich aus dem Fels. Die langen Klauen glänzen, wenn Morgentau oder der Regen dunkler Tage auf ihnen liegt. Große Augen blicken in weite Ferne und man mag sich sicher sein, dass ihnen nichts entgeht. Ebenso wenig den spitzen Ohren und breiten Nasen, die sie in die Winde halten, witternd und lauschend, was die Sturmbrüder ihnen zutragen. Die Mäuler mit den scharfen Zähnen aus Gestein sind leicht geöffnet, mehr warnend als drohend. Am unteren Ende ihres Rumpfes reckt sich ein langer Schwanz, gleich dem eines Drachens, und aus ihren Schultern ragen mächtige Schwingen empor. In Gewitternächten sind sie von unheimlichem Leben erfüllt. Dann drehen sich ihre Köpfe mit dem Zug der Wolken und unter das Donnergrollen mischt sich ihr dunkles Knurren.

Doch wer mag es ihnen verdenken, wenn er erst ihre düstere Geschichte kennt? Die steinernen Wächter erblickten diese Welt nicht unter den kundigen Händen eines Bildhauers, der ihnen mit Meisterhand diesen Anschein von Lebendigkeit verlieh. Nein, die Wahrheit ist viel grausiger, denn einst waren sie in der Tat lebendig, ehe ein böser Zauber ihnen zum Verhängnis wurde, weil ein Mann begehrte, was ihm nicht zustand und dafür sogar ein Juwel der Verdammnis preisgab. So sind sie denn verbunden, die Gargoyles, mit der marmornen Fee, deren elfenbeinfarbene, schlanke Gestalt, inzwischen von

Moos und Ranken überwuchert, noch immer auf dem alten Turm zu warten scheint. Jener Festung, die der Zahn der Zeit zernagt, ohne dass er vermochte, sie aus ihrem Gefängnis zu befreien, auf dem Hügel jenseits des Tales, das die Sakristei von ihr trennt. Diese Elfe steht dort zeitlos schön und blickt gen Himmel. In der Hand den Bogen, von dessen Sehne einst der Pfeil gen Himmel fuhr, das Unglück zu verhindern.

Doch lasst mich am Anfang beginnen, denn nur so sollte die Geschichte erzählt werden, vom ersten Herzschlag an.

In jener Zeit begab es sich, dass dem Herrscherpaar des Reiches, König Aroll und Königin Riva, ein Kind geboren wurde. Eine Tochter mit Augen so blau wie das Meer und Haaren gleich aus Gold gesponnen. An dem Tag, da sie das Licht der Welt erblickte, kam Roshak, der Älteste der Gargoyles, zu seinem Freund dem König und versprach: »Ich werde auf deine Tochter achten, Aroll, solange ich auf dieser Erde weile und will sie schützen. Bei meinem Leben!«

»Roshak, mit solchem Schild an ihrer Seite kann ihr kein Unglück widerfahren. So weiß ich sie getrost in Sicherheit.«

Zwischen den elf Gargoyle-Kriegern und dem Königsgeschlecht bestand seit vielen Jahrhunderten ein enges Band. In schweren Schlachten hatten sie Seite an Seite gefochten, immer wieder die Finsternis zurückgedrängt und sich gegenseitig das Leben gerettet, bis sie schließlich ihren größten Feind – einen Schwarzmagier – durch ein mächtiges Ritual gebannt und in heiliger Erde bestattet hatten. Zwar irrte seine Seele als ein Dunkler Schatten noch umher, doch war es ihm nie gelungen, in seine Gebeine zurückzukehren und aufzuerstehen.

Nun, so schien es, hatte er aufgegeben und sich für immer in die Welt der Schatten zurückgezogen. In diesen friedlichen Zeiten erblühte das Land zu neuer Pracht.

Inmitten von Freude und Wohlstand war die Geburt der Prinzessin, die auf den Namen Rania getauft wurde, für das Königspaar die Krönung ihres Glückes.

Die Jahre vergingen und das Mädchen wuchs und gedieh. Es hatte eine Stimme, lieblich gleich einer Nachtigall, ein Herz voll Wärme und ein sanftes Gemüt. Wo immer es wandelte, war einer der Gargoyles ihm zur Seite. Zumeist Roshak, der das Versprechen an König Aroll sehr ernst nahm. Er las Rania jeden Wunsch von den Augen ab und war ihr ein treuer Gefährte. Die Prinzessin war ihm so lieb und wert wie eine eigene Tochter. Er lehrte sie, was er für wichtig erachtete, wenn sie erst Königin sei. Selbst den Umgang mit wilden Rössern und die Jagd mit Pfeil und Bogen. Bald stand Rania den jungen Rittern darin nicht nach, sondern übertraf sie ein ums andere Mal. Doch führte dies nie zu Neid, denn ihr liebliches Wesen besänftigte jeden.

In ihrem siebzehnten Jahr war Rania zu voller Schönheit erblüht. Es gab niemanden, der sie nicht liebte und verehrte, denn sie war stets freundlich zu jedermann – vom reichen Fürsten bis zum armen Bettler.

Roshak war stolz auf die Thronerbin.

Ihre Schönheit sprach sich auch in den anderen Reichen herum. Viele Ritter und Prinzen kamen, um ihre Hand anzuhalten. Rania konnte sich nicht entscheiden, wem sie ihre Gunst schenken sollte, wollte sie doch niemanden enttäuschen. Daher sollte ein Turnier über ihren künftigen Gemahl entscheiden. Wer im fairen Wettstreit Sieger wurde, sollte die Prinzessin am Tag der Sommersonnenwende zu seiner Frau nehmen und mit ihr gemeinsam nach dem Tod ihres Vaters den Thron besteigen.

Aus allen Königreichen waren Edelmänner zum Turnier erschienen. Sie machten Rania ihre Aufwartung und ein jeder hoffte, siegreich zu sein.

Das Turnier wurde über drei Tage ausgetragen und mit einem großen Fest untermalt. Händler und Handwerksleute bauten ihre Stände auf, Gaukler begeisterten ihr geneigtes Publikum und an Speis und Trank herrschte kein Mangel.

Die Recken und Kämpen mussten sich im Schwertkampf, Bogenschießen und mit der Lanze messen. Am Ende waren nur noch der edle Ferach und der tapfere Sonarg übrig. Ein letzter Wettstreit mit dem Bogen sollte die Entscheidung bringen.

Ferach schoss zuerst und unter dem Jubel des Volkes traf er genau ins Schwarze. Doch auch Sonarg lenkte seinen Pfeil mit sicherer Hand ins Ziel.

König Aroll rieb sich den weißen Bart und überlegte, wie man hier zu einer gerechten Entscheidung kommen solle, als Prinzessin Rania aufstand und sprach: »Da es um meine Hand geht, ist es am gerechtesten, wenn mein zukünftiger Gatte mich besiegt und sich so meine Achtung verdient.«

Ihr Lächeln nahm den Worten jede Überheblichkeit und beide Ritter stimmten zu. Rania hob ihren Bogen, ein Raunen ging durch die Menge. Sie zielte auf die Sonne, spannte die Sehne und schoss den Pfeil über den gesamten Turnierplatz bis zum nahen Wald, wo er im Stamm einer Birke stecken blieb.

Das Volk jubelte über den meisterlichen Schuss und die beiden Edelmänner staunten nicht schlecht. So leicht würde das nicht zu schlagen sein, doch wollten sie es wagen. Wieder ließ Sonarg Ferach den Vortritt. Der Ritter spannte den Bogen, zielte und ... der Pfeil überflog nur die Hälfte des Turnierplatzes. Enttäuscht trat Ferach zurück und ließ Sonarg sein Glück versuchen. Auch er zielte auf den Stamm, in dem Ranias Pfeil steckte, hob den Bogen um einige Zoll und schoss. Der Pfeil schien es nicht bis zum Stamm zu schaffen, als plötzlich eine Böe das Geschoss erfasste, es anhob und an Ranias Pfeil vorbei trug, weit in den Wald hinein.

Auf dem Platz herrschte Totenstille, denn das Gesehene hatte etwas Unheimliches an sich. Doch Rania applaudierte mit offenkundiger Freude dem Sieger und vertrieb augenblicklich jede Spannung. Bald schon jubelten alle ihrem künftigen König zu. Nur Roshak beäugte Sonarg misstrauisch. Als der Turnierplatz verlassen lag, suchte er nach dem Pfeil des Ritters. Er fand ihn einige Schritt tief im Wald in einer Erle stecken. Es war nichts Auffälliges daran zu entdecken. Trotzdem blieb das ungute Gefühl in dem Gargoyle zurück, dass hier etwas nicht mit rechten Dingen zugegangen war.

Die Hochzeit war ein rauschendes Fest mit der schönsten Braut, die das Land je gesehen hatte. Glücklich und verliebt saßen Rania und Sonarg beieinander, warfen sich zärtliche Blicke zu. Jeder war gewiss, ein Stammhalter würde nicht lange auf sich warten lassen. Welch Glück für den König und die Königin, zu ihrer schönen Tochter einen so stolzen Schwiegersohn bekommen zu haben. Doch es sollte alles anders kommen.

Wenige Wochen nach dem Hochzeitsfest erwachte der König tief in der Nacht aus einem bösen Traum. Eine kalte Hand hatte sich um das Herz seines Reiches gelegt und ihm das Leben abgedrückt. Die Unruhe in ihm war so groß, dass er keinen Schlaf mehr fand. Alsbald glaubte er auch, ein leises Rufen zu hören, das jammervoll durchs Schloss schallte. Wie er sich auch drehte, das Geheul wurde nicht leiser. So beschloss er schließlich, ihm nachzugehen.

Nur wenige Fackeln erhellten die Gänge, während der König sie durchwanderte. Sein Herz zog sich zusammen, eisige Kälte jagte ihm in die Glieder, als sei ein alter Feind zurückgekehrt. Die Schatten schienen Augen zu haben und fröstelnd stellten sich die Härchen in seinem Nacken auf. Das Jammern hatte nachgelassen, doch ein unheimliches Flüstern huschte nun durch die Mauern. Er ahnte, wer ihn da rief. Auch, dass er diesem Ruf besser nicht gefolgt wäre, doch die Sorge um Königin Riva und Prinzessin Rania ließ ihm keine Ruhe. Sie trieb ihn auf die höchste Spitze des Turmes, wo der Sturm am Gemäuer zerrte und ihm den Atem nahm. Dort traf er auf jenen, der seit Jahrzehnten tot geglaubt. Ein lauernder Schatten voller Hass, Neid und Gier. Eine heftige Böe erfasste den König bei seinem Mantel und riss ihn in die Höhe, weit hinaus über die Zinnen der Burg. Im Fall in die Tiefe sah er nur noch dämonische Augen über sich glühen und hörte das hämische Lachen seines alten Feindes. Seinem Herz wurde angst und bang und die Sekunden seines Falles wurden zur Ewigkeit. Was sollte aus Riva und Rania werden? Wer Roshak warnen, dass der Dunkle Schatten zurückgekehrt war? Und was stand Sonarg nun bevor, wenn er seine Nachfolge antrat?

Die Gedanken kamen jäh zum Stehen, als König Aroll den Fuß der Burgmauern erreichte und hart auf den Fels traf. Zerschmettert blieb er liegen, sandte im letzten Atemzug stumm seine Gedanken zu den Lieben, wohl wissend, dass niemand sie mehr hören würde.

Das ganze Reich stand unter Schock, als sich die Nachricht vom Tod des Königs wie ein Lauffeuer verbreitete. Die Zeit der Trauer wurde auf einen Mondlauf festgelegt und am Tag der Beisetzung weinte auch der Himmel mit dem Volk, der Königin und Prinzessin. Einzig Sonarg war seltsam still. In der Nacht zuvor hatte er Besuch in seiner Kammer. Eine Gestalt mit wallendem Mantel und einer Kapuze, die das Gesicht verbarg, hatte ihm ihre Aufwartung gemacht und ihn bereits als Herrscher begrüßt.

»Dies ist zu früh, Fremder. Noch gilt die Trauerzeit und König Aroll ist der Herrscher dieses Königreiches. Meine Krönung wird erst vollzogen, wenn das Volk seiner angemessen gedacht hat.«

»Oh, dies ist doch nichts als Blendwerk, Sire. Der wahre König seid Ihr schon, so steht es Euch von Rechtswegen zu.«

»Es wäre ungehörig, wenn ich Rang und Titel jetzt schon einforderte. Davon abgesehen weiß ich nicht, was es Euch anginge. Ich kenne Euch nicht, noch weiß ich, ob Ihr Untertan in diesem Reich seid. Warum zeigt Ihr Euer Gesicht nicht?«

Ein leises, gackerndes Lachen war die Antwort. »Nicht so ungeduldig, mein König. Und vor allem, nicht so undankbar. Nur mir habt Ihr zu verdanken, dass Euch die Möglichkeit gegeben, König dieses Landes zu werden. Oder glaubt Ihr, Bruder Wind habe Euren Pfeil zum Sieg getragen?«

Sonarg wurde bleich. Ihm dünkte, wer da vor ihm stand, hatte er doch viel über die alten Kriege gehört und den Feind, den man besiegt.

»Ah, ich sehe, Ihr habt begriffen, wer ich bin. Doch urteilt nicht vorschnell über mich, wie es Eure Vorgänger taten. Ich bin nicht Euer Feind, Sire. Und um Euch dies zu beweisen, will ich ein Geheimnis mit Euch teilen.«

Damit weckte der Dunkle Schatten Sonargs Interesse. Er war nie leichtfertig gewesen, wenn es darum ging, den eigenen Vorteil auszubauen. Und ein Geheimnis zu kennen, konnte von Nutzen sein. »Was ist es, was du mit mir teilen willst? Sprich!«

Man sah ein teuflisches Grinsen im Dunkel der Kapuze aufleuchten. Die Gestalt schien zufrieden mit dem Verlauf ihres Besuches. »Es geht um Roshak und seine Gargoyles, Sire. SIE sind das Geheimnis.«

»Wie meint Ihr das?«

Die Gestalt kam näher und senkte die Stimme zu einem Flüstern.

»Die Gargoyles dienen dem Reich seit Tausenden von Jahren. Ist Euch nicht klar, mein König, was dies bedeutet?«

Sonarg rieb sich nachdenklich das Kinn. »Dass sie sehr alt sein müssen, gewiss. Doch was hat das mit mir zu tun oder dem Geheimnis, von dem Ihr sprecht?«

Das Wesen kam noch dichter heran. »Unsterblichkeit, Sire! Die Gargoyles tragen das Geheimnis ewigen Lebens in sich und«, es machte eine bedeutungsvolle Pause, »verheimlichen dieses vor Euch!«

Der harte Zug um des Königs Lippen war Ansporn genug für den Verhüllten fortzufahren.

»Ihr seid jetzt Herrscher des Landes, somit steht Euch rechtmäßig alles zu, was Teil dessen ist. Doch diese Kreaturen enthalten Euch vor, was Euer ist. Ihre Freundschaft ist nur Heuchelei. So war es auch schon bei Eurem Schwiegervater, aber er ließ sich täuschen.«

Sonarg beäugte die Gestalt misstrauisch. »Roshak und König Aroll haben Seite an Seite gekämpft. Gegen Euch, Dunkler Schatten. Noch weiß ich nicht, warum ich Euch trauen und von König Arolls Weg weichen sollte.«

»Der Wind ist mein Gefährte, Sire. Er trug Euren Pfeil beim Turnier und trug den König in den Tod. Ihr steht in meiner Schuld, denn ohne mein Tun wäre der Thron noch längst nicht Euer.«

Sonarg schnaubte abfällig. »Ich wüsste nicht, wann ich Euch gebeten hätte, irgendetwas für mich zu tun. Man zahlt nur, wofür der Preis zuvor verhandelt wurde.«

»Oder was sich lohnt. Würde es Euch nicht gefallen, ewig zu leben und ewig zu herrschen? ICH halte euch nicht für den edelmütigen, treusorgenden Ehemann, den ihr allen vorspielt. Bedenkt, ich sehe in der Menschen Herz, und Eures ist nicht minder schwarz, denn das meine. Egal, welch schöne Maske ihr ihm aufsetzt.«

Ein verschlagener Ausdruck trat in Sonargs Gesicht. Es war gut, wenn man einander einschätzen konnte und hier standen sich zwei ebenbürtig gegenüber.

»Wie wollt Ihr mir zu dem Geheimnis verhelfen. Wäre es nicht leichter, ich fragte Roshak? Immerhin vertraut er mir und wird mir bald die Treue schwören, wenn ich erst gekrönt bin. Wozu also brauch ich Euch?«

Allmählich begann ein rotes Augenpaar aus dem Dunkel zu glühen. »Ihr seid ein Narr, Sonarg, wenn Ihr glaubt, das Vertrauen der Gargoyles gewinnen zu können. Roshak hat Euch ebenso durchschaut wie ich. Nur mit meiner Hilfe werdet ihr die Unsterblichkeit von ihm und seinesgleichen stehlen können.«

»Und wie soll das vonstatten gehen?«, fragte Sonarg und zeigte zum ersten Mal offen Interesse an dem, was sein Gegenüber ihm anbot.

»Es ist ein Ritual vonnöten, um ihre Kraft auf Euch übergehen zu lassen.«

Sonargs Augen wurden schmal. Er traute dem Dunklen Schatten nicht. Noch weniger konnte er sich vorstellen, wie man die Gargoyles zu einem solchen Ritual überreden sollte. Doch der Schatten hatte gut geplant und wusste die Zweifel des jungen Königs zu zerstreuen.

»Roshak hat eine Schwäche: Lady Rania. Für sie würde er sterben.«

Mit diesem Wissen und einem finsteren Plan wohnte der künftige König den Trauerfeiern bei. Es galt die Krönung abzuwarten, dann wollten er und sein neuer Verbündeter ihren Plan in die Tat umsetzen.

Königin Riva würde an gebrochenem Herzen sterben und Prinzessin Rania von einer rätselhaften Krankheit befallen. Sonarg hatte den Hofmagier und Heiler mit viel Gold bestochen, damit er ein Ritual zu ihrer Heilung empfahl, bei dem die Kraft der Gargoyles über Leben und Tod vonnöten wäre. Die große Kathedrale war einst zu dem Zweck erbaut worden, die Kraft der Dämonenbrüder zu einen und bot für jeden Einzelnen von ihnen einen angestammten Platz. So konnte große Magie gewebt werden, womit vor langer Zeit die Gebeine des schwarzen Großmagiers auf dem Friedhof gebannt worden waren.

Der Plan sah vor, diesen Körper wieder zum Leben zu erwecken und gleichzeitig die Unsterblichkeit der Gargoyles auf König Sonarg zu übertragen. Der Dunkle Schatten würde im rechten Moment hervortreten und den Hofmagier ablösen, um die Gargoyles mit einem Bann zu fesseln, ehe sie das Ritual ihren eigenen Vorstellungen anpassten.

Der erste Teil des Planes war leicht in die Tat umzusetzen. Von ihrem letzten Becher Wein, den Königin Riva jeden Abend vor dem Schlafengehen trank, erwachte sie nicht wieder. Jedoch bei Rania galt es anders zu handeln, denn Sonarg wollte nicht darauf verzichten, sie zu besitzen. Darum ließ er sie packen und in den Jagdturm im Wald sperren.

Derweil ließ er nach Roshak rufen. Mit dem Heiler an seiner Seite ersuchte er den Gargoyle um Hilfe, da Rania schwer erkrankt und dem Tode nahe sei.

»Ich will sofort zu ihr«, verlangte Roshak ohne Umschweife, doch damit hatte der König gerechnet und den Heiler angewiesen, dies abzulehnen.

»Das geht nicht, edler Roshak. Die Königin braucht absolute Ruhe, sonst wird sie keinesfalls mehr genesen. Nicht einmal der König darf zu ihr. Ich bitte Euch, um ihretwillen, sprecht mit euren Gebrüdern und vereint eure Kräfte ein weiteres Mal. Nur ein starker Heilzauber kann sie jetzt noch retten.«

Roshak blieb misstrauisch und es kostete den Heiler Angstschweiß und Mühe, den Gargoyle zu überzeugen. Schließlich brummte Roshak zustimmend, obwohl ihn eine innere Stimme warnte. Doch der Heiler stand seit vielen Jahren im Dienste des Reiches. Es gab keinen triftigen Grund, an seinem Wort zu zweifeln, und für die Prinzessin war er bereit, jedes Risiko auf sich zu nehmen.

Rania lehnte sich gegen das harte Holz der Tür, die sich hinter ihr wie der Deckel eines Sarges geschlossen hatte. Vater und Mutter tot, der Gemahl ein Lügner und Verbündeter des Dunklen Schattens. Und nun sollten die Gargoyles mit einer teuflischen List ihrer Kraft beraubt werden, um ihn – Sonarg – unsterblich zu machen, wie er sie voll Stolz und mit Wahnsinn im Blick hatte wissen lassen. Sie war der Köder, um Roshak in die Falle zu locken. Rania hatte Angst – vor ihrem Gemahl, den sie nicht wiedererkannte, vor seinem düsteren Verbündeten und um ihre Freunde die Gargoyles.

Mutlos schritt sie die Treppen zu den Zinnen hinauf und blickte auf den bleichen Mond. Da kam ihr mit einem Mal eine Idee. In dem Turm waren Bögen und Pfeile für die Jagd untergebracht. Wenn es ihr gelang, einen Pfeil direkt vor den Mond zu schießen, so dass Roshak von der Kathedrale aus seines Schattens gewahr wurde, würde er vielleicht die stumme Botschaft verstehen und sich und die anderen retten können. Beflügelt von Hoffnung, eilte Rania hinab und kehrte wenig später bewaffnet auf ihren Aussichtspunkt zurück. Wenn der Mond den höchsten Punkt erreichte, sollte das Ritual stattfinden. Dann wollte sie die Warnung in den Himmel malen.

In der tiefsten Stunde der Nacht warf der Bruder der Sonne sein fahles Licht aufs Land. Roshak war nicht wohl bei dem Gedanken an das bevorstehende Ritual, doch es ging um Ranias Leben. Unruhig hob er den Blick zu den Sternen. Etwas Dunkles lag in der Luft, er konnte es spüren. Tief unter ihm in der schwarzen Erde lag die sterbliche Hülle dessen, der nun der Dunkle Schatten war. Die Kräfte, die sie mit diesem Ritual freisetzten, stellten eine Gefahr so nah bei den Knochen des Großmagiers dar. Aber der Dunkle Schatten hatte sich seit vielen Jahren nicht gezeigt. Warum sollte er jetzt zurückkommen? Und dennoch, die Witterung heute Nacht war keine angenehme. Schließlich nickte er dem Heiler und Hofmagier zu, dass er mit der Zeremonie beginnen solle und nahm seinen Platz auf dem vordersten First der Kathedrale ein.

Der Magier zog einen Kreis aus Feuer um den ehernen Kessel, in dem die Zutaten für das heilende Elixier bereits vorbereitet waren. Dann rief er die uralten Kräfte an und bald darauf zogen Wolken über den Himmel, umkreisten die helle Scheibe des Mondes wie aufgeregte Vögel, die ihn nicht zu verdecken wagten. Donner grollte in der Ferne, kam immer näher. Schließlich öffneten die Wolken ihre Schleusen und schickten Regen hinab, der Ranias Reinigung von dieser unheimlichen Krankheit symbolisierte. Der Rauch aus dem Kessel stieg in einer geraden Säule zum hellen Himmelskörper empor, als wolle er ihn berühren und seine Kraft direkt in den Kessel ziehen. Da zuckten mit einem Mal Blitze aus der runden Scheibe hervor, trafen auf die Mauern der Kathedrale und hinterließen tiefe Spuren im Gestein. Die Gargoyles wurden unruhig, denn Mondblitze hatten eine gefährliche und zerstörerische Kraft. Was ging hier vor? Dieses Ritual schien nicht so zu laufen wie geplant. Roshak gemahnte zur Ruhe, da traf ein Blitz statt auf Stein einen der Brüder. Roshak hörte den Schrei im selben Moment, als eine verhüllte Gestalt hinter dem großen Mausoleum hervorsprang, in dem sie König Aroll erst wenige Wochen zuvor beigesetzt hatten. Der Dunkle Schatten richtete sich stolz vor dem Feuerkreis auf. Rücksichtslos stieß er den Magier beiseite, der taumelnd auf die Knie fiel und dann schnell die Flucht ergriff. Das Lachen des Dunklen Schattens vermischte sich mit dem Dröhnen des Donners. Ein zweiter Blitz folgte und traf einen weiteren Gargoyle. Mit Entsetzen sah Roshak, dass seine beiden Brüder zu Stein erstarrten, während die Erde über den toten Knochen des Magiers zu beben begann. Dieses Ritual – es würde nicht Rania retten, sondern die Gebeine des Dunklen Schatten wieder mit Leben füllen! Zorn kochte in ihm hoch, ein lautes Brüllen entrang sich seiner Kehle und er spreizte die Schwingen, um mit einem gewaltigen Satz auf den Feind und den Verräter hinab zu springen, aber seine Beine waren wie festgewachsen. Weitere Blitze zuckten zu Boden und wann immer einer von ihnen auf einen Gargoyle traf, verwandelte er diesen zu Stein, mehrte damit die Kraft des Dunklen Schattens. Mit dem letzten von ihnen, das wurde Roshak bitter bewusst, würde sich sein Leib wieder aus der Erde erheben. Was hatte er Sonarg geboten, dass dieser seine Seele verkaufte? Mit dem Leben der Prinzessin spielte?

»RANIA!«, brüllte Roshak verzweifelt. Es durfte nicht sein, dass dieses edle Herz der Niedertracht zweier derart schwarzer Seelen geopfert wurde.

Entschlossen spannte Rania den Bogen. Sie zielte auf den Mond, senkte ihre Lider und ließ ihr Herz den richtigen Augenblick bestimmen. Dann gaben ihre Finger die Sehne frei. Sirrend flog der Pfeil davon, immer höher in den Nachthimmel, direkt auf die bleiche Scheibe zu.

Der Schatten eines Pfeils durchschnitt den Mond, fiel auf Roshaks Gesicht, als der letzte Schlag der Glocke verklang. Der Blitz, der ihm gegolten hatte, brach sich auf der Spitze des Geschosses und wurde dorthin gelenkt, von wo er gekommen war. »Rania«, ging es Roshak durch den Kopf. Freude durchflutete ihn für einen Moment, als ihm bewusst wurde, dass sie in dem Jagdturm auf der anderen Seite des Tales in Sicherheit war. Wind flaute auf und trug ihm ein seltsames Flüstern zu, in dem er zwar keine Worte, jedoch Ranias Stimme vernahm.

Der Mondblitz schlug mit lautem Getöse in der Ferne ein, ganz nahe des Turms, wie es Roshak schien. Im selben Moment schrie der dunkle Schatten auf und Roshak war wieder frei. Ein Blick auf seine Brüder zeigte, dass alle außer ihm zu Stein geworden waren. Mit ihrer Kraft hatten sie den Dämon genährt, der nach Auferstehung trachtete, um das Reich in eine neue Finsternis zu stürzen. Doch sein Plan war gescheitert. Seine Seele hatte zwar wieder Einlass gefunden in den Körper, um aufzuerstehen hätte es jedoch des Opfers aller Gargoyles bedurft. So lag er nun gefangen in den eigenen Gebeinen tief im Dunkel der Erde und war auf alle Zeit gebannt. Seine Gier und Niedertracht waren zu seinem Untergang geworden. Aber Sonarg stand noch auf dem Friedhof, fassungslos ob des Gesehenen und gleichwohl zornig im Erkennen, dass der Plan gescheitert war. »Meine Unsterblichkeit! Sie steht mir zu, Gargoyle!«, brüllte er wie von Sinnen.

All der Hass, den Roshak empfand, richtete sich auf diesen menschlichen Wurm. Nur die Sorge um Rania hielt ihn davon ab, den Verräter sofort seiner gerechten Strafe zuzuführen. Eine Stimme trieb ihn zu dem einsamen Turm, von wo Rania den rettenden Pfeil entsandt hatte .

Es war dem Gargoyle ein Leichtes, den Eingang zu zerschmettern. Er eilte die Stufen hinauf wie der Wind. Oben bei den Zinnen würde er die Prinzessin finden, das wusste er.

Doch nichts auf dieser Welt hätte ihn auf das Bild vorbereiten können, das ihn erwartete. Es warf ihn an die steinerne Brüstung wie ein übermächtig starker

Gegner. Rania stand vor ihm, schön wie immer. Bleich und zerbrechlich, den Bogen noch in der Hand. Regentropfen hingen wie Tränen auf ihren Wangen, flossen ihren schlanken Hals hinab und sammelten sich in der kleinen Grube ihrer Kehle. Kühles Nass auf kühlem Stein, denn die Prinzessin war zu einer Statue aus elfenbeinernem Marmor erstarrt. Was Roshak bestimmt gewesen war, hatte sie auf sich genommen. Der Sieg über den Dunklen Schatten lag allein bei ihr. Doch um welchen Preis?

Zitternd strecke Roshak die Hand nach ihr aus, berührte das erstarrte Antlitz. Tränen rannen über sein Gesicht. Für diese Schandtat, dieses teuflische Verbrechen, sollte er büßen. Mehr noch als für den Fluch, den er über die Gargoyles gebracht.

Unsterblichkeit hatte der König begehrt! Ihn schlicht zu töten erschien Roshak eine zu geringe Strafe. So ersann er eine qualvolle Vergeltung, indem er Nacht für Nacht vor Sonarg erschien und ihm jedes Mal ein weiteres Stück Lebenszeit stahl. Die Diener hörten Schreie aus des Königs Gemach, doch keiner wagte sich hinein. Allmorgendlich konnte Sonarg im Spiegel sehen wie er alterte. Er war sich bewusst, dass sein Leben gleich Sand durch seine Finger rann und er nichts tun konnte, um es aufzuhalten, denn Roshak blieb verschwunden, kam nur des Nachts wie ein Schatten über ihn. Er würde sterben in nicht allzu ferner Zeit und Mitleid hatte er nicht zu erwarten. Die einzige Unsterblichkeit, die er noch erlangen konnte, war jene in den Chroniken des Landes. Doch die malte kein gutes Bild von ihm. Wenngleich man ihm die Morde nicht beweisen konnte, das Volk war nicht dumm. Die steinernen Gargoyles sprachen ebenso für sich, wie die schneeweiße Maid auf dem Turm. Und der Tod von König Aroll und Königin Riva lag allzu dicht beieinander, um an Zufall noch zu glauben. Um wenigstens nicht ewigliche Schmach auf sich zu laden, verbot König Sonarg bei Todesstrafe niederzuschreiben, was sich ereignet hatte. Viele landeten vor dem Henker, die sich nicht daran hielten und dienten als Mahnmal für andere.

Der König selbst starb wenige Monate später als alter, gebrechlicher Mann. Und am Tag, als man seinen Leichnam auf dem Friedhof vor der Kathedrale beisetzte, entdeckte das staunende Volk auf der Spitze über dem Eingang des Gotteshauses Roshak als elften der Gebrüder hocken. Unbeweglich und erstarrt, als habe er seit jener verfluchten Nacht schon dort gesessen. Einzig was ihn von den andern unterschied, waren die weit gespreizten Schwingen, als gelte es, sie über dem Friedhof auszubreiten, damit nichts mehr von ihm entweiche ... oder etwas zu schützen, was in den Mauern verborgen lag.

Wie zum Beispiel eine Schriftrolle mit der ganzen Wahrheit.

...so fürcht' ich kein Unglück

Julia Müller

Die nicht. Die ist es auch nicht. Und diese? Nein, die ist es auch nicht. Vielleicht dort unten? – Nein, hier gibt es auch keine, es gibt keine! *Es sind einfach keine da!*

Was soll ich tun? Ich – ich *brauche* doch glänzende Münzen, ich muss sie einfach finden! Die Menschen waren doch heute alle in der Kirche!

Heute Abend ist es soweit!

Sie kommt! Sie kommt, und sie verlangt ihre Münzen!

Was soll ich nur tun? Die Menschen waren doch heute alle in der Kirche und mein Herz schlug so schnell, wenn ich das Klingen in dem kleinen Holzschrein hörte. Und doch – vergebens. Seit Stunden wühle ich in diesem Berg von Münzen und nicht eine einzige glänzende ist dabei.

Was soll ich nur tun? Was soll ich nur – da!

Das Angelusläuten! Ist es schon so spät?

Bei meinem Schwanz, was soll ich tun? Nun ist's vorbei. Beim Angelusläuten kommt sie!

Bei meinem Bart, was soll ich tun? Ich muss wieder dort hinein. Muss weiter Münzen suchen, die frischen Münzen, die glänzenden Münzen, die schimmern und schillern und blinken!

Was soll ich nur tun? Seit Tagen durchwühle ich den Spendenkasten des Heiligen Antonius und suche und rieche und schnüffle, ich taste nach ihnen und lecke daran, den Geschmack frischer Bronze zu schmecken!

Vergebens.

Es ist jetzt Zeit, ich muss hinauf, hinauf auf die Zinnen des zweithöchsten Turmes.

Der Gargoyle wacht dort über den Glockenturm. Oh Mäuselord, lass sie verstehen, beschütze mich!

Was stand doch auf dem großen bunten Buch auf dem Altar? »So fürcht' ich kein Unglück« – doch fürchte ich Ignina. Nur schnell hinauf …

Oh, ist das kalt hier oben auf den Zinnen! Mein Barthaar ist ganz steif; und meine Ohren zittern.

Da, da ist sie schon, da kommt sie, wie ein schwarzer Schatten vor dem Horizont!

Oh, hätte ich doch damals nur gehört, was meine Mutter sagte! Sie warnte mich vor Elstern! Und nun? Wo bin ich hingeraten? Ein Auge fehlt mir schon! Ob sie mir heute das andre auch noch nimmt?

Was musste ich auch prahlen!

Ich könne so gut riechen, sagte ich, und könnte mit der Nase die Münzen nach dem Alter unterscheiden! Jetzt rächt sich das, was soll ich tun?

Da kommt sie, sie ist da! Oh, zornig ist sie schon, ich kann es deutlich hören, »Tirlar! Tirlar!«

»Ich komme Ignina, ich komme.«

»Wo sind meine Münzen, Tirlar! Wo sind meine schillernden Münzen?!?«

»Vergib mir, Ignina, es gibt keine.«

»Es gibt keine?!? *Ha*! Zu faul bist du, zu träge! Du lungerst Tag für Tag herum, frisst Abfall, Dreck und bummelst! Wir haben einen Pakt!«

»Ich weiß doch, Ignina, ich weiß, aber …«

»Kein Aber! Du suchst nicht richtig, du gehorchst mir nicht! Na warte, dieses Mal wirst du mir nicht entwischen!«

Ignina, nein! Zu spät, mein Gott! Sie wird mich töten! Ihr schwarzer scharfer Schnabel – nein! Meine Ohren! Sie hat – mein Ohr! Ich darf nicht stehen bleiben, muss weiterlaufen … Mir dreht sich alles, ich blute …

Lauf, Tirlar, lauf!

Sie ist so nah – hab' Gnade, Ignina, hab' Gnade!

Zu spät, es geht nicht weiter, es ist zu weit oben, hier wacht der Gargoyle über den Glockenturm, da ist sie, wo soll ich hin, da! Über mir! Der Schnabel! Ich sehe nichts mehr, mein – mein Auge! Der Schmerz – Ignina! Bitte! *Ignina*!

»*Du sollst nicht töten.*«

Was ist das? Ich sehe wieder! Und jetzt …

Oh Gott!

Der Wasserspeier!

Er – er kommt auf uns zu!

»Ich bin Neptolemos, der Wächter dieses Hauses! In dieser Kirche darf kein Unrecht geschehen. Und deshalb sage ich: Du sollst nicht töten.«

»Halt dich da raus, du steinerner Klotz!«

Was – ich – ich kann nicht hinsehen! Ignina! Wo ist sie?

»Hab' keine Angst, kleine Maus. Die Elster wird dich nicht mehr behelligen.«

»Hab' Dank, Neptolemos, hab' Dank, immer, ewig, der Mäuselord hat mich erhört, Neptolemos, ich danke dir, ich –«

»Kleine Maus?«

»J – ja, Neptolemos?«

»Kleine Maus, die Münzen, die du gestohlen …«

Seine Augen glühen auf einmal … Und er kommt auf mich zu …

»Ich bin Neptolemos, der Wächter dieses Hauses! In dieser Kirche darf kein Unrecht geschehen. Und deshalb sage ich: Du sollst nicht stehlen …«

Gargoyle

Christoph Hardebusch

Klick.

Damit fing es an. Meine Kamera war teuer, eine Spiegelreflex. Natürlich besaß sie ein digitales Innenleben, aber irgendwie war ihr Gewicht in der Hand befriedigender als das dieser Hosentaschen-Digitalkameras. Und wenn man ein Foto schoss, dann gab es ein echtes Geräusch, kein falsches Klicken, wie bei einem Fotohandy.

Wir standen auf dem Hradschin über Prag in der Schlange, um die Kathedrale zu besichtigen. Meine Freundin schwieg; kein Wunder, hatten wir uns doch gerade erst gestritten. Der Blick durch die Kamera war mehr eine Flucht. Durch den Sucher musste ich sie nicht ansehen. Wir stritten uns oft, damals, wegen Kleinigkeiten, Unpünktlichkeit, Teebeuteln im Ausguss, Kleinkram eben.

Klick.

Ein Turm der Kathedrale, vor einem bewölkten, grauen Himmel. Düster, unheilsschwanger, passend zu meinen Gefühlen.

Klick.

Ein Detail des Turmes, wenig mehr als einige in Form geschlagene Steine.

Klick.

Ein Wasserspeier. Ein nach vorne geneigter Mensch, mit Mütze und weit aufgerissenem, finster lachendem Mund und einer gewaltigen Zunge.

Klick.

Noch einmal der Wasserspeier, diesmal mit einigen Tropfen, die von seiner Zunge zu Boden fielen.

Ein guter Schnappschuss. Mein Interesse war geweckt. Die Außenseite der Kathedrale war voll von Wasserspeiern. Drachen, Menschen, Teufel, seltsame, insektenähnliche Wesen. Mischkreaturen, halb Mensch, halb Tier. Mal mit Flügeln, mal mit Federn, mal Echsisch. Wilde Formen. Ich machte ein Foto nach dem anderen. Fast fand ich es schade, als wir den Eingang der Kathedrale erreichten und in das düstere Innere gelassen wurden.

Natürlich waren wir viel zu früh am Flughafen, wie man es immer ist, weil man Angst hat, den Flieger zu verpassen. Nur noch mit Handgepäck bewaffnet, saßen wir in der Wartehalle und verhielten uns dem Ort entsprechend – wir warteten. Wir redeten nicht viel. Vielleicht hatten wir uns wieder gestritten. Sie las ein Magazin, ich vertrieb mir die Zeit damit, die Bilder vom Speicherchip der Kamera auf den Laptop zu übertragen und schon einmal eine erste Sichtung vorzunehmen. Einige Fotos waren unscharf oder verwackelt, bei anderen sahen wir nicht so aus, wie man sich das gewünscht hätte, also löschte ich sie. Fingertippen – neues Bild – Fingertippen – neues Bild – löschen? Ja/nein - Ja - Fingertippen – neues Bild.

Das erste Bild des Wasserspeiers erschien. Akkurat getroffen, in schönem Kontrast zum helleren Himmel. Fingertippen – nächstes Bild. Etwas kratzte an meinem Bewusstsein. Ich hätte nicht sagen können, was es war, aber ich holte das erste Wasserspeierbild zurück und studierte es genauer. Alles war genauso wie vorher. Fingertippen – nächstes Bild. Und wieder dieses Gefühl, als ob man neben sich stände … nein, als ob die Welt einen Schritt zur Seite machen würde. Diesmal hatte ich es gesehen. In dem Sekundenbruchteil, als das Bild verschwand. Eine Bewegung, dort, wo keine sein sollte: auf dem Foto.

Ich rieb mir die Augen. Dann zeigte ich es meiner Freundin. Fingertippen – Bild vor – Bild zurück – Bild vor – Bild zurück. Mit jedem Wechsel spürte ich es deutlicher, ein unheimlicher Effekt, so als ob der Wasserspeier mich ansehen würde, den Kopf leicht geneigt, irgendwie fragend. Je öfter ich es sah, desto mulmiger wurde mir. Mein Backenzahn schmerzte dumpf, aber ich achtete kaum darauf, so gefangen war ich.

Meine Freundin sah es nicht. Sie vermutete, dass es vielleicht ein Effekt wie bei einem Daumenkino sei, durch zwei ähnliche Bilder direkt nacheinander ausgelöst. Ich widersprach, sie verlegte sich darauf, mir Müdigkeit und Stress zu unterstellen. Ich widersprach erneut, und wir stritten uns.

Die Nacht verbrachte ich daheim vor meinen Laptop, eingehüllt in das künstlich-blaue Licht des Bildschirms und versuchte das Geheimnis des Bildwechsels zu ergründen. Ich lud mir Programme aus dem Netz, zur Bildbetrachtung und zur Bildbearbeitung. Manchmal gelang es mir, den Effekt zu reproduzieren, meistens jedoch nicht. Aber immer war es mehr eine Ahnung, eine Andeutung. Ich spürte mehr, dass sich das Bild im Augenblick des Verschwindens änderte, als dass ich sah.

Am Morgen stritten wir uns wieder. Es war mir egal.

Klick.

Ein schöner Sommertag in Amiens. Touristen überall, Cafés, kurze Röcke, schöne Beine. Aber in meinem Sucher war nur die Kathedrale. Diesmal war ich allein unterwegs, und es störte mich nicht. Im Gegenteil, so konnte ich in Ruhe fotografieren.

Klick.

Wieder einen Wasserspeier in das digitale Gedächtnis meiner Kamera gebannt. Ein seltsamer Bursche, mit Vogelflügeln und Raubtierarmen, dazu ein koboldhafter Kopf mit einem grinsenden Maul voller Zähne.

Um mich herum brandeten die Massen der Menschen, doch ich stand frei in einem kleinen Kreis, der nur mir gehörte. Damals dachte ich, es wäre die der Kamera innewohnende Magie, die Abstand hielt und mir Macht über andere Menschen gab – *bitte lächeln!*

Mein Kiefer schmerzte. Das tat er in den letzten Wochen häufiger. Ich ignorierte es. Das tat ich in den letzten Wochen häufiger.

Klick.

Den Tag verbrachte ich an der Kathedrale. Ich ging nicht hinein; das Innere interessierte mich nicht. Dennoch machte ich hunderte von Fotos. Nicht von der Kathedrale, ihren Türmen, den spitzen Bögen und den Fenstern. Sondern von den Wasserspeiern. Hier in Frankreich hießen sie *Gargouille*, und wenn man sie bei Regen sah, wusste man, wieso.

Die Nacht über saß ich im Hotelzimmer vor dem Laptop und scrollte durch die Bilder. Ich hatte mir Rituale angewöhnt. Blicke aus den Augenwinkeln. Zählen bis drei, bevor ich ein Bild weiter ging. Augen zusammenkneifen, bis das Foto fast vor ihnen verschwamm.

Ein Teil von mir hoffte, dass ich nichts sehen würde. Ich könnte zu meiner Freundin zurückgehen, mir

Vorwürfe anhören und doch einfach weiter machen wie bisher. Aber der größere Teil von mir ahnte, dass dies nicht passieren würde.

Es schien mir so klar erkennbar zu sein. Bei jedem Bildwechsel eine Bewegung. Manchmal auch, wenn ich mich abwandte, im letzten Augenblick der Betrachtung. Sie schauten zurück. Ich wurde aus den Fotos heraus angesehen. Lachend, schmunzelnd, finster, stirnrunzelnd, aus menschlichen Augen, tierischen Augen, von grotesken Figuren aller Art.

Meine Finger zitterten und auf meiner Haut stand kalter Schweiß. Der rationale Teil meines Gehirns sagte mir, dass ich den Verstand verlor. Aber das war eine Lüge, wie so vieles, was wahr erscheint. Ich wurde nicht verrückt – die Bilder sahen mich einfach an, so wie ich sie ansah.

Klick.

In Sevilla war der Kreis um mich noch größer. Vielleicht hätte ich duschen sollen, nach der langen Autofahrt, bevor ich zur Kathedrale ging. Oder davor. Ich konnte mich nicht erinnern, wann ich überhaupt das letzte Mal geduscht hatte. Es war auch unwichtig.

Klick.

Ich benötigte zwei Tage für alle Wasserspeier, alle Grotesken. Hier hießen sie *Gárgola*. Und jede einzelne sah mich auf den Bildern an.

Mukopolysaccharidose. Ich musste es nachschlagen. Eine Erbkrankheit. Mein Gesicht schmerzte. Kein Wunder, denn es veränderte sich. Ich scrollte durch die Bilder. Inzwischen waren sie alle in einem einzigen

Ordner untergebracht. Meine Freundin hatte mich endgültig verlassen, aber es war gut so. Sie hatte ohnehin nur gestört. Die Jalousie war herabgelassen, aber der Laptop gab genug Licht ab. Gargoylismus hat man die Krankheit früher genannt, weil die Antlitze der Kranken die abergläubischen Menschen an die Fratzen an ihren Kirchen erinnerten.

Mein Arzt war sehr erstaunt, immerhin trat sie für gewöhnlich in jungen Jahren auf, nicht mit Anfang Dreißig. Und er hatte mich gebeten, mich bei der Uni-Klinik zu melden. Für die Therapie, wie er sagte; als Versuchskaninchen, wie wir beide wussten. Ich hatte genickt. Warum auch nicht, hatte ich doch nicht vor, meine Zeit derartig zu verschwenden. Ich hatte Wichtigeres zu tun. Fingertippen - Bild vor.

Paris ist eine Stadt voller Gargoylen. Ich brachte es nicht mehr übers Herz, sie schnöde *Wasserspeier*zu nennen. Ich hätte früher nach Paris fahren sollen. Fotos machte ich keine. Meine Finger waren zu steif geworden, um die Kamera zu bedienen, und ich ließ meine Hände meist in den Taschen, um neugierige Blicke zu vermeiden. Mein Gesicht zog ohnehin genug davon an. Immerhin lächelte ich stets zurück. Anders konnte ich nicht mehr.

Im Winter war es selbst in Paris ruhiger. Und mitten in der Nacht, wenn überall die Lichter der Stadt leuchteten und Notre-Dame angestrahlt war, war man fast allein. In den Schatten der Beleuchtung sah ich sie stehen, hocken, sitzen. Umrisse, in ihren grotesken Formen schwer auszumachen, doch ich kannte sie. Ich wusste, dass sie auf mich herabsahen. Sie hatten warten müssen, aber sie waren so geduldig wie der Stein, aus dem man sie geschlagen hatte.

Aber jetzt war ich da.

Ich trat vor, in die Schatten.

Das steinerne Herz

Lisa Wagner

Manchmal ist Liebe die einzige Waffe, die man gegen die grausamen Ungerechtigkeiten der Welt zu schwingen vermag.

Als Fin durch die nachtschwarzen, dunstigen Gassen der schottischen Stadt Elgin hastete, wusste er, dass sein Schwert keine Waffe gegen den Feind war, der ihn verfolgte. Die Frau in seinen Armen stöhnte leise auf, als er über einen Pflasterstein stolperte und er blickte besorgt in ihr schweißnasses Gesicht.

»Halte durch, wir sind bald da«, murmelte er und mobilisierte seine letzten Kräfte.

Als er den Kopf im Laufen nach hinten wandte, wurde der Nebel immer dichter. Es war kein normaler Nebel. Er war düster, ein Rauchgrau, das in seinen Tiefen nahezu schwarz wirkte und alles um sich herum aufzusaugen schien. Fin wusste, würde er noch länger hinsehen, dann würde er die Umrisse einer in einen langen Kapuzenmantel gehüllten Gestalt in den Schatten erkennen. Hastig blickte er wieder nach vorne, umfasste die Frau in seinen Armen fester und eilte weiter.

Vor ihm ragte am Ende der langen, verlassen daliegenden Gasse die Kathedrale der Stadt auf. Er hechtete darauf zu und begann, mit den Füßen gegen das gewaltige, hölzerne Tor zu treten.

»Pater! Pater! Macht auf! Pater!«

Seine Stimme überschlug sich fast vor Furcht, als er den Nebel immer näher kriechen spürte. Schon gefror ihm das Herz zu Eis, als sich die kleine Luke in dem Durchlass öffnete und die müden Augen Pater Dullivans herausblickten.

»Fin! Bei Gott und allen Heiligen, was soll denn der Krach um diese Uhrzeit?«

Umständlich machte er sich an der Tür zu schaffen, welche dann knarrend ein Stück weit aufschwang. Der junge Mann drängte sich durch den Spalt und drückte die Tür mit seinen breiten Schultern gleich wieder zu.

»Was…?«

Pater Dullivan fuhr sich durch das wirre graue Haar und wollte erneut fragen, was Fin in solche Panik versetzte, als er den leblosen Körper der jungen Frau in dessen Armen wahrnahm.

»Himmel! Regan!«

Bestürzt beugte er sich über sie und strich ihr das dunkle Haar aus dem schweißnassen Gesicht.

»Fin, was ist geschehen?«

Rasch führte er den erschöpften Mann in seine kleine Kammer neben dem Altarraum und hieß ihn, die Frau auf sein Bett zu legen. Behutsam deckte Fin sie zu und ließ sich dann auf den Bettrand sinken. Noch immer war er völlig außer Atem.

Der Pater beugte sich über das Bett und befühlte Regans Stirn. Sie glühte vor Fieber.

»Fin, warum bist du nicht mit ihr zum Heiler oder zu der Kräuterfrau?«

»Weil es dafür zu spät ist.«

In Fins Stimme lag ein derart bitterer Unterton, dass Pater Dullivan erschrocken aufblickte.

»Was ist geschehen?«

Fins Augen hafteten weiterhin auf Regans Gesicht.

»Sie stirbt.«

Er fuhr sich durch das dunkelblonde, halblange Haar.

»Pater…«, nun erst hob er den Kopf und der Ausdruck in seinen braunen Augen ließ den Priester zusammenzucken, »ich habe den Tod vor eure Kirche gebracht.«

Die Geschichte, welche der junge Mann nun erzählte, war so verworren und voller Magie, dass nur ein Mensch sie zu glauben vermag, der den Zauber der Highlands am eigenen Leib erlebt hat und sich davon überzeugen konnte, dass Feen, Kobolde und Elfen nicht bloß Märchen sind. Und obwohl Pater Dullivan ein gläubiger Mann war und dem Aberglauben abgeschworen hatte, so war er doch ein Kind der Highlands.

»Vor drei Tagen ging Regan in den Wald, um Kräuter zu sammeln. Ich war mit meinen Brüdern auf dem Feld und riet ihr, nicht allzu weit zu gehen, da wir nachts die Rufe von Wölfen gehört hatten. Sie versprach, vor der Dämmerung zurück zu sein. Als die Sonne unterging und sie noch immer nicht wieder da war, machten wir uns auf die Suche nach ihr. Alle Männer des Dorfes durchkämmten mit Fackeln den Wald. Das Heulen der Wölfe klang immer näher und ich war krank vor Sorge. Mein Vater versuchte mich zu beruhigen, doch die Männer um uns herum wurden immer nervöser. Einer behauptete, das Heulen stamme nicht von Wölfen, es wären die Rufe einer Banshee. Wir suchten immer verzweifelter und als der Mond bereits hoch stand, da knackte es vor uns im Unterholz. Regan brach hervor, den Umhang zerrissen, das grüne Kleid voll von Schmutz und Blut. Sie war ganz still, stand aufrecht da und starrte uns an. Ich sprach mit ihr, ging auf sie zu. Doch sie erkannte mich gar nicht. Ihre Augen waren leer, als wäre sie gar nicht bei Sinnen. Dann heulte es ganz in der Nähe. Sie zuckte zusammen. Dann war sie wieder bei sich. Sie sah mich an, flüsterte meinen Namen und dann fiel sie zu Boden… Wir brachten sie zurück ins Dorf. Die Heilerin schreckte vor ihr zurück, als wir sie zu ihr bringen wollten. Sie sagte, eine dunkle Aura ginge von ihr aus. Ihre Mutter und ich wachten die ganze Nacht und den folgenden Tag über sie, aber sie wollte nicht aufwachen. Manchmal murmelte sie meinen Namen.« Fin schluckte hart. »Alle waren fest davon überzeugt, dass Regan von einer Banshee gebissen worden war. Sie wollten sie töten, Pater! Ich habe sie nachts mit Hilfe ihrer Mutter aus dem Dorf gebracht. Die Heilerin hatte sich nicht getraut Regan auch nur zu berühren, aber sie riet mir, zu euch nach Elgin zu gehen.«

Fins Blick wanderte von dem bleichen Gesicht der jungen Frau zu dem des Priesters.

»Sie sagte, der Tod würde Regan folgen und nur ihr könntet sie noch retten.«

Pater Dullivan schwieg und blickte zu Boden.

»Ist dem so?«

Er antwortete dem jungen Mann nicht.

»Pater!«

Der Priester seufzte leise. Er war alt und es war Jahrzehnte her, dass er an all die Geschichten gedacht hatte, die nun wieder aus den Tiefen seiner Seele aufstiegen. Er hatte all das vergessen, hatte es vergessen wollen, was er in den uralten Büchern in der Bibliothek der Kathedrale gelesen hatte in jener verzweifelten Nacht und was sich als mehr als nur Mythen und Legenden herausgestellt hatte.

»Pater!«

Die Hände des jungen Mannes bohrten sich in seine Schultern. Dunkle Augen starrten ihn an.

»Ich flehe euch an! Wenn ihr einen Weg kennt, um ihr zu helfen, so tut es!«

Dullivan seufzte erneut schwer. Dann erhob er sich.

»Nimm sie und folge mir.«

Seine Stimme klang müde und unsagbar alt. Mit traurigen Augen beobachtete er, wie Fin die junge Frau behutsam auf seine Arme hob und sich zu ihm umwandte.

»Wie sehr liebst du sie, Fin?«

Auch wenn er die Antwort bereits wusste, sie in seinen Augen ablesen konnte, so wollte er sie dennoch aus dem Mund des Mannes hören.

Fin hob das Kinn an.

»Ich liebe sie mehr als mein Leben. Was auch immer ihr von mir fordern mögt, ich bin bereit es zu tun!«

Dullivan nickte und lächelte traurig.

»Folge mir!«

Auf dem Weg durch die trübe Finsternis der Kirche begann Dullivan leise, die Geschichte zu erzählen, die er gehofft hatte, nie erzählen zu müssen.

»Die Mauern dieser Kirche sind alt, mein Junge, wusstest du das? Doch sind sie noch nicht so alt wie der Ort selbst. Als die ersten christlichen Missionare nach Schottland und Irland kamen, da suchten sie sich oft Orte alter Magie aus, um dort ihre Kirchen und Kathedralen zu erbauen. Sie versuchten somit, den Heiden ihre Kultplätze zu nehmen.« Er öffnete die Tür zum Turm und betrat die Wendeltreppe, die sich in endlosen Spiralen nach oben wandte. Vorsichtig hielt er den Kerzenleuchter hoch über seinen Kopf, damit Fin die Stufen sehen konnte. Langsam begannen sie den steilen Aufstieg.

»Die alten Weisen aus vergangenen Zeiten hatten auch in Schottland um die Kraftpunkte gewusst. An diesen Orten herrschte mächtige Magie. Als die Kirchenmänner nun an genau diesen Orten ihre Kirchen erbauten, nahmen die Mauern diese Magie mit der Zeit in sich auf.«

Er steckte den Schlüssel in das verrostete Schloss der Tür am Ende der Treppe. Dann stieß er die knarrende Tür auf und betrat die Plattform des Turmes. Tief einatmend blickte er hinaus in die finstere Nacht.

Hinter ihm trat Fin ins Freie und blickte sich um.

»Was soll das, Pater? Warum sind wir hier?« Besorgt sah er zu Regan in seinen Armen. »Sie wird immer schwächer. Tut doch etwas!«

Der Priester war an den Rand der Plattform getreten. Auf dem freien Platz um die Kirche ballte sich der rauchgraue Nebel. Er hatte das Tor fast erreicht. Der Tod war sich seines Sieges gewiss.

»Die Heilerin hat dich zu mir geschickt, weil eine Kirche Schutz bieten kann. Die Mauern einer jeden Kirche sind ein Bollwerk gegen das Böse, mein Junge.«Er wandte sich um und blickte Fin ins Gesicht. »Doch ist der Tod nur zum Teil böse. Deshalb können diese Mauern ihn bremsen, aber nicht aufhalten.«

Auf Fins Gesicht erschien ein Ausdruck völliger Verzweiflung, als ihm der Sinn dieser Worte klar wurde.

»Aber warum sind wir dann hier?«

»Weil ich dich zu den einzigen Wesen gebracht habe, die euch nun noch helfen können«, antwortete Dullivan und wandte sich der Brüstung der Plattform zu, wo sich dunkle Schatten zu regen begannen.

Fins Herz stockte, als die Figuren auf der Brüstung die Köpfe wandten und mit Augen aus grauem Stein zu ihm herüberblickten. Er wich zurück, die Arme fest um Regans leblosen Körper geschlungen, bis er mit dem Rücken gegen die Tür stieß.

»Hab keine Furcht, mein Junge.« Pater Dullivan stand direkt neben ihm. »Sie werden uns nichts tun.«

Die Gargoyles reckten und streckten sich; hier und da war das Knirschen von Stein zu hören. Ihre grotesk geformten Gesichter wanden sich den beiden Männern zu, während Klauen träge über den Stein schabten.

»Es ist lange her, James.«

Die Stimme des größten Gargoyles knarrte wie brüchiger Fels.

Pater Dullivan trat zwei Schritte vor.

»Ich hatte gehofft, euch nach Ava niemanden mehr bringen zu müssen.« Mit einem Nicken deutete er auf eine der kleineren Gestalten, deren Platz an der Außenseite des anderen Turmes zu finden war, die nun jedoch auf der Brüstung saß und sich schüttelte.

Der größte Gargoyle ließ seinen steinernen Blick auf Fin ruhen, welcher noch immer völlig sprachlos war.

»Deine Liebste wird vom Tod verfolgt, Mensch.«

Fin schluckte. Er glaubte sich in einem wirren Traum. Vielleicht hatte Regans Fieber ihn angesteckt und er begann zu fantasieren. Doch, war ihm auf dem Weg hierher nicht auch der Tod gefolgt? Hatte er nicht die Skeletthände und die große Sense in den Schatten mit eigenen Augen gesehen? Wie aus weiter Ferne vernahm er die Stimme des Priesters.

»Die Dorfbewohner glauben, sie wurde von einer Banshee angefallen, Darragh.«

Der angesprochene Gargoyle brummte knarzend vor sich hin.

»Wie viel Zeit bleibt uns noch, Caoimhe?«, wandte er sich an eine der anderen Steinfiguren, die auf der Brüstung des Turmes hockte.

»Nicht mehr viel«, kam die Antwort. »Der Nebel hat das Tor fast erreicht.«

Darragh wandte sich erneut Fin zu.

»Bist du gewillt mit uns zu sprechen, Mensch?«

Fin schluckte, leckte sich über die trockenen Lippen.

»Könnt ihr … könnt ihr Regan helfen?«

»Wir können sie nicht heilen, wenn es das ist, was du meinst«, war die Antwort des Steinwesens. »Aber wir können verhindern, dass der Tod sie sich holt.«

Verwirrt wandte sich Fin dem Pater zu, der eine beschwichtigende Geste Richtung Darragh machte und zu erklären begann.

»Der Tod wird so lange hier bleiben, wie er Regans Herzschlag hört. Ist dieser erst verklungen, wird er gehen, im Glauben ihr Leben sei ausgelöscht.«

Der junge Mann blinzelte verständnislos.

»Aber … wie soll sie nicht sterben, wenn ihr Herz nicht mehr schlägt?«

»Indem sie zu einer von uns wird«, mischte sich nun Darragh erneut ein und ein weiterer Gargoyle mit spitzen Hörnern auf der Stirn fügte hinzu: »Stein hat keinen Herzschlag, braucht keinen Herzschlag und kann dennoch leben.«

Fin zögerte, rang mit sich, dann schüttelte er den Kopf.

»Ich verstehe nicht …«

»Was auch immer mit Regan geschehen ist, Fin«, sprach nun wieder Pater Dullivan, »sie stirbt. Auch die

Gargoyles, die Wächter dieses heiligen Ortes, können den Tod nur für kurze Zeit aufhalten. Es ist nun an dir, eine Entscheidung zu treffen. Entweder du überlässt Regan dem Nebel und der Tod wird sie sich holen. Oder du nimmst das Angebot Darraghs an und Regan wird weiterleben… in einer gewissen Art und Weise.«

Fin schluckte hart, als er endlich begriff. Er blickte in Regans Gesicht. Sie war noch so jung, viel zu jung um zu sterben. Er konnte, er wollte sie nicht verlieren.

»Wird sie sich an mich erinnern, wenn sie eine von euch wird?«

»Sie wird keinen eurer gemeinsamen Augenblicke vergessen haben«, antwortete Darragh.

»Werde ich sie sehen können?«

»Sie wird hier bei uns leben«, war die Antwort eines der Steinwesen. »Du hast das Recht, sie bei jedem Vollmond zu besuchen.«

»Sie wird sich verändern, ein steinernes Herz lässt auch den Rest des Körpers langsam versteinern. Aber sie wird nie sterben«, sprach Pater Dullivan. Der junge Mann blickte auf.

»Wenn es für mich an der Zeit sein wird zu sterben …«

»… werden wir dich ebenfalls zu einem von uns machen, auf dass ihr die Ewigkeit zusammen verbringen könnt«, vollendete Ava seinen Satz und ihr Gesicht, welches von all den Steinfratzen noch am menschlichsten wirkte, lächelte. »Der Tod wird auch bald meinen Liebsten zu mir bringen.«

Überrascht blickte Fin in die Runde der sieben Steinfiguren.

»Ihr seid alle…?«

»So entstehen Gargoyles«, antwortete der Priester leise. »Es sind Liebende, die dem Tod entronnen sind, um auf ewig in Stein ihre Liebe zu feiern.«

»Ich dachte, Gargoyles würden das Böse von Kirchen fernhalten.«

»Oh, das tun wir«, entgegnete nun Darragh und entblößte spitze Steinzähne, »denn welche Liebe ist größer als die zu Gott, der uns das Lieben erst lehrte?«

»Es ist an der Zeit«, rief da Caoimhe von der Brüstung aus.

Darragh blickte Fin an.

»Du musst dich nun entscheiden, Mensch.«

Fin sah hinab in das bleiche Antlitz seiner Liebsten. Er würde den Rest seines Lebens … nein, den Rest seines Daseins mit ihr verbringen.

»Einverstanden.«

Darragh nickte und trat vor.

Hinter der Brüstung, auf der Caoimhe noch immer hockte, wallte der dunkle Nebel auf.

Der mächtige Gargoyle hieß ihn, Regan auf den Boden zu legen. Dann kauerte er sich nieder und legte eine klauenartige Hand auf Regans Brust, dort wo ihr Herz mit den letzten Schlägen eines verängstigten Vogels schlug. Dann streckte er den zweiten Arm aus und berührte mit der anderen Klaue Fins Brust.

Etwas Kaltes durchzuckte Fin. Dann begann sein Puls zu rasen.

»Dein Herz wird von nun an für euch beide schlagen«, murmelte Darragh. »Eure Liebe ist stark.«

Und Fin nahm auf einmal ein Leuchten wahr, das aus den Augen des Steinwesens zu funkeln schien. Das Leuchten breitete sich aus, wurde heller und heller, sodass Fin die Augen schließen musste. Er hörte das Rasen seines eigenen Herzens. Und dann vernahm er das Schlagen eines weiteren Herzens, stumpf, stockend. In dem Augenblick, da er begriff, dass es Regans Herz war, stockte jenes vollends und es wurde ruhig.

Der junge Mann öffnete die Augen.

Zu seinen Füßen lag Regan. Sie war ruhig, ihr Gesicht blass. Als Fin die Hand ausstreckte und ihre Wange berührte, zuckte er zusammen ob der marmornen Kälte ihrer Haut.

Sie regte sich. Dann schlug sie die Augen auf.

Noch immer waren es die gleichen Augen, grün wie Tannen, doch lag nun eine tief verborgene Härte darin.

Fin schluckte, wagte nicht sich zu regen. Wie gebannt starrte er auf sie hinab.

Dann lächelte sie sanft.

»Fin…«

Und in diesem einen Wort lag so viel Wärme, so viel Liebe und Vertrauen wie in keinem anderen.

Pater Dullivan beobachtete, wie sich die Beiden in die Arme fielen.

»Und so hast du erneut den Sieg gegen den Tod davongetragen, James.«

Darragh stand neben dem Pater, die steinernen Augen auf Regan und Fin gerichtet.

Die Augen des Priesters huschten zu Ava, welche ihn von ihrem Platz nahe der Brüstung aus gleichfalls beobachtete, und sein altes Herz begann schneller zu schlagen, als sie ihm verstohlen zulächelte.

»Nein, alter Freund«, murmelte er. »Ich habe schon vor langer Zeit meinen Sieg gegen den Tod davongetragen.«

Während sich auf dem hohen Turm der Kathedrale von Elgin, welche den majestätischen Namen *Leuchte des Nordens* im Volksmund trägt, die Liebenden schweigend gegenüber stehen, zieht sich der Tod am Fuße der Kirche lautlos zurück. Gierig lauscht er den beiden verbleibenden Herzschlägen, von denen er einen bald zu holen zurückkehren wird. Jedoch werden auch jene beiden verbleibenden Leben ihm nie gehören, denn auch sie werden zu ihrer Zeit zu Stein werden. Und steinerne Herzen können zwar nicht mehr schlagen, doch lieben werden sie in alle Ewigkeit.

Der schwarze Engel

Susanne Wolff

Ein grotesker Schatten erfüllte das Fenster und sperrte die Mondstrahlen aus. Seine Form erschien menschlich und war es doch nicht.

Katharinas Augen weiteten sich, als wollten sie aus ihren Höhlen springen. Sie grub die Fingernägel in die Handballen, bis der Schmerz sie davon überzeugte, dass sie nicht mehr träumte. Mit beiden Händen klammerte sie sich an das Holzkreuz um ihren Hals, lauschte ihrem rasselnden Atem, der nicht mehr wie ihr eigener klang. Der Schatten bewegte sich, kam näher.

»Katharina.«

Sie zuckte zusammen wie unter einem Peitschenhieb. *Er kennt meinen Namen.* Das Hämmern ihres Herzens schien von den Wänden widerzuhallen. Es musste doch jemand hören, kommen und die Erscheinung vertreiben. Doch in den Betten neben ihr blieb alles still.

»Katharina.«

Geschmeidig glitt der Eindringling vom Fenstersims auf das Fußende ihres Bettes. Sie hörte das Scharren von Klauen über Holz, spürte, wie das zusätzliche Gewicht die Strohmatratze eindrückte. Der Geruch von nassem Stein wehte ihr entgegen. Sie riss den Mund auf. Doch die Luft floh lautlos aus ihrer Kehle.

Silbernes Licht erhellte nun die Gestalt und traf auf nackte Haut. Schwarze Locken umschatteten sein Gesicht. Über den Schultern erhob sich ein Schwingenpaar, bläulich schimmernd wie das Gefieder eines Raben, das sich um das Bett ausbreitete und die anderen Frauen im Raum von ihr abschnitt.

Katharina zerrte an den Laken, presste sie gegen ihre Brust und drückte sich tiefer in die Kissen. Doch wie könnte sie sich jetzt noch verstecken? Sie war gezeichnet. Dieses Wesen war gekommen, um sie zu holen.

Der Eindringling lächelte und seine dunklen Augen funkelten verstohlen. Er setzte eine Hand vor die andere, wie ein Raubtier seine Pranken. Die Muskeln spielten unter seiner Haut. »Hab keine Angst.« Seine Stimme war so dunkel und samtig wie die Mitternacht. War er ein Dämon? Ein Todesengel?

Katharina kniff die Augen zu, das Kreuz vor sich ausgestreckt. »D… der Herr ist mein Hirte. Mir w… wird nichts mangeln. Er weidet mich …«

»Was für ein Lämmchen.« Der Eindringling zog den Kopf zurück und musterte das Schmuckstück. Seine Mundwinkel zuckten, als bemühe er sich, ernst zu bleiben. »Du brauchst Hilfe, Katharina.«

»Er … weidet mich … auf einer … grünen … Aue.« Die Worte stolperten über ihre Lippen.

»Hab keine Angst. Es ist nur ein kleiner Schritt, der dich vor dem Verderben bewahrt.« Er streckte ihr seine Hand entgegen.

Katharinas Finger zitterten. Kraftlos ließen sie den Kreuzanhänger entgleiten und zurück unter ihr Nachthemd fallen. Sie konnte sich nicht rühren, nur dem Frost nachspüren, der ihre Haut entlang kroch und seine Hand anstarren, während diese sich langsam näherte. Er berührte sanft ihre Wange, streichelte ihren Hals. Ihren Hals! Seine Finger waren eiskalt. Schauer prickelten durch ihren Körper, drängten sie zu fliehen und machten sie doch unfähig, sich zu rühren.

»Wenn du bereit bist, werde ich auf dich warten.«

Der Eindringling fing ihre Hand ein und hauchte einen Kuss darauf. Sein Atem fühlte sich an, als müsse er Reif auf ihrer Haut hinterlassen. Katharina wurde schwindelig. Sie verdrehte die Augen und sank in sich zusammen.

Gemurmel und Kichern drang an ihr Ohr. Katharina schreckte auf. Trübes Dämmerlicht erfüllte den Raum. War es schon Tag? Der schwarze Engel, ... der Dämon... Das Fußende ihres Bettes war leer.

Katharina schloss die Lider und stieß die Luft aus. *Es war nur ein Traum. Die Behandlung der Kräuterfrau muss mir solche Dinge in den Kopf gesetzt haben.*

Doch die Erinnerung in ihr war so lebendig. Sein tiefer Blick, seine weichen Lippen auf ihrer Haut... Sie erblasste bei ihren eigenen Gedanken. Hastig bekreuzigte sie sich und schlug die Decke zurück. Der säuerliche Geruch ihres eigenen Schweißes stieg ihr in die Nase. Die Hände schützend auf die Brust gelegt, beobachtete sie, wie die anderen Mägde sich anzogen.

»Katharina«, tadelte eine der Frauen. »Du willst doch nicht schon wieder zu spät kommen?«

Hastig winkte sie ab. »Geht nur. Ich bin gleich da.«

Erst als sich die Zimmertür hinter der letzten Magd geschlossen hatte, wagte Katharina es, den Kragen ihres Nachthemdes aufzuknöpfen. Die spiegelnde Oberfläche der Waschschüssel zitterte zwischen ihren Händen. Mit verkniffenem Gesicht spähte sie auf das Abbild ihres Halses.

»Nein!« Die Schüssel stürzte zu Boden. Wasser und Scherben spritzten in alle Richtungen. Katharina presste die Hände auf den Mund um nicht laut zu schreien. *Das kann nicht sein! Es ist immer noch da!*

Ihre Kehle wurde eng und schnürte ihr den Atem ab. Durch die Schleier, die ihre Sicht verschwimmen ließen, konnte sie ihre Schublade nur tastend finden.

Ihre bebenden Finger umschlangen das Fläschchen, doch es schien eine Ewigkeit zu vergehen, bis sie den Stopfen auf bekam. Die Kräuterfrau hatte es ihr gegeben. Nur für alle Fälle. Nun war der Sud ihre letzte Hoffnung.

Katharinas Gesicht zog sich zusammen, als die Bitterkeit ihren Mund erfüllte.

»Sie haben wieder eine aufgespürt. Gestern Abend, kurz vor Mitternacht.« Der Küchenmagd gelang es nur mit Mühe, ihre Stimme gedämpft zu halten. Bedeutungsvoll reckte sie den Kopf zu ihrer Freundin hinüber. »Die Gemüsefrau hat es mir vorhin auf dem Markt erzählt. Ihr Nachbar war dabei.«

Katharina blieb auf dem Treppenabsatz stehen. Die Köchin würde sie ohnehin schlagen, weil sie wieder zu spät zur Arbeit kam. Sie zog sich in den Durchgang zurück und spitzte die Ohren.

»Nein!« Die Worte der zweiten Frau wurden durch ihre Hand vor dem Mund gedämpft. »Unglaublich, wie viele verderbte Seelen sich in dieser Stadt tummeln.«

Katharina erschauerte. Schon wieder ein Prozess! Mit angehaltenem Atem schob sie sich ein Stück weiter vor.

»Es war die Bäckerin. Sie hat das Brot des Tuchhändlers verhext und nun sind seine Kinder krank.«

»Dieses Teufelsweib! Ich habe immer gewusst, dass ihre Demut gegen Gott nur geheuchelt war. Hoffentlich wird sie hart bestraft.«

»Der Inquisitor hat sie noch in der Nacht verhört. Während der Tortur hat der Teufel ihr das Genick gebrochen. Außerdem hat man das Hexenmal an ihrem Körper gefunden. Jetzt laben die Krähen sich an ihren Eingeweiden.«

»Es ist schrecklich. Die Schergen Satans lauern uns überall auf. Gut, dass der Inquisitor hier ist und uns vor ihnen beschützt.«

Katharinas Hand schnellte an ihre Brust, als könnte sie so ihr stolperndes Herz festhalten. Ein Hexenmal. Ihr wurde schlecht. Nur einmal hatte sie die Schreie aus dem Kerker gehört. Seitdem hatte sie sich nie wieder in die Nähe gewagt.

»Geschieht ihr ganz recht, dass sie ihr den Garaus gemacht haben.« Die Worte der Magd klangen spitz wie Nadeln. »Ihre Brötchen waren auch immer ein bisschen zu klein.«

Katharina schluckte den Würgereiz herunter und hastete an den beiden Frauen vorbei in die Küche. Bevor die Köchin sie entdeckte, stürzte sie sich auf das frische Gemüse.

Teufelsweib!

Das Hexenmal!

Die Tortur!

Katharina wischte sich den Schweiß von der Stirn. Ihre Schläfen begannen zu pochen. Vorsichtig legte sie das Messer weg und vergrub ihre Hände in der Schürze. *Es war nur ein Traum, ein Zufall, weiter nichts.*

Durch den groben Leinenstoff fühlte sie den Rosenkranz in ihrer Tasche. Solange sie an Gott festhielt, konnte ihr nichts geschehen. Oder? Eine Perle nach der anderen glitt durch ihre Finger. *Gegrüßet seist du, Maria, voll der Gnade. Der Herr ist mit dir …*

Was, wenn Gott sie nicht hörte? Oder schlimmer noch, wenn er sich von ihr abgewandt hatte?

Ihr Nacken prickelte. Katharina fuhr herum. Der Blick, den die Köchin ihr aus den Augenwinkeln zuwarf, war spürbar scharf. Hastig nahm Katharina das Messer wieder auf und setzte ihre Arbeit fort.

Ich habe nicht genügend Vertrauen gezeigt. Ihr wurde ganz flau im Magen, während die Klinge in ihrer Hand in grobem Rhythmus auf das Gemüse einhackte. *Sicher straft mich der Herr, weil ich zur Kräuterfrau gegangen bin.* Gleich nach der Arbeit würde sie das Fläschchen fortwerfen und um Vergebung bitten. Die heilige Jungfrau, sie würde sicher ein gutes Wort für sie einlegen.

Sobald die Köchin ihren Mägden bei den unbeliebten Putzarbeiten den Rücken kehrte, stahl Katharina sich davon. Die schwindende Sonne tauchte den Himmel in glühendes Rot. Ein schlechtes Omen. Sicher würde wieder Blut vergossen werden in dieser Nacht.

Am Rande des Marktplatzes senkte Katharina den Blick, um nicht sehen zu müssen, was über ihr an den Pfählen schaukelte. Doch die Ketten der Käfige quietschten bei jeder Bewegung und das Geräusch grub sich tief in ihren Kopf. Durch die von Krähen freigelegten Knochen seufzte der Wind, als würden die Verurteilten selbst im Tod noch leiden.

Sie brennen im Fegefeuer. Katharina ergriff ihr Holzkreuz. *Erwartet mich das gleiche Schicksal?* Ihr Blick richtete sich gen Himmel und streifte ein bekanntes Gesicht. Sie sprang zur Seite, ihr Atem stockte.

Die Bäckerin!

Die Augenhöhlen der Frau waren leer und blutig, doch ihre verzerrten Züge noch gut zu erkennen. Zu gut. Katharina wurde schlecht. Der Haarschopf war zerrupft. Unter dem zerfetzten Gewand erkannte sie verkrustete Wunden, tiefe Einschnitte von Fesseln an Hand und Fußgelenken.

Hastig schlug sie das Kreuzzeichen, ihre Füße eilten von ganz alleine zum Eingang der Kathedrale.

Vor dem Marienaltar entzündete sie eine Kerze und ging auf die Knie. Der Rosenkranz kreiste in ihrer Hand, wieder und wieder. Doch die Schauer, die über ihren Rücken liefen, ließen sich nicht vertreiben.

»Mutter Gottes, ich flehe dich an. Du musst mir helfen.«

Die kalten Augen der Statue blickten an ihr vorbei, schienen jemand anderen anzusehen, der einige Bankreihen hinter ihr saß.

»Befreie mich von diesem Mal. Mein Leben lang war ich eine treue Dienerin Gottes. Ich habe es nicht verdient, gezeichnet zu sein.« Katharinas Brust zog sich zusammen. Hörte selbst die heilige Jungfrau ihr nicht mehr zu? Ihr Blick wanderte über den Altar, den dutzende Engelsfiguren säumten. Sie alle blickten zu Maria auf, wie sie. An den Säulen des Kirchenschiffes erhoben die Heiligen mahnend ihre Zeigefinger. Ihre strengen Blicke ruhten auf den Gläubigen, aber nicht auf Katharina. Sie drehte sich um – und erstarrte. Vom Eingang her starrte eine gehörnte Fratze sie an und streckte ihr die Zunge heraus.

Katharina sprang auf, so rasch, dass sie die Blicke der anderen Kirchgänger auf sich zog. Ihr ganzer Körper zitterte, als sie vorwärts stolperte. Mehrmals stieß sie sich an den Kirchenbänken, bevor sie die kleine Kapelle in der Nische erreichte. Hier war sie allein.

Die Hände vor das Gesicht gepresst, ließ sie ihrem bebenden Körper freien Lauf. Über ihr auf dem Schrein bohrte der heilige Michael sein Flammenschwert in den Leib des Drachen.

Katharinas Gesicht war heiß und ausgetrocknet, als sie sich von der Bank hoch stemmte. Ihre verquollenen Augen schienen zu groß für die Höhlen geworden zu sein. Sie waren rau wie rohes Holz.

Ihre Brust fühlte sich leer an. Leer, kraftlos – und leicht. Sie neigte das Haupt vor dem Altar und bekreuzigte sich. Am Ausgang benetzte sie ihre Finger mit Weihwasser und zeichnete sich ein Kreuz auf die Stirn. Auch das Mal an ihrem Hals betupfte sie. *Der Herr wird mich erlösen.*

Als sie nach draußen trat, umschmeichelte sie kühle Luft. Die Sterne waren bereits verblasst und ein goldener Schimmer zog sich über den Himmel.

Jetzt wird alles gut werden. Sie griff nach dem Kräuterfläschchen in ihrer Tasche. Wenn sie es einfach nur auf das Pflaster fallen ließ...

»Katharina!«

Nicht schon wieder! Sie wollte umdrehen, rennen, zurück in den Schutz der Kirche. Doch ihre Füße schienen mit dem Boden verwachsen.

»Katharina.«

Es war als halle das Flüstern von der Kathedralenfassade wider. Katharinas Blick hastete über die Steingebilde. Von Traufen und aus Nischen heraus glotzten verzerrte Fratzen auf sie herab. Aufgerissene Mäuler, gefletschte Zähne. Die

Dämonen, in Stein gebannt, um der Kirche zu dienen und das Böse zu vertreiben. Katharinas Hand schnellte an ihre Brust. Sahen sie das Mal an ihr? Würden sie sich gegen sie wenden?

Ein Scharren ließ sie zusammenfahren. Waren das Schritte? Dort zwischen den Mauernischen, huschte dort nicht ein Schatten?

»Komm mit mir, Katharina.«

Ein heiserer Aufschrei entfuhr ihr. Sie wirbelte herum und prallte gegen einen Körper. Bloße Haut und Kälte. Katharina schreckte zurück. Er!

»Weiche von mir, Diener der Hölle! Meine Seele gehört Jesus Christus!« Mit bebenden Fingern hielt sie das Kreuz vor sich.

Der Dämon trat einen Schritt zurück und hob die Hände. »Vergib mir, ich habe dich schon wieder erschreckt.« Er lächelte entschuldigend.

Es wirkte so ehrlich, dass Katharina erschauerte. *Nein, mich wird er nicht täuschen.*

»Bitte sei nicht so töricht wie die Bäckersfrau.«

»W … was« Katharina taumelte und musste sich an einem der Pfeiler fangen.

»Dein Platz in der Gemeinde ist verloren. Komm mit mir und entgehe dem Verderben.«

Katharina hatte das Gefühl, die Türme der Kathedrale würden sich um sie drehen. Die sanfte Stimme des Dämons echote weit durch ihre Gedanken. Und der sanfte Blick seiner Augen – ihr war, als hülle er sie in einen weichen Mantel. Er streckte die Hand aus und berührte ihren Hals. Sie schreckte zurück. »Du hast mir dieses Mal angehext! Fass mich nicht an! Christus wird mich von dir befreien.«

Auf seinem Gesicht breitete sich ein Lächeln aus, das Katharina bis zu den Zehenspitzen erschauern ließ. »Schon gut. Mein Augenblick wird kommen. Ich kann warten.« Er wich zurück in einen der vielen Bögen der Kathedrale. Sein Blick schweifte an ihr vorbei in den Himmel.

Klappern ließ Katharina herum fahren. Am anderen Ende des Marktplatzes rollte ein Hausierer seinen Handkarren über das Pflaster. Die Geräusche der Schmiede und des Zimmermanns drangen so plötzlich auf sie ein, als wären sie gerade erst zum Leben erwacht. Das Gold der aufgehenden Sonne kroch an den Hausdächern herab. *Himmel, schon so spät!*

Katharina wollte los laufen, zurück unter die Fuchtel der Köchin, sich bis über beide Ellen in die Arbeit stürzen, nur fort von dem Dämon. Doch als sie sich umsah, war niemand mehr da. In dem Bogen, in dem er gewesen war, stand nur noch eine leblose Steinstatue. Mit gerunzelter Stirn betrachtete sie die Figur. Sie wirkte so merkwürdig, irgendwie fehl am Platz.

Katharina schüttelte sich. Spielte die Welt um sie jetzt völlig verrückt? Mit einem treibenden Prickeln im Nacken jagte sie über den Platz, zurück zu ihrem Gasthaus.

»Katharina, reiß dich zusammen!« Die Köchin warf den Putzlappen nach ihr. »Den ganzen Tag schon steckst du mit dem Kopf in den Wolken. Wenn du noch einmal was anbrennen lässt, lasse ich dich bis in die Nacht Töpfe schrubben.« Sie hielt ihr das qualmende Gemüse unter die Nase.

»Verzeihung!« Hastig nahm Katharina ihr den heißen Topf aus der Hand und schüttete den Inhalt in den Abfallkübel.

Der Gestank des verkohlten Essens ließ die Köchin husten. »Beim Allmächtigen, wenn du dir nicht noch mehr Prügel einfangen willst, erwarte ich, dass das Abendessen tadellos wird.«

Schuldbewusst senkte Katharina den Kopf und nickte.

Mein Augenblick wird kommen.

Ihr Innerstes erschauerte, als seine Stimme erneut durch ihre Gedanken hallte. Was hatte er damit gemeint? Dieser finstere Engel, dieser Dämon, dieser...

In ihrer Brust begann ihr Herz zu stolpern. Sie lockerte den Kragen ihrer Bluse und tauchte die Hand in das kühle Spülwasser. Es beruhigte ihren Puls und linderte auch das Jucken am Hals. *Christus, warum geschieht das mit mir?* Sie hob den Blick und erstarrte. Die Köchin, warum sah sie sie so seltsam an?

»Was ist nur los mit dir?« Die ältere Frau kam auf sie zu.

Katharina wischte sich hastig mit der nassen Hand über die Stirn. Tropfen rannen über ihre Schläfen. »Nichts, ich ... Es geht mir gut.«

Die Köchin nahm ihr Gesicht in die schwieligen Hände und drehte es zu sich. »Du siehst krank aus. Was zum ...«

Ihre Augen weiteten sich. Sie zuckte zurück, als hätte sie sich verbrannt. Katharina schwankte und klammerte sich an die Spüle. Kälte überzog ihren Körper wie ein Schwall Eiswasser. Ihre Finger krochen ihren Hals hinauf, dorthin wo der Kragen ihrer Bluse herunter gerutscht war. An der bloßen Stelle erhob sich das Hexenmal von ihrer glatten Haut.

»Der Himmel steh uns bei!« Die Köchin stolperte nach hinten, den Zeigefinger anklagend auf sie gerichtet. Alle Blicke richteten sich auf Katharina, schienen sie aufzuspießen.

»Bitte!« Katharina lief der Köchin hinterher. »Ich habe nichts getan. Es ist nur ein Fleck.«

»Fass mich nicht an!« Sie stieß Katharina von sich, dass diese in einen Stapel Geschirr stürzte. Scherben spritzten durch den Raum, bohrten sich in ihre Arme und Beine.

»Verfluchtes Weib!« Das Kreischen der Alten erschütterte die Wände. »Satan hat sie berührt! Hexe!«

Die Mägde stoben auseinander, fielen in das Geschrei der Köchin ein.

»Seid still, bitte. Ich habe nichts getan!« Katharina kletterte aus dem Scherbenhaufen. Splitter rieselten ihr aus Haaren und Kleidern. Sie hob flehend die Hände. Doch niemand rührte sich, um ihr zu helfen.

Draußen erklang ein Poltern und mehrere Stimmen riefen durcheinander. Die Küchentür flog auf.

»Was ist hier los?« Der Wirt zwängte sich herein. Hinter ihm schubsten und drängten sich die Gäste der Schänke.

»Wer hat hier den Namen des Unheiligen ausgesprochen?« Die Faust des Wirts umklammerte einen dicken Fleischhammer. Seine Augen – wild blickten sie von einer Frau zur anderen.

Als sein Blick sie traf, setzte Katharinas Herz einen Schlag aus. *Er wird mich erschlagen!* Das Blut sackte ihr in die Beine. Eisige Kälte strömte ihren Rücken hinab. *Lauf!*

Mit aller Kraft warf Katharina sich gegen den Wirt. Dieser keuchte vor Überraschung. Sein massiger Körper taumelte nach hinten und behinderte die Nachdrängenden. Katharina sauste an ihnen vorbei, bevor sie ihre Glieder ordnen konnten, stürzte in den Schankraum und riss Stühle und Tische um. Die niedrige Pforte spie sie hinaus auf die Straße. Wohin?

Schon hallte das Brüllen der Meute ihr nach. Fackelschein zerfetzte die hereinbrechende Dunkelheit. Sie hetzte von einer Gasse zur nächsten, tauchte in die Schatten zwischen den Häusern. Doch die Verfolger klebten unerbittlich an ihr. Ihr Geschrei wurde immer lauter. War denn schon die halbe Stadt hinter ihr her?

»Bitte, Herrgott du musst mich beschützen!« Katharina keuchte. Mit jedem Schritt hämmerte es in ihrem Schädel, als wolle er zerbersten.

»Sie will zur Kirche. Schneidet ihr den Weg ab!«

Vor Katharina tat sich der Marktplatz auf. Sie stürzte aus der Gasse. Nur noch wenige Schritte bis zum Portal der Kathedrale. Der Boden erzitterte unter den Stiefeln ihrer Verfolger. Auf der anderen Seite des Platzes flackerte weiterer Feuerschein durch die Straßen.

Sie klammerte sich an ihr Holzkreuz, nahm ihre letzten Kräfte zusammen. So schnell sie konnte, rannte sie auf den Eingang der Kirche zu.

»Da ist sie!«

»Haltet sie auf!«

Das Brüllen hallte über den Marktplatz. Wutverzerrte Fratzen glühten im Feuerschein, verschwammen, wirbelten um sie herum. Katharina peitschte sich weiter.

»Hexe! Ins Feuer mit ihr!«

Ihre Kehle kratzte wie eine Küchenreibe. Der Atem brannte in ihrer Lunge. Direkt vor ihr lag das Portal. Sie würde es schaffen.

»Schneller, sie entwischt uns!«

Katharina hechelte, doch sie bekam keine Luft mehr. Ihre Knie brachen ein, ließen sie auf die Treppe stürzen. Schwarze Flecken tanzten vor ihren Augen. Rauschen in den Ohren übertönte alle anderen Laute. Ihre Arme schoben sich die Stufen hinauf und versuchten den Körper hinterher zu ziehen. Sie erreichte die Klinke, hängte ihr ganzes Gewicht daran. Die Tür bewegte sich kein Stück. Katharina stemmte sich so fest dagegen, dass ihre Füße auf den Stufen abrutschten. Nichts. Verschlossen. Sie heulte auf, sank zu Füßen der wachenden Statuen zusammen.

Eine kräftige Hand streckte sich ihr entgegen.

»Nun ist es also soweit.«

Blinzelnd sah Katharina auf. Die Schleier in ihrem Blick lösten sich auf. Der schwarze Engel stand vor ihr. Sein Oberkörper schimmerte golden im Schein der Fackeln. Schützend breiteten seine Schwingen sich um sie aus. Seine Augen lächelten unergründlich auf sie herab.

Katharina schüttelte den Kopf. Ihr Blick sprang von ihm zu der leeren Mauernische und wieder zurück. War das wirklich er, die Statue?

Der Lärm ihrer Verfolger drang wie aus weiter Ferne zu ihr. Sie ergriff seine Hand. Sie war hart und kalt. Doch Katharina spürte es kaum.

»Schließ die Augen.«

Ein entrücktes Lächeln legte sich auf ihr Gesicht, als er sie auf die Füße zog. Ihr war, als würde sie mit der Bewegung all ihre Lasten abstreifen, wie ein schwerer, nasser Mantel, der von ihren Schultern rutschte. Ihre Schritte waren leicht.

»Folge mir. Aber sieh dich auf keinen Fall um! Das musst du mir versprechen.«

Sie nickte. Ihr Blick klebte an seiner makellosen Gestalt. Was sollte sie da noch sehen wollen?

Die ersten Männer erreichten die Treppe. Im vollen Lauf schmetterte einer seine Fackel an den Kopf der Frau. Sie sackte zusammen, heiseres Wimmern drang aus ihrer Kehle. Es stank nach brennendem Haar.

»Verfluchte Hexe! Fort von unserer Kirche!«

Ein Tritt schleuderte ihren Körper nach hinten. Ihr Aufschrei zerriss die Luft.

»Was ist das?« Katharina blieb stehen. Ein Schauer von Gänsehaut kroch an ihr hinunter. »Wer schreit da?« Die Stimme kam ihr fürchterlich bekannt vor.

Der Griff um ihre Hand wurde fester, zog sie näher heran. Eindringlich sah der schwarze Engel ihr in die Augen. »Es ist *nichts*, worum du dich kümmern musst.«

Widerstrebend ließ Katharina sich weiterführen. Ihr Blick huschte unruhig hin und her. Das Prickeln in ihrem Nacken wurde immer stärker, fast schon schmerzhaft. »Wir können doch nicht einfach gehen. Vielleicht ist jemand in Not.« Sie drehte den Kopf.

Der Flügel des Engels schnellte vor und schirmte den Blick über ihre Schulter ab.

»Du darfst dich nicht umdrehen! Du hast es versprochen!«

Die Stiefel der Häscher bohrten sich in ihre Rippen. Knirschend brachen die Knochen. Blut quoll der Frau aus Nase und Mund.

»Sie soll brennen!«

»Verbrennt die Hexe!«

Eine Fackel traf ihren Rücken. Heulend warf sie sich herum. Ihre Haare gingen in Flammen auf. Eine weitere Fackel landete zwischen ihren Beinen. Das Pech spritzte über ihren Rock. Sofort fing der Stoff Feuer. Kreischend zuckte und wand sich der Körper.

»Lass mich los. Wir müssen zurück!« Katharina zerrte an ihrem Arm. Ihre Brust fühlte sich an, als müsse sie zerreißen. Der Schmerz trieb heiße Tränen über ihre Wangen.

Der schwarze Engel fuhr zu ihr herum. Seine Finger um ihr Handgelenk ließen sich nicht erweichen. Für einen kurzen Moment glitt sein Blick über sie hinweg. In seinen dunklen Augen spiegelte sich Feuerschein. Er schüttelte sich, als wäre ihm plötzlich kalt geworden. Fest nahm er Katharina bei den Schultern.

»Du musst mir vertrauen. Es wird alles gut.«

Sie wand sich in seinem Griff. »Es tut so weh…«

»Bald nicht mehr.«

Sein Blick durchdrang sie wie ein Mondstrahl das Fensterglas. Die Weichheit seiner Stimme ließ ihre Haut prickeln. Der Geruch seines Körpers wehte ihr in die Nase. Er roch wie warmer Stein nach einem Sommerregen.

Sie atmete tief ein; ließ zu, dass er sie festhielt und ihren Widerstand unterband; schmiegte sich an seine Brust, die keine Wärme spendete.

Der Gestank des schwelenden Fleisches ließ die Meute zurückweichen. Einige würgten. Mit starren, glitzernden Augen verfolgten sie die letzten Zuckungen der Hexe.

Ihre Schultern bebten in seiner unbarmherzigen Umarmung. Katharina glaubte, ihr Herz würde in Stücke zerfetzt. Sie griff sich an die Brust, ohne das vertraute Pochen zu fühlen, krümmte sich zusammen, als der Schmerz wie eine Flut über sie hereinbrach.

Er hielt sie fest, ein Anker im tosenden Meer, das sie fortreißen wollte. Den Verstand umnebelt von Pein, nahm sie nichts mehr wahr als die Kälte seiner Haut.

»Hängt sie zu den anderen.«

Jemand band einen Strick um den verkohlten Leib. An den Pfählen der Warnmeile war immer ein Platz frei.

Als hätte jemand mit dem Schlag einer Axt ein krankes Glied abgetrennt, war alles vorbei. Katharina strauchelte, japste nach Atem. Der schwarze Engel nahm sie erneut in die Arme, sanft diesmal, und Wärme umfing sie.

Er stieß sich vom Boden ab. Seine Flügel rauschten in der Luft. Die Fassade der Kirche glitt an Katharina vorbei. Auf dem Dachfirst des Kirchenschiffes fanden ihre Füße Halt. Ein Meer von Dächern breitete sich zu ihren Füßen aus. In der Morgendämmerung schimmerten sie wie Juwelen.

Ein sanfter Windhauch fuhr Katharina durchs Haar, flüsterte zwischen den filigranen Türmchen. Sie

breitete die Arme aus und ließ die Brise durch ihre Finger gleiten.
Sonnenstrahlen durchbrachen den Nebel am Horizont.
Auf dem Giebel des Kirchenschiffes streckte eine bleiche Engelsstatue die Hände zum Himmel.

Verfolgungswahn

Madlen Walther

Kommissar Elby fluchte. Gerade jetzt musste es anfangen zu regnen und auch noch in Strömen. Er knallte die Tür seines Autos zu und stellte den Kragen seines Trenchcoats hoch. Gegen den Wind gelehnt stapfte er um die kleine Kirche am St.-Hedwig-Platz herum. Das rote Absperrband leuchtete ihm schon von weitem durch die Dunkelheit entgegen. Ein einziger Beamter stand dahinter und scheuchte die Schaulustigen davon, die hartnäckig genug waren, sich selbst bei diesem Mistwetter an fremdem Elend zu ergötzen. Elby nickte dem Mann kurz zu, bevor er unter dem Band hindurchtauchte.

Hinter der kleinen Kirche war ein Friedhof. Die Kreuze und Grabsteine formten dunkle Schemen vor dem Schwarz der Nacht. Nur ein Fleckchen nahe der Fassade der Kirche war hell erleuchtet. Elby steuerte darauf zu.

Als Hevemann ihn entdeckte, kam er angesprungen wie ein gelber Gummiball. Der jüngste Spross seines Teams hatte einen Friesennerz an, und leuchtete damit wie ein angestrahltes Warnschild.

Selbst damit macht er noch eine bessere Figur als ich in meinem durchnässten Sommermantel, dachte Elby.

Hevemann schnellte derweil an seine Seite und spannte einen Schirm über Elbys Kopf auf.

»Danke Hannes«, sagte der Kommissar. »Was gibt's? Warum klingelt ihr mich um halb fünf aus dem Bett?«

»Hat es dir etwa noch keiner gesagt?« Hevemann blickte erstaunt und beklommen zugleich und hatte offenbar keine Lust, diese Ehre für sich zu beanspruchen.

Elby presste die Kiefer aufeinander. Das konnte nur eines bedeuten.

Dann hatten sie den Tatort erreicht. Zwei aufgestellte Halogenstrahler beleuchteten die Leiche. Elby blickte auf sie hinunter und ballte die Hände zu Fäusten. Wieder ein Mädchen – das vierte in diesem Jahr. Das bleiche Gesicht schimmerte vor Feuchtigkeit. An den blonden Haaren klebten dicke Klumpen der vollgesogenen Friedhofserde. Die gebrochenen Kinderaugen starrten in den schwarzen Himmel.

Neben der Toten hockte Dr. Scholz, der Gerichtsmediziner. Er hatte einen Schirm zwischen Kopf und Schulter geklemmt und ein Klemmbrett auf den Knien. Trotz des Regens versuchte er, das Protokoll zu schreiben.

Elby musste ihn nicht fragen, was er notierte - er wusste es bereits. Ungefähr acht Jahre alt, erdrosselt, missbraucht. Anzeichen eines Kampfes, sonst keine Auffälligkeiten. Und keine Spuren. Der Mistkerl hinterließ keine Spuren. Sie hatten seine Fingerabdrücke, aber was nützte das schon, wenn er nicht in der Datenbank verzeichnet war?

Hevemann redete auf ihn ein, aber Elby hörte nicht zu. Er nahm den Schirm beiseite und reckte das Gesicht dem kalten Regen entgegen. Es tat gut – kühlte die hilflose Wut ab. Sein Blick fiel auf einen Wasserspeier weiter oben an der Kirchenfassade. Der Regen rann über die steinerne Wange, sammelte sich unter dem Auge und tropfte von dort herab. Es sah fast so aus, als ob er weinen würde.

»Wenn du reden könntest, wären alle meine Probleme gelöst«, murmelte Elby.

Er wandte sich an Hevemann und unterbrach dessen Wortschwall. Der Junge würde sowieso alles wiederholen – mehrmals sogar.

»Wie ist die Adresse der Eltern?«, fragte Elby barsch.

»Kowalskistraße achtundvierzig«, antwortete Hevemann missmutig.

»Na schön, ich fahre zu ihnen. Wir treffen uns später auf der Wache.« Und damit ließ er Hevemann stehen.

Als er wieder in seinem Auto saß, starrte er eine zeitlang auf das Schwarz jenseits der Frontscheibe. Sein Trenchcoat durchnässte das Polster seines Sitzes. Plötzlich schlug er dreimal heftig auf das Lenkrad.

»Scheiße, Scheiße, Scheiße!«, brüllte er.

Dann atmete er einmal tief ein, um sich zu beruhigen. Als er glaubte, es ertragen zu können, startete er den Motor.

Jochen Wiegert faltete die Zeitung auseinander. Er stopfte sich das Brötchen in den Mund, während er die Aufmacher der heutigen Ausgabe überflog.

‚Wieder Mord an unschuldigem Mädchen – Polizei steht auf dem Schlauch', prangte in dicken Blockbuchstaben auf der Titelseite. Dazu das Bild einer kleinen Kirche und davor – geradezu dilettantisch hineinmontiert – die grobe Gestalt des ermittelnden Kommissars. Jochen gestattete sich noch kurz einen Anflug von Ärger darüber, dass seine hart erwirtschafteten Steuergelder offenbar bei der Polizei vollkommen verschwendet waren. Dann stürzte er den Kaffee hinunter und blickte gehetzt auf die Uhr. Er war schon wieder spät dran. Aber heute Morgen hatte er sich wie gerädert gefühlt und immer wieder auf die Snooze-Taste seines Weckers gehämmert, anstatt aufzustehen. Er pfefferte die Zeitung in die Ecke, sprang auf und lief ohne weitere Umwege aus der Wohnung.

Auf Arbeit erwartete ihn der gleiche Trott wie immer. Endlose Zahlenkolonnen flimmerten auf dem Bildschirm seines PC's. Berechnen, Notieren, Verschieben, Zusammenfügen. Tag für Tag, Woche für Woche, Monat für Monat. Jochen glaubte mittlerweile, dass es ewig so weitergehen würde.

'Am Anfang war die Zahl. Und am Ende wird sie immer noch sein', dachte er.

Alles war Zahl - irgendwie.

Er hasste seinen Job und er wusste es. Es lastete ihn nicht aus, Tag für Tag hier zu sitzen und einfache Rechenoperationen durchzuführen. Das konnte jeder, dafür hatte er nicht studiert. Da musste mehr sein – irgendwo. Aber sich aufzuraffen und sich etwas anderes zu suchen, hatte er bisher nicht über sich gebracht. Auch den Ausgleich in seiner Freizeit suchte er bisher vergeblich. Fitnesscenter konnte er nicht ausstehen mit all den gehirnlosen Muskel-Prolls und ihren solariumgebräunten Sahneschnitten darin. Joggen war nichts für seine angeschlagenen Knie. Und um diese blöden Nordic-Walking-Stöcke zu benutzen, mit denen die Omis immer im Park herumstaksten, war er noch nicht verzweifelt genug.

'Vielleicht sollte ich es doch mal mit einem Tanzkurs probieren.'

Sein Gefühl für Rhythmus und Takt war zwar ebenso gut ausgebildet wie der eines Nilpferds, aber vielleicht lernte er dabei ja wenigstens ein paar nette Frauen kennen.

Er merkte, dass er schon wieder vor sich hinträumte und stand auf, um sich ein wenig die Beine zu vertreten. Frische Luft würde gut tun. Er öffnete das bodenlange Fenster seines Büros und lehnte sich an die Brüstung dahinter.

Das Haus auf der gegenüberliegenden Straßenseite kannte er in- und auswendig. Er wusste sogar, wie die Leute aussahen, die dort wohnten. Er atmete tief ein, ließ die kühle Novemberluft in seine Lungen strömen. Auf einmal hielt er inne. Auf dem Dach gegenüber entdeckte er etwas, was er dort noch nie bemerkt hatte: Einen Wasserspeier.

Jochen vergaß beinahe auszuatmen, so überrascht war er. Er blinzelte, um sicher zu gehen, dass seine übermüdeten Augen ihm keinen Streich spielten. Der Wasserspeier blieb. Und es handelte sich auch wirklich um ein steinernes Gebilde und nicht um irgendein streunendes Tier. Jochen konnte ganz deutlich die herausgemeißelten Formen erkennen: Eine längliche Schnauze, fast wie ein Drachenkopf, angelegte Flügel und dreifingrige Pfoten, die sich in den Sims des Daches krallten. Eine kleine rote Flechte wuchs zwischen den Nasenlöchern. Und Augen hatte er. Merkwürdig feuchte Augen.

Je länger Jochen hinsah, umso stärker beschlich ihn das Gefühl, das Ding würde ihn anstarren. Nur ihn. Ihn ganz allein. Eine Gänsehaut kroch ihm den Nacken hinauf. Als er es nicht mehr aushielt, drehte er sich abrupt um, schloss das Fenster hinter sich und zog die Vorhänge zu. Das Wetter war es auch wirklich wert, ausgesperrt zu werden.

Den Rest des Tages überlebte er nur mit viel Kaffee. Seine Augenlider fühlten sich an, als würden Gewichte daran hängen. Er seufzte erleichtert, als er endlich die letzte Rechnung des Tages erledigt hatte und nach Hause gehen konnte. Als er gerade das Licht ausschalten wollte, fiel sein Blick auf die noch immer zugezogenen Vorhänge. Und auf einmal verspürte er den fast unbändigen Drang hinüberzugehen, sie aufzuziehen und nachzuprüfen, ob der Wasserspeier noch auf dem Dach war.

‚Das ist kindisch', schalt er sich selbst. *‚Er war unzweifelhaft da und deswegen wird er auch jetzt noch da sein.'*

Er schaltete das Licht aus und ging.

Zuhause nahm er als erstes ein Bad. Er hoffte, es würde ihn beleben, aber das war natürlich nicht der Fall. Beinahe genauso ermattet wie vorher schlich er zum Kühlschrank und suchte in den kümmerlichen Resten des letzten Einkaufs nach etwas, das noch genießbar war. Mit einer halb fermentierten Banane und einem Glas saurer Gurken trottete er zurück ins Wohnzimmer und ließ sich auf sein durchgelegenes Sofa fallen.

Er landete auf der Zeitung, die er heut morgen so achtlos von sich geworfen hatte. Umständlich zerrte er das Papier hinter seinem Rücken hervor. Er hob sie vors Gesicht und betrachtete versonnen die zerknitterte Titelseite. Sein Blick fiel auf die Fassade der Kirche. Und plötzlich sprang er auf. Das Gurkenglas fiel auf den Boden, sein Inhalt ergoss sich auf den Teppich, doch er beachtete es nicht. Er konnte nur auf das Foto starren.

Das war er! Das war er ohne Zweifel! Der Wasserspeier, der heute auf dem Dach gegenüber seinem Büro gesessen hatte! Sogar die rote Flechte war zu erkennen. Aber das war unmöglich!

Eine merkwürdige Beklemmung wuchs in ihm. Dieses DING starrte ihn an! Aus dem Foto heraus!

Er warf die Zeitung davon, als hätte er sich daran verbrannt.

‚Du musst dich irren. Du musst dich irren!', jagte es ihm durch den Kopf.

Am liebsten wäre er noch einmal ins Büro gefahren und hätte sich dessen vergewissert. Er hatte schon die Wohnungsschlüssel in der Hand, als er es endlich schaffte, sich zu beruhigen.

‚Morgen. Es reicht, wenn ich morgen nachschaue.'

Er atmete mehrmals tief ein und aus. Auf jeden Fall musste er ins Bett, auch wenn es noch nicht mal neun war. Er brauchte Schlaf, soviel stand fest.

Sicherheitshalber warf er die Zeitung vorher noch aus dem Fenster. Ein Abbild von diesem starrenden Stein-Ding wollte er auf keinen Fall in der Wohnung haben.

In der Nacht warf er sich unruhig auf seiner Matratze hin und her. Irgendwann wachte er auf, mit seltsam leichtem Kopf und verklebten Augen. Sein Wecker sagte ihm, dass er geschlafen haben musste, aber es fühlte sich nicht so an. Frustriert zog er sich sein Kissen über den Kopf und versuchte noch einmal einzuschlafen.

Und dann träumte er – seit Jahren zum ersten Mal wieder.

Es war dunkel und er rannte einen unbekannten Pfad entlang. Rechts und links waren Bäume. Die kahlen, herunterhängenden Äste griffen nach ihm wie kalte, tote Finger. Er keuchte – der Atem brannte bereits in seinen Lungen. Trotzdem rannte er immer weiter, denn hinter ihm war das Geräusch sich nähernder Schritte. Sie verfolgten ihn: schabende Geräusche, bedrohlich und fremd.

Dann war der Wald zu Ende und er kam auf ein weites Feld. Nebel hing über dem hügeligen Gelände. Jochen erkannte alte, windschiefe Kreuze auf diesen Hügeln. Gräber. Es waren Gräber, und er rannte durch sie hindurch.

Ein großer Schatten schälte sich aus dem Nebel, ein Gebäude. Jochen lief darauf zu, lief so schnell er konnte, doch sein Verfolger war schneller. Etwas Kaltes und Hartes griff nach seinem Arm, er wurde herum geschleudert, fiel zu Boden. Dann blickte er auf. In das Gesicht eines Wasserspeiers.

Die kalten, blicklosen Augen starrten auf Jochen herab. Das geöffnete Maul senkte sich ihm entgegen. Sein Schatten fiel auf Jochen, dann spürte er eiskalten Atem, wie der Hauch des Todes im Gesicht. Er schrie. Und erwachte.

Er saß kerzengerade und am ganzen Körper verschwitzt in seinem Bett. Sein Herz schlug wie wild; es dauerte einen Moment, bis er sich beruhigt hatte. Dann schwang er sich ächzend aus dem Bett und trottete unter die Dusche. Während das warme Wasser ihm über die Schultern floss, dachte er über den Traum nach.

Wasserspeier. Was zur Hölle war nur mit ihm los? Warum sah er sie überall? Jetzt sogar schon in einem Traum. Und dabei träumte er nie. Niemals! Und dann noch auf einem Friedhof… Er schauderte, und stellte die Dusche ab.

Er verzichtete aufs Frühstück und fuhr gleich ins Büro. Unterwegs gab es genügend Snack-Buden und an irgendeiner davon würde sich schon etwas für ihn finden. Wenig später stand er mit einer kleinen Croback-Tüte in seinem Arbeitszimmer. Die Luft war verbraucht und stickig. Er musste das Licht einschalten, denn die Vorhänge verdeckten noch immer die Fenster. Mit energischen Schritten ging er hinüber und zog sie auf.

Der Wasserspeier war fort.

‚Na super! Jetzt habe ich auch schon Hallus!', durchzuckte es ihn.

Er starrte auf den leeren Fleck auf dem Dach und wusste nicht, ob er es gut oder schlecht finden sollte, dass dieses steinerne Ding nicht mehr da war. Einerseits konnte es ihn jetzt nicht mehr anstarren. Andererseits bedeutete dies, dass offensichtlich mit seinem Kopf etwas nicht ganz richtig war. Schließlich zuckte er mit den Schultern. Er klappte das Fenster an und setzte sich an seinen Rechner.

Der Vormittag verging wie im Flug. Mit ein bisschen Kaffee arbeitete es sich doch ganz gut, trotz der brennenden Augenlider. In der Mittagspause surfte er im Netz nach ein paar Tanzschulen in seiner Nähe. Er wählte eine aus und beschloss, noch am selben Abend anzufangen. Er brauchte Abwechslung! Diese Zahlenschieberei machte ihn langsam mürbe. Danach checkte er noch schnell seine E-Mails. Seine Mutter hatte geschrieben. Sie und ihr neuer Götter-Gatte suchten gerade ein neues Liebesnest. Als ob ihn das interessieren würde! Trotzdem klickte er sich durch die

Fotos der Häuser, die sie mitgeschickt hatte. Bei einem hielt er inne und starrte auf die Fassade.

»Scheiße, das ist verrückt. Verrückt!«

Auf dem Bild war ein altes Herrenhaus zu sehen. Und nicht die Tatsache, dass seine Mutter jetzt offenbar völlig ausflippte und mit dem Gedanken spielte, ein heruntergekommenes Anwesen zu kaufen, ließ ihn auffahren. Nein, auf dem Dachsims saß ein Wasserspeier. Und starrte ihn an.

Mit morbider Faszination zoomte Jochen den Ausschnitt heran. Der drachenförmige Kopf war ihm zugewandt und zwischen den Nasenlöchern prangte eine kleine rote Flechte.

Es durchlief ihn eiskalt. Irgendwas ging hier verdammt noch mal gehörig daneben! Irgendwer versuchte sich einen beschissenen Scherz mit ihm! Oder er drehte jetzt völlig frei. Er presste die Fäuste auf die Augen, doch das Bild der dunklen, steinernen Augen konnte er nicht verdrängen.

Am liebsten wäre er aufgesprungen und nach Hause gerannt. Wann hatte er das letzte Mal krank gemacht? Er wusste es nicht, so lange war es her. Warum also nicht?

Ein Blick auf den Aktenstapel auf seinem Schreibtisch sagte ihm, dass es unmöglich war. Monatsende. Und auch das Jahresende warf schon seine Schatten voraus. Er knurrte angewidert und öffnete sein Bearbeitungsprogramm. Doch bevor er anfing, löschte er alle Downloads, alle temporären Dateien und leerte den Papierkorb des Desktops. Dann stand er auf und ging zu der Telefonbuchse in der Ecke hinüber. Er zog den Stecker. Kein Netz, keine

Wasserspeier. Etwas beruhigt wandte er sich seiner Arbeit zu.

Der Nachmittag war die Hölle auf Erden. Seine Augen brannten wie Feuer. Die Zahlenkolonnen verschwammen vor seinen Augen, bis sie einen weißschwarzen Einheitsbrei ohne jeglichen Sinn ergaben. Sein Kopf schmerzte. Er blinzelte, versuchte sich verzweifelt zu konzentrieren. Ohne Erfolg. Er wusste, dass er Fehler machte, aber es war ihm egal. Er wollte nur diese verfluchten Akten vom Tisch haben. Er wollte doch nur nach Hause!

Dann endlich war es vorbei. Er fühlte sich so ausgelaugt wie nach einem Marathon. Erschöpft wankte er aus dem Büro.

Den Weg zur U-Bahn und die Zugfahrt bekam er kaum mit. Auch seine Straße nahm er kaum wahr. Erst als er in seiner Wohnung stand, kam er halbwegs wieder zu sich. Allerdings nicht lange. Mitsamt Mantel und Schuhen ließ er sich auf die Couch fallen, und nach wenigen Augenblicken war er eingeschlafen.

Er träumte wieder. Es war der gleiche Traum, voller Dunkelheit und Angst. Der Verfolger war wieder hinter ihm. Doch diesmal war Jochen schneller. Er hastete über den Friedhof. Der Nebel enthüllte das Gebäude. Es war eine Kirche, und sie kam ihm bekannt vor. Dann wurde er wieder erwischt, herumgeschleudert, und erneut erblickte er das steinerne Gesicht des Wasserspeiers. Die rote Flechte leuchtete bedrohlich. Die Augen, unbeweglich und kalt, starrten auf ihn herab. Jochen rang nach Atem, fiel schwer zu Boden. Und erwachte.

Es war bereits dunkel in seinem Zimmer, und er lag auf dem Fußboden. Offensichtlich war er von der Couch gefallen. Dumpfer Schmerz pochte in seinem Kopf. Er presste die Hände dagegen, doch es half nichts.

Schon wieder dieser beschissene Traum! Das war ja beinahe wie eine Heimsuchung! Dieses Ding verfolgte ihn – bis in seine Träume hinein! Er rümpfte die Nase. Der stechende Geruch von sauren Gurken erfüllte das Zimmer. Verdammt! Gestern Abend hatte er doch glatt vergessen den Fleck neben dem Sofa wegzuwischen. Er knurrte angewidert und rappelte sich auf.

Mit steifen Gliedern stakste er zu der Balkontür hinüber. In seinem Kopf drehte sich alles. Was war nur mit ihm los? Was sollte dieser Psycho-Scheiß? Das war ihm doch früher nicht passiert. Er fluchte und klappte das Fenster an. Sein Blick fiel nach draußen. Er konnte nicht viel erkennen, aber irgendetwas war anders. Er öffnete die Tür ganz und trat auf den Balkon.

Nebel war aufgezogen und waberte als kühler, grauer Dunst um Häuserecken und Straßenlampen. Das Licht war gedämpft – irgendwie war es dunkler als sonst. Und dann fiel ihm auf warum. Das Haus gegenüber – sie hatten das Gerüst abgebaut. Fünf lange Monate war das Gebäude in weiße Folie gepackt gewesen. Jetzt waren die Bauarbeiten anscheinend endlich abgeschlossen. Jochens Blick wanderte die neu gestaltete Fassade hinauf. An dem Türmchen an der Straßenecke blieben seine Augen hängen. Er erstarrte. Das konnte doch nicht wahr sein! Auf dem Rand des Daches saßen drei Wasserspeier!

Was zur Hölle sollte das? Warum mussten sie ihm ausgerechnet *diese* Dinger vor die Nase setzen? Sie gehörten nicht hierher! Die Dunkelheit machte es schwer, Einzelheiten zu erkennen. Jochen blinzelte. Und da drehte der mittlere Wasserspeier den Kopf.

Ja, er drehte den Kopf, Jochen sah es ganz deutlich. Langsam und mechanisch, wie sich ein Geschützturm auf einem Panzer drehte, wandte er sich Jochen zu. Die rote Flechte auf seiner Nase leuchtete durch Nebel und Dunkelheit wie ein Fanal.

Jochen schrie erstickt auf und stolperte in seine Wohnung zurück. Mit fahrigen Bewegungen knallte er die Balkontür zu und zog die Vorhänge vor. Er lehnte sich mit dem Rücken dagegen, und das Herz klopfte ihm bis zum Hals, hämmerte mit wuchtigen Schlägen in seiner Brust.

‚*Ich muss die Polizei rufen!*', war sein erster Gedanke. ‚*So ein Quatsch!*', folgte ein zweiter. ‚*Wie bitte schön soll sich das anhören? Herr Wachtmeister, ich werde von einem Wasserspeier verfolgt. Machen Sie ihn dingfest!*'

Jochen schloss die Augen und versuchte sich zu konzentrieren.

‚*Beruhige dich, Mann. Denk logisch!*'

Es wollte etwas von ihm, dieses Ding, das in sein Leben eindrang. Er lachte hysterisch auf. Das war verrückt! Tatsächlich verrückt! Schließlich handelte es sich um eine Statue – aus Stein! Und doch, der Gedanke war ganz glasklar und logisch: Aus irgendeinem Grund verfolgte ihn dieses Ding, und es war drauf und dran sein Leben zur Hölle zu machen.

‚*Das muss aufhören! Ich hab keinen Bock auf diesen Scheiß!*'

Er holte zittrig Luft. Dann rannte er in sein Schlafzimmer und wühlte nach seinem Werkzeugkasten. Er stieß einen Jubelschrei aus, als er ihn endlich fand. Jochen griff sich den größten Hammer in seiner Sammlung und stürmte ohne weitere Umschweife aus der Wohnung.

Draußen war es kühl und feucht. Nebel hing zwischen den Häusern wie dicke, schmutzige Watte. Es war mitten in der Nacht und keine Menschenseele war noch unterwegs.

Vorne an der Ecke blinzelte Jochen zu dem Türmchen an der neuen Fassade hinauf. Der dritte Wasserspeier war verschwunden. Natürlich. Aber Jochen wusste, wo er herkam. Er rannte die Straßen entlang. Die Stille lastete schwer in seinen Ohren. Das Einzige, was er hörte, war das Pfeifen seines eigenen Atems. Zum Glück war es nicht weit – er kannte eine Abkürzung.

Seine hastenden Schritte führten ihn durch einen dunklen Park. Die Äste der Bäume hingen herab, ihre Zweige streiften ihn, als er vorbei lief. Dann war er hindurch und kam auf dem Friedhof heraus. Die Kreuze und Grabsteine bildeten unregelmäßige Formen im Nebel. Jochen rannte vorbei und beachtete sie kaum. Aus der Dunkelheit vor ihm schälte sich die Kirche hervor. Er rannte schneller, rannte, bis er in ihrem Schatten stand. Dann blickte er die Außenwand hinauf. Von einem Dachvorsprung starrte der Wasserspeier auf ihn herab.

»Was willst du?«, schrie Jochen in die Nacht hinein. »Sag, was du willst und verschwinde aus meinem Leben!«

Das Echo seiner Stimme hallte durch die Nacht. Dann kehrte die Stille zurück, schwer und drückend wie zuvor. Nichts geschah. Der Wasserspeier war leblos, mit starrem Blick und geöffnetem Maul. Der Stein war dunkel vor Feuchtigkeit.

Jochen schüttelte drohend die Faust in seine Richtung.

»Du Mistviech! Du machst mir nichts vor! Ich weiß, dass du mich verfolgst!«

Der Wasserspeier antwortete nicht. Jochen schrie, halb wütend, halb verzweifelt. Und dann kletterte er die Fassade hinauf.

Es war leicht. Überall waren kleine Verzierungen, ausgestaltete Formen, an denen seine Hände und Füße Halt fanden. Er kletterte bis zum Dach hinauf. Ein Sims verlief dort um das Gebäude. Schritt für Schritt näherte er sich dem Wasserspeier, der etwas rechts von ihm saß. Einmal blickte Jochen nach unten. Nebel umhüllte den Fuß der Kirche. Nebel und Dunkelheit.

Dann hatte er den Wasserspeier erreicht. Er schlang einen Arm um die Gestalt, um sich an ihm festzuhalten. Der Stein war rau und kalt. Ganz deutlich konnte Jochen die rote Flechte auf der Nase sehen.

»Jetzt sag was du willst«, flüsterte er dem Wasserspeier zu. »Sag es und lass mich dann in Frieden.«

Er lauschte, presste ein Ohr gegen den Stein. Doch der Wasserspeier schwieg.

Jochen heulte auf. Er trommelte mit der bloßen Faust auf den Stein ein. Rote Wut legte sich vor seine Augen. Er riss den Hammer unter seinem Mantel hervor.

»Dann schweig eben! Schweig für immer!«

Er schlug kräftig auf den Kopf ein.

Der Stein war härter als gedacht. Er federte, und der Rückstoß brachte Jochen aus dem Gleichgewicht. Er ruderte mit den Armen, der Hammer flog ihm aus der Hand. Er rutschte ab am feuchten Stein, und dann flog er selbst. Sein Schrei gellte durch die Nacht. Er kam hart auf dem Rücken auf. Der Aufprall presste ihm die Luft aus den Lungen. Er rang nach Atem, seine Sicht verschleierte sich. Und durch die Dunkelheit kam ein metallisches Schimmern auf ihn zu. Er kniff die Augen zusammen.

Kommissar Elby tauchte unter dem roten Absperrband hindurch und schritt um die kleine Kirche herum. Seine Schritte waren schwer, die Schultern gebeugt. Der Morgen graute und der Himmel war eisblau und klar. Doch Elby konnte sich darüber nicht freuen.

‚Nicht schon wieder!', dachte er. *‚Nicht noch ein Mädchen. Und bloß nicht noch einmal am selben Tatort.'*

Die Presse würde ihn zerreißen.

Er schleppte sich zu seinen Kollegen hinüber. Hevemann sprach mit dem aufgebrachten Pfarrer. Er winkte ihm kurz zu, als er ihn sah. Dr. Scholz hockte neben der Leiche und schrieb fleißig in sein Protokoll. Elby atmete auf, als er den Toten sah. Ein junger Mann – wenigstens blieb ihm das Schlimmste erspart.

»Was haben wir hier, Gert?«, fragte er den Doktor.

Scholz blickte auf.

»Ach, da bist du ja«, begrüßte er ihn. Dann schrieb er geflissentlich weiter. »Junger Mann Anfang dreißig. Tod durch Schädelbasisbruch. Mit dem Hammer da.« Er deutete auf das blutbeschmierte Werkzeug, das direkt neben dem Kopf des Toten lag. »Keine Papiere. Ich hab aber schon eine Probe ans Labor geschickt.«

Elby brummte. Im Hintergrund klingelte Hevemanns Handy.

»Ein paar Rippen sind auch noch gebrochen«, fuhr der Doktor fort. »Anscheinend ist er vom Dach gestürzt.«

»Fremdverschulden?«

Scholz schüttelte den Kopf.

»Erstmal keine Anzeichen.«

»Warum bin ich dann hier?«, murrte Elby.

Der Gerichtsmediziner zuckte mit den Schultern.

»Hannes glaubte, es würde dich interessieren.«

Elby schnaubte und blickte zu seinem jüngeren Kollegen hinüber. Der redete aufgeregt in sein Handy hinein.

»Seid ihr sicher?«, wehte seine Stimme zu Elby herüber.

Dann blickte Hevemann ihn an, mit großen Augen, überrascht, beinahe fassungslos. »Kommissar, das Labor hat die Fingerabdrücke verglichen«, rief er. »Sie stimmen mit denen des Mädchen-Mörders überein.«

Elby starrte ihn an. Es dauerte einen Moment, bis die Bedeutung seiner Worte zu ihm durchdrang. Dann durchströmte ihn wohlig warme Erleichterung. Er schloss die Augen. Als er sie wieder öffnete, fiel sein Blick auf den Wasserspeier. Ein Ohr war abgebrochen. Und in der strahlenden Morgensonne glitzerten seine steinernen Augen. Elby runzelte die Stirn. Von irgendwo dort oben musste der Mann herunter gestürzt sein. Er lachte auf.

»Vielleicht will ich doch nicht, dass du deine Geheimnisse teilst.«

Er wandte sich an seinen Kollegen.

»Hannes, du übernimmst die Formalitäten!«, rief er. »Wir treffen uns nachher auf der Wache!«

Und ohne eine Antwort abzuwarten, drehte Elby sich um und ging davon. Ein Lächeln umspielte seine Lippen.

Wasser, Gold und Blut

DERHANK (Hank)

Aus den Lefzen des Drachen regnete es Diamanten; funkelnd und spitz wie Nägel prasselten sie auf den Jungen herab. Das Unwetter war vorüber, aber das riesige Kuppeldach brauchte noch einige Minuten, um seine Wassermassen loszuwerden.

Er liebte diese Momente am Ende eines Schauers, bevor die letzten Tropfen aus den Mäulern der Wasserspeier fielen. Und heute ganz besonders: Sonne und Regen hatten über den Dom einen herrlichen Regenbogen gespannt, eine Brücke zum Himmel nur für ihn. Alle anderen Bürger von Emschau waren vor dem Wolkenbruch in ihre Fachwerkhäuser geflüchtet. Das kleine Städtchen zwischen den Klüften der Ruhr und den Mäandern der Lippe, da, wo sich die Emscher in den westfälischen Moorniederungen zu einem unkultivierbaren Morast verzweigte, hatte Regen satt. Die Kopfsteinpflastergassen waren wie leer gespült, und so streifte er noch unter dem Wasserfall die Kleidung ab und ließ sich die Haut massieren.

»Pass auf, dass Gargyila dich nicht sieht!«, rief der alte Steinmetz aus seinem Unterstand heraus. Er spielte auf die vielen Legenden an, die sich um den Dom und seine fratzenköpfigen Speier rankten, »Deine unkeusche Nacktheit ist so sündhaft wie die Habgier der Pfaffen!«

Einen Zuschauer hatte der Junge also, aber dessen Rüge war ihm egal. Hieß es nicht, die Gargoyles erfüllten die Wünsche der Menschen? Und er wollte nichts, als den klebrigen Steinstaub vom Körper waschen; ein züchtiges Verlangen nach Reinheit, das der Drachenkopf ohne Strafe befriedigte.

Die späte Septembersonne brach vollends durch die aufgewühlten Wolken und richtete ihre Strahlen auf seinen bibbernden, schlaksigen Körper. Der Speier über ihm gurgelte ein letztes Mal, dann versteinerte er wieder und starrte in die Ferne. Vom Ruß der Manufakturen reingewaschen glänzte auf der Domspitze nun auch Gargyila: Ihr goldener Widerschein strahlte hinter der Horizontlinie des bauchigen Daches wie eine zweite Sonne.

»Hier, Junge!«, der Alte, der sich nie wusch, warf ihm ein Tuch zu; einen Lumpen, wie er schlimmer nicht sein konnte: Jahre aus Schweiß und Staub, die ein Eigenleben besaßen, das dem der Gargoyles in nichts nachstand. Doch der Lehrling wollte seinen Meister nicht kränken, also fasste er den Stoff mit den Fingerspitzen und tupfte sich angewidert über den Bauch. Die Küsterstochter, die als Erste ihr Haus verließ, erlöste ihn. Keuschheit war ein guter Grund, hastig die Kleider zusammenzuraffen und in die Werkstatt zu springen, wo ihn der Ofen anstelle des Modertuchs trocknen konnte. Das Mädchen kreischte mit gespieltem Entsetzen, worauf der alte Steinmetz lachte: »Sie schreit, wie die Gassenjungen nach Weiberröcken pfeifen!«

Er hielt einen dünnen, sich konisch verjüngenden Basaltstein vor die Schleifscheibe.

Der Junge rieb sich Hände und Schultern. »Und?«, feixte er, »Wird Gargyila sie deswegen vergolden?«

»Vergolden?«, der alte Mann hustete, »Die Speier werden sie mit so viel Blut übergießen, dass sie in ihrer eigenen Hitze erstickt! Nun aber hurtig, es ist fast Oktober und noch immer sind nicht alle Schäden des letzten Winters beseitigt!«

Der Junge schlüpfte in die feuchte Wäsche, nahm Hammer und Meißel und bearbeitete den Podeststein, der jenen ersetzen sollte, welcher zusammen mit seinem Gargoyle abgestürzt und zerschellt war. Die Bröckchen lagen wie ein Puzzle neben ihm, und er mühte sich, aus einem Sandsteinblock eine originalgetreue Kopie zu schlagen.

»Väterchen, ich mag zwar langsam sein, doch was machen wir mit dem Speier? Du hast einen prächtigen Nagel gefertigt, um ihn auf dem Dach einzuschlagen, aber die Figur … wie wollen wir die Figur ersetzen?«

Von der Figur war nichts geblieben als ein paar Splitter. Sie war entweder in tausend Einzelteile zersprungen und vom Regen in die Emscher gespült - oder als Ganzes gestohlen worden. Das war eines dieser Rätsel um den Dom: In den vergangenen Jahrhunderten mussten schon viele verschwundene Gargoyles ersetzt werden, nicht einen hatte man je wiedergefunden. Der Dom war aber auch alles andere als für die Ewigkeit gebaut. Seine Erschaffer hatten keinen Fehler ausgelassen, der nicht den Kräften der Natur Gelegenheit gab, das Bauwerk wieder ins vorchristliche Chaos zurückzustoßen. Manchmal erschien es dem Jungen richtig ungehörig, dass sich die empfindlichen Gebäudeteile dem Wetter so schamlos anboten wie Dirnen.

»Wir wissen nicht mal genau wie er aussah, dieser …«

Der Alte sah ihn halb traurig, halb verärgert an: »DU magst das nicht wissen, du bist jung und glotzt auf Frauenröcke, statt dass du die Gargoyles studierst: jedes Ohr, jedes Horn, jeden Zahn, sodass du sie im Schlaf nachformen könntest.«

»Väterchen, es sind so viele …«

»Es sind 101, jeder anders als der andere, und ICH kenne sie alle, auch die, die schon vor einer Ewigkeit ersetzt worden sind, und erst recht den, den wir jetzt ersetzen werden. Ich, jawohl, ICH …«, mit einem Zischen fielen im Ofen die Scheite zusammen. Die erstickten Flammen warfen einen sich aufbäumenden Schatten in die Hütte. Der Alte riss die Augen auf und hielt sich die Hand vor den Mund. Schamesröte war ihm ins Gesicht gestiegen, denn nichts hasste er mehr, als eitles Gebaren und das kleine, große Wörtchen 'Ich'. Er senkte den Blick auf den Basaltnagel, den er an der Schleifscheibe zu einem schimmernden, spitzen, vier Ellen langen Juwel polierte.

Das Feuer loderte wieder auf, aber der Alte blieb stumm. Eine Weile hörte man nur das Knistern des Ofens, das Schlagen des Bossiereisens und das schrille Singen der Scheibe.

»Es sind genau Hundert«, sagte der Junge zögerlich.

Der Alte blickte hoch, anerkennend, »Wenigstens DAS weißt du, aber vergiss Gargyila nicht.«

»Erzähl mir von Gargyila!«, bat sein Schüler, obwohl er die Geschichte kannte, »Ist sie nicht eine Muttergottes, eine Marienfigur?«

»GARGYILA!«, die Augen des Alten blitzten scharf, dann grinste er: »Gargyila ist eine Opfergabe der verdorbenen Christen, eine Buße für ihr schreckliches Vergehen … aber sie ist viel mehr als eine Statue auf der Spitze des Doms.«

Er hielt den Nagel in die Höhe, betrachtete ihn, als würde er ein Schwert prüfen.

»Gargyila ist nicht bloß gegossenes Gold. Sie lebte schon hier, als es den Dom noch gar nicht gab. Ihr Geist beherrschte die slawischen Sümpfe, und später diese große, nur scheinbar den Christen gehörende Schildkröte, sie …«

»Was?!«

Der Alte verzog das Gesicht, als hätte er in eine Zitrone gebissen, und suchte nach passenderen Worten. Dabei wusste der Junge, woher der Vergleich kam. Schließlich sah der Dom tatsächlich aus wie eine über hundert Fuß hohe, sechsbeinige Sumpfschildkröte mit einem bis zum Boden reichenden Panzer aus schwarzen Schieferplatten. Darauf steckten die Gargoyles wie Dornen, jeder am unteren Ende einer wie aufgekratzten Furche aus flammrotem Glas. Die langen, bleigefassten Scheiben waren die Fenster - und zugleich die Gerinne, welche bei Regen die Speier tränkten. Gemauerte Auswölbungen bildeten die Beine des Reptils und der Haupteingang war ein aufgerissenes Maul … Genug! Der Junge schüttelte sich. Der Dom war ein Gotteshaus und keine heidnische Kultstätte!

»Gargyilas Zorn ließ einst die Quellen versiegen«, fuhr der Alte fort, »Die Emscher trocknete aus und die Felder verdorrten. Die vom Tode bedrohten Menschen hatten bald keinen anderen Trost mehr als diesen Dom. Sie beteten darin Tage und Nächte, derweil das angebundene Vieh auf dem Kirchplatz verdurstete. Doch dann geschah das Wunder: Während die Emschauer im Fieberwahn ihre Ave Marias murmelten, erklang ein dröhnendes Prasseln. Und auf den Scheiben über ihren Häuptern sahen es die Menschen fließen wie das Blut des Gekreuzigten: Wasser! Der Himmel war blau und die Mittagssonne glühte - und trotzdem spien die Gargoyles aus ihren Mäulern, was das Zeug hielt. Rund um den Dom regnete es, und die

Leute tanzten darin, wie du vorhin getanzt hast. Die Wächter des Doms hatten ihre steinernen Herzen erweichen lassen. Der Heiland über dem Altar dagegen hat nichts getan, um ...«

»Väterchen!«, unterbrach ihn der Junge streng. Draußen schlugen die Glocken und der Alte sah ihn an.

»Jedenfalls«, fuhr er fort, »hat das Wünschen geholfen. Die Gargoyles hatten den Christen verziehen und versorgten von nun an die Stadt mit Wasser. Emschau erblühte rings um den Dom, von dem man glaubte, ihn nun endgültig dem Sumpfland abgerungen zu haben.«

Der Alte verstummte und sein Lehrling war froh darüber, denn die Gotteslästerungen seines Meisters wurden langsam unerträglich. Beide vertieften sich in ihre Arbeit, überhörten das monotone, nur allzu vertraute Läuten. Doch plötzlich fuhr der Junge hoch: »Väterchen, die Nachtmesse, fast wären wir ...!«

»Unser Schaffen ist mehr Gottesdienst als das falsche Gebet dieser Herrschaften. Lass uns ausnahmsweise ...«

»Väterchen!«

Widerwillig legte der Alte den Nagel beiseite und schickte sich an, dem Jungen in die Dämmerung zu folgen. Doch bevor er aus der Tür war, wuchtete er den Gargoyle-Sockel auf ein Wägelchen. Wortlos zog er es hinter sich her und hielt auf die offene Dompforte zu, aus der schwacher Fackelschein drang.

»Väterchen, er ist noch nicht fertig!«, verwirrt lief der Junge neben ihm, »Es ist mein dritter Versuch, ich weiß, und nicht besser als die and...«

»Mein braver Schüler«, der Alte blickte stur geradeaus, »er ist gut genug und rechtschaffener als das falsche Lobpreisen da drinnen!«

Die Messe war schlecht besucht. Man hatte nur eine der vier Bankreihen freigegeben, auf deren vorderem Drittel sich ein Häuflein aufrechter Christen zusammenscharrte; verloren wie in einem Wald. Die Baumeister des Doms mussten betrunken gewesen sein, als sie die Säulen nicht in mathematischer und somit göttlicher Ordnung, sondern wild und unregelmäßig verteilt hatten. Statt den Blick zum Hauptaltar zu lenken, zwangen sie den Betenden, sich den Hals zu verbiegen. Der Chor glich eher einer zufälligen Lichtung als der raumgewordenen Offenbarung des Allmächtigen. Hinzu kam, dass die von Ölfackeln verrußten Säulen nicht steinern, sondern riesige, geschälte Mooreichen waren. Die trugen ein bizarres Geäst aus weiteren angepflockten Stämmen, das dem Druck des Gewölbes standhalten musste. Wie ein monströses Blattgerippe besaß die Konstruktion durchaus eine Logik - aber es war die unselige Logik der Natur, und nicht die des Himmels.

Von den quietschenden Rädern beunruhigt, drehten sich die Leute um. So ließ der Alte den Wagen beim Weihwasser stehen und schlich widerstrebend dem Jungen hinterher. Leise schritten sie nach vorne, vorbei an Figuren aus purem Gold. Es waren lebensgroße Abbilder einstiger Würdenträger: Priester, Mönche, Vikare, auch weltliches Volk wie Kaufleute, Gutsherren und Bürgermeister. Sie hatten wie im Rausch die Arme hochgerissen, ausgestreckt oder mit den Händen das Haupt bedeckt. Ihre Körper hatten sich im Tanz verdreht, waren gekrümmt und manche in die Knie gegangen. Die Gesichter spiegelten im Schein der Fackeln eine euphorische, den himmlischen Vater preisende Freude wider. Sie waren Ausdruck puren Glücks - und einer in dieses Glück hineingetriebenen Angst, welche das Bewusstsein noch nicht erreicht hat, die aber in ersten Andeutungen den so nahe beieinanderliegenden Wechsel von der Freude zum Entsetzen vorwegnahm.

»Der Dompropst hat es zuerst versucht!«, flüsterte der Alte. Der Junge wiegelte ab. Er kannte die Geschichte.

»Weil ihm Wasser nicht mehr reichte, hat er sich klingende Münze gewünscht; hat sich unter den nächstbesten Speier gestellt und um Golddukaten gebeten.«

Der Pfarrer, der gerade aus dem Evangelium las, räusperte sich und von irgendwo kam Tuscheln.

»Golddukaten!«, flüsterte der Alte unbeirrt, doch leiser zumindest, »Diesen Pfeffersäcken war das von den Gargoyles geschenkte Leben nicht genug, sie wollten GOLD!«

»Ich weiß, Väterchen, komm jetzt!«

»Sie bekamen Gold«, murmelte der Alte, »Sie wurden überhäuft mit Gold, rund um den Dom prasselten die Taler vom Himmel. Natürlich nicht vom Himmel, sie kamen aus den Mägen der Speier, ausgespuckt wie Verdorbenes, denn die Gargoyles verachten den Mammon tausendmal aufrichtiger als jeder gottverdammte Christenmensch!«

Wieder unterbrach der Priester seine Lesung, und der Junge betete, er möge den Frevel nicht gehört haben.

»Die Emschauer geiferten«, rief der Alte neben einem schimmernden Fettwanst, der sich kniend nach oben streckte und die Finger über den Kopf hielt, während aus seinem aufgerissenen Mund goldener Speichel schwappte. »In ihrer Gier strömten sie unter den Münzregen, stießen und schlugen sich, bis Bauern und Bergleute das Nachsehen hatten. Die Herrschaften aber kriegten den Hals nicht voll, schrien nach mehr, mehr, mehr, und die Speier überschlugen sich im Auskotzen, beugten sich brüllend über die Raffsäcke. Und auf ein Mal spien sie statt der Dukaten flüssiges Gold; ein Regen, dem niemand entkam: Binnen Sekunden ragten einhundert goldene Statuen aus einem Meer von Münzen, erstarrt und für immer zum Schweigen gebracht.«

Endlich saßen sie. Der Junge erblickte die Küsterstochter, und als sie zurücksah und vieldeutig grinste, wurde er rot. Sie zwinkerte, was seine Verlegenheit noch steigerte, ihn aber dann antrieb, das Spiel der Augen mit ihr aufzunehmen. Der Gottesdienst war schnell vergessen, stattdessen heimliche Grimassen und stilles Kichern. Er bemerkte nicht, wie sich die Miene seines Meisters verdüsterte. Er bemerkte nicht einmal, wie der Alte verschwand und zu dem Wägelchen schlich.

Der Priester versuchte, das Quietschen zu ignorieren. Er wusste, wie sehr er den Alten brauchte, alle seine Schäfchen wussten es; nur der Junge nicht. Der überhörte sogar das Geklapper des Flaschenzugs, mit dem der Sockel in die Höhe gezogen wurde. Erst als der Alte den schweren Brocken auf einen Schlitten gehievt und sich mit diesem, weit oben unter dem Kuppeldach, in Bewegung gesetzt hatte, schrak er auf.

Zuerst sah der Junge nur die verzerrten, unter das Dach geworfenen Schatten der Säulen. Die aufgescheuchten Fledermäuse erahnte er in den Störungen des Raums, formlos aufblitzend und verschwindend. Dann bemerkte er die winzige Gestalt, die auf einem verbreiterten Querbalken, einem improvisierten Steg ohne Geländer, den Schlitten hinter sich herzerrte.

»Väterchen!«

Er warf dem Mädchen einen letzten Blick zu, den es nur allzu flehend erwiderte. Dann huschte er fort von der Glaubensgemeinschaft und erklomm die im Dunkeln verborgene, einen dicken Stamm umlaufende Wendeltreppe.

Der Alte hing mit seinem Oberkörper im von Feuchtigkeit und Schimmel zersetzten Rahmen des Ausstiegs, um die Luke aufzuklappen. Dann verschwand er in der Dunkelheit. Wortlos umfasste der Junge mit seinen langen Armen den Podeststein, doch beinahe hätte er sich das Kreuz gebrochen. Wie hatte der alte Kerl den Klotz nur bis hierher geschafft? Die spöttisch von außen hereinfunkelnden Augen beschämten ihn. Mit aller Kraft zerrte er an dem Sockel und torkelte damit unter die Öffnung.

Kalt hingen die Sterne über ihm, doch der Junge schwitzte, als er den Brocken den knochigen Fingern seines Meisters entgegenhob. Alle seine Muskeln zitterten und er fühlte im Kopf die Äderchen platzen. Aber schließlich war es geschafft; nicht zuletzt, weil der Alte mit abnormer Kraft den Stein an sich gerissen hatte.

Draußen wurde dem Jungen gewahr, dass eine winzige falsche Bewegung den Tod bedeuten konnte:

Die steilen Schieferschindeln glänzten feucht unter dem Flechtenbewuchs. Allein die zu diesem Zweck vorkragenden Eisendorne gaben den Füßen einen gewissen, wenn auch trügerischen Halt. Sie waren durchgerostet und ächzten unter dem Gewicht der Männer.

Wie kleine Würmer hockten sie auf der riesigen Kuppel, umgeben von den Schatten der Speier. Und ganz oben schimmerte das im Mondlicht weiße Gold von Gargyila.

»Göttin der Wässer«, flüsterte der Junge und fuhr sich - erschrocken von diesem ketzerischen Gedanken - über den Mund.

»Was glaubst denn du?«, brummte der Alte, während er durch die breite Öse des Sockels ein Hanfseil zog und es seinem Lehrling um den Hals legte. Das andere Ende warf er sich über die eigene Schulter. Gemeinsam hoben sie den Stein an und tasteten sich Schritt für Schritt auf den knirschenden Spornen vor.

»Was glaubst du, wer Gargyila ist, he?«

Der Junge konnte kaum sprechen. Das Seil scheuerte im Nacken und mehr als einmal wäre er beinahe abgerutscht.

»Ma… Maria … Mutter … Gottes …«, ächzte er.

»GOTTES?«, krähte der Alte, »Was weißt DU von Gott?«

Der Junge wusste nichts von Gott. Er brauchte nichts zu wissen, denn er glaubte schließlich an ihn, den allmächtigen Gott der Christen. Diese Kirche hier war Zeugnis des Glaubens.

Doch als er sich umsah, waren da nur heidnische Fratzen, die mit aufgerissenen Mäulern auf den nächsten Regen warteten. Obwohl ihre leeren Augen in die Finsternis stierten, hatte er plötzlich das Gefühl, beobachtet zu werden. Nicht nur das, er spürte ihre nervöse Anspannung, wie eine Vorfreude, als hätten sie ihn erwartet. Dabei war er nicht das erste Mal hier oben, es war schließlich seine Aufgabe, dem Meister zur Hand zu sein. Aber sie waren noch nie bei Nacht ...

»Das Ende ihrer Würdenträger hatte den Leuten die Habgier vergällt. Um Vergebung greinend wurde aus den verfluchten Dukaten Gargyila ein Denkmal gegossen. Aber diesmal ließ sich die Göttin der Slawen nicht besänftigen. Weder Wasser noch Gold konnten die Bluttat der Christen ungeschehen machen. Der Dom gehört ihrem Gott schon lange nicht mehr!«

»Väterchen ...«

»Lass das verdammte 'Väterchen'!«, fuhr der Alte ihn an, worauf sein Schüler zusammenzuckte und auf dem Schiefer wegrutschte. Er schrie auf, doch sein Meister packte in einer blitzschnellen Bewegung das Seil und zerrte ihn wieder hoch. Der Junge röchelte, aber er stand sicher. Verschwommen sah er die Lichtgestalt, die hochgewachsene, edle Frau mit ihrem geflochtenen Haar und - er blinzelte - ihren hohen Wangenknochen und schmalen, fast mandelförmigen Augen, die ihn wohlwollend begrüßten.

»Als der Christ das Emschermoor betrat«, fuhr der Alte ungerührt fort, »da versklavte und taufte er die, die vor ihm da waren, die Slawen und ihre bescheidenen Geister. Und weil sie sich nicht zähmen ließen, hat man hier, an dieser Stelle, den Emscher Dom errichtet, gebaut mit der Kraft der Geknechteten, gegen allen Widerstand. Als die Menschen selbst dann nicht zu einem fremden Vater im Himmel beten wollten und noch immer ihren Wasser-, Erd- und Wurzelgöttern huldigten, hat der Christ die hundert kräftigsten Männer zusammengetrieben und jeden einzeln auf das Dach des Doms gespießt!«

Wolken schoben sich vor den Mond und der Junge konnte die Figuren, in deren Mitte er ängstlich vorwärts stakste, kaum mehr erkennen. Saßen sie noch auf ihren Plätzen? Hatten sie ihm nicht längst die Köpfe zugewandt? Und was redete sein Meister da? War er verrückt geworden? Der Junge erschrak vor einem steinernen Keiler mit gebleckten Hauern.

»Vernichtung!«, rief der Alte, »Demütigung und Vernichtung der Slawen, auf dass sie sich selbst verraten und unterwerfen an den Christengott! Aber Gargyila hat ihr Volk nie aufgegeben. Sie hat längst begonnen, jeden einzelnen der Gemordeten …«

Der Junge kam erneut ins Straucheln und ruderte mit den Armen. Doch bevor er fiel, umschloss ein Fratzenmaul seine Hand. Er griff trotz Schmerzen in das Gebiss und spürte die Zähne in sein Fleisch dringen - aber er fing sich, und auch der am Seil schwankende Stein kam zur Ruhe.

Sie erreichten die Stelle, wo der letzte Frost den verlorenen Speier abgesprengt hatte. Ein leichter Nieselregen setzte ein. Während sie das Sockelstück in die Passstelle wuchteten, vergaß der Junge die irre Geschichte. Nicht ohne Stolz stellte er sogar fest, dass sich sein Werk besser in die Dachschindeln fügte, als er erwartet hatte. Kühn und selbstbewusst hockte er sich auf die Plattform und genoss den kühlen Regen. Nach einer Weile begannen die ersten Gargoyles zu spucken.

»Und jetzt?«, fragte er den im nassen Vorhang

verschwundenen Alten. Nur dessen Zahnstummel schimmerten in Gargyilas bleichem Glanz.

»Was 'jetzt'?«, krächzte der zurück.

»Wir haben keinen Gargoyle, Väterchen, du hast keinen Gargoyle gemacht!«

Der Stein begann, gefährlich zu wackeln. Doch der Meister schwang sich wie selbstverständlich vor die Kante und schob ihn mitsamt dem Jungen ohne Mühe zurück. Dann zog er das offene Seilende aus der Öse und streifte es wie die andere Schlinge dem Jungen über den Kopf.

»Nicht so fest, Väterchen, du erwürgst mich ja!«

»Ich erwürg dich schon nicht«, kicherte der Alte, »aber zieh du nur mit deinem ganzen Körper, denn sonst fällst du mit dem Podest in die Tiefe.«

Der Junge setzte sich auf die Öse, ein Loch, das er eigenhändig auspoliert hatte. Wenn er sich mit dem Strick nach hinten stemmte, saß der Sockel fest im Stoß. Aber sobald er locker ließ, begann der Block zu rutschen.

»Väterchen, das ist doch ...«

»Warte nur hier, ich hole den Nagel, um ihn festzuschlagen!«

Der alte Mann verschwand.

Obwohl der Regen wieder nachließ, blieb es düster unter den Wolken. Der Junge konnte seinen eigenen Schatten nur erahnen; eingereiht in die vielen, sich kaum von der Dunkelheit abhebenden Schatten der Gargoyles, die noch immer spuckten wie nach einem Wolkenbruch.

Was hatte der Alte erzählt? Das sollen alles slawische Krieger gewesen sein? Hier aufgespießt? Die Figuren sahen nicht aus wie Slawen, oder überhaupt wie

Menschen. Sie waren allerlei Getier wie Schweine, Affen, Drachen oder Fledermäuse - ja, wenn, dann hatten sie nur das gemeinsam: ihre Fledermausflügel, mit denen sie nachts ihre Runden zogen, auf der Suche nach …

Was dachte er da? Seine Hand schmerzte und das lange Warten verwirrte ihm die Sinne. Wo blieb der Meister?

Dieser Dom war so verschieden von allen Kirchen, die der Junge kannte. Eine Wohnstatt Gottes, gewiss, doch kein anderer Dom gereichte in seiner baulichen Hinfälligkeit so sehr zum Gespött der Heiden. Und wie konnte es solche Geschichten über Christen geben? Als wäre es dem Herrn zum Gefallen, sein eigen Haus mit den Kadavern der Feinde zu bedecken.

Unter ihm leierte dumpf die altersschwache Orgel zum Schlussgesang, doch der Alte kam und kam nicht. In wenigen Minuten würden die Gläubigen aus der Pforte heraustreten und sich über die Wassermassen wundern, die, trotzdem der Himmel bereits aufklarte, noch immer hinabrauschten. Der Junge versuchte sich umzudrehen, wollte das einzig schöne Wesen unter so viel Hässlichkeit sehen, doch seine Lage machte das unmöglich. Gerne hätte er ein paar Tropfen geschluckt, aber der Regen war dem Mond wieder gewichen. Die Kräfte verließen ihn, der Stein wackelte und langsam fragte er sich, was er gegen einen Absturz tun könnte, falls der Alte nicht wiederkehrte. Unablässig spien die Gargoyles ihre Fontänen hinaus und starrten dabei wachsam in die Nacht. Allein das Rauschen steigerte noch den Durst des Jungen. Ihm wurde schwindelig, und er fragte sich, wo all das Wasser herkam.

»Wasser? Willst du Wasser?«, krächzte urplötzlich der vor ihm aufgetauchte Alte - mit dem Basaltnagel in der einen und dem Vorschlaghammer in der anderen Hand. Der Junge erschrak. Er sprang, soweit es die Schlinge zuließ, zurück und drückte dadurch den Stein bestmöglich in seine Passstelle, genau über das untere Loch in der Dachhaut, welches er im Sommer aus dem abgebrochenen Stumpf herausgebohrt hatte.

»Wasser!«, antworte er heiser, »Ich habe solchen Durst!«

»Der nächste Regen wird deinen Durst stillen!«, rief der hagere Lumpenkerl, der in den verwirrten Augen des Jungen kaum noch als sein Meister zu erkennen war.

»Väterchen!«, keuchte er, »Ich schaffe es nicht mehr, lass uns schnell den Stein fixieren und dann nichts wie hinab, oh, dieser Schwindel, ich …«

»Öffne nur dein Mündchen und trink!«, gluckste der Alte, dessen schwarze Pupillen ausdruckslos glänzten. Der Junge tat es - und da schlug ihm sein Herr den Nagel zwischen die Zähne.

Mit dem Hammer trieb er ihn hinein, bohrte den kalten Stein in den Rachen des Ärmsten, sodass Herz und Lunge hinter den Schulterblättern hinausgepresst wurden und sich zu ledrigen Flügeln verformten. Der nächste Schlag zerriss Leber und Darm, der Nagel durchdrang den ganzen schreckensstarren Körper und schob sich in die steinernen Bohrungen, bis der Junge fest und unverrückbar auf dem Sockel saß. Mit aufgerissenem Maul spie er gurgelnd sein Blut hinaus und ließ es auf die Leute regnen, die gerade den Dom verließen.

Die feinen roten Tropfen benetzten die Gesichter der Gläubigen und verliehen den Tränen der Küsterstochter einen goldenen Glanz. Aber niemand achtete auf sie, zu groß war die Erleichterung der anderen. Und während der alte Steinmetz hoch oben in der Dunkelheit wie toll mit der Slawengöttin tanzte, wuschen sich die Christen rein in den Wässern der Gargoyles, zu denen der, den sie heute geopfert hatten, nun auch gehörte.

Wächter der Nacht

Katharina Seck

Der immerfort schaurig-stöhnende Schatten hinter ihrem Bett hatte sie aus ihrem Zuhause gejagt, hatte sie aus ihrem warmen, sicheren Zufluchtsort quer durch den verlassenen, winterlichen Wald getrieben.

Tipp tapp tipp tapp tipp tapp...

Stille. Windstille.

Ein leises Schleifen.

Ein Paar blanker, nackter, winziger Füßchen. Eine weiße Hand, die das ausgemergelte Bein eines zerlumpten Teddys umklammert hielt, dessen Kopf über den vom Regen durchnässten Waldboden geschleift wurde.

Lilia hielt unter dem hünenhaften Torbogen inne, hinter dem sich vollkommene Dunkelheit verbarg. Ihr verängstigtes, bleiches Gesicht mit den dunklen Augen, die wie runde Knöpfe hervorstachen, stand in seltsamen Kontrast zu den finsteren, alten Kirchengemäuern, die in der nächtlichen Finsternis beinahe geisterhaft wirkten.

Flankiert wurde das Tor von zwei uralten Wasserspeiern, so massiv und ehrwürdig, dass sie seit jeher dem Rad der Zeit zu trotzen schienen. Obwohl ihre Gestalten mit ihren ausgebreiteten Flügeln, den verzerrten Fratzen und den krähenartigen Krallen auf eine dämonische Art gearbeitet waren, strahlten die Figuren auf Lilia eine eigentümliche Ruhe aus. Sie hatte sie schon vor Jahren zu ihren Beschützern auserkoren.

Die uralten Bäume neigten und beugten sich mit viel Gebrüll dem tosenden Wind. Sie knarrten und ächzten wie alte Frauen, die viele Jahrzehnte auf dem Buckel hatten, und reckten ihre vertrockneten Äste wie hungrige Arme nach der kleinen Lilia aus. Das Heulen des Sturms schien die Gier der blattlosen Bäume nur noch mehr anzuzetteln und alsbald war es dem Mädchen, als höre sie fremde, verzerrte Stimmen, die nach ihr riefen, die sie zu locken versuchten.

Lilia riss die Augen weit auf und machte einen erschrockenen Satz durch das Tor, das nur einen kleinen Spalt offen stand. Im Inneren des Gotteshauses war es entsetzlich kalt, sodass ihr schmächtiger Körper zu beben begann und ihre Zähne wie Rasseln aufeinander klapperten.

Tipp tapp tipp tapp…

Sie war so klein, dass sie den Kopf zurück in den Nacken legen musste, um das ganze räumliche Ausmaß der Kirche in Augenschein nehmen zu können. Obwohl sie schon oftmals da gewesen war, eröffnete sich ihr im Schein der Nacht doch eine ganz neue Sicht. Vor Staunen öffneten sich ihre Lippen und ihre Knopfaugen wurden kugelrund, während sie einige zaghafte Schritte tiefer in das langgestreckte, festungsartige Bauwerk machte. Zu ihren Seiten erstreckte sich ein filigranes System von Säulen und eine Vielzahl hoher Fenster, die das Gebäude an sonnigen Tagen mit hellem Licht durchfluteten. Bewundernd hob sie die Hand und strich mit den Fingerspitzen über die fein gearbeiteten Ornamente an den Mauern, die sie ein wenig an die grüne, satte, frisch duftende Welt der Pflanzen erinnerte, mit ihren Kreisen und Bögen und runden Formen.

Tipp tapp…

Dank des dämmrigen Mondeinfalls, der ihr den Weg zum Altar zeigte, konnte sie nun auch das Raumende genauer inspizieren, Gefahren abschätzen, auf der Hut sein.

Die lockenden, kratzenden Stimmen waren noch immer dicht hinter ihr, klopften an das gusseiserne Tor und schienen doch durch die Heiligkeit des Ortes keinen Eintritt zu finden.

Eine zerbrechliche Hülle des Schutzes, die sie damit umgab und das heftige Schütteln ihres Körpers vor Kälte und Angst etwas eindämmte.

»Hallo?«, rief sie leise und zuckte vor dem donnernden Echo ihrer eigenen Worte zurück.

Dann gespenstisches Schweigen.

Lilia hob die Hand, die den Teddy eisern festhielt, und presste sich das Stofftier trostspendend an die Brust. Der vertraute Geruch, die schon halb abgefallene, kühle Nase und die nachgebende Weichheit ihres treuen Begleiters beruhigten sie und ließen sie den Mut finden, die Stufen vor dem Altar hinaufzusteigen.

Lilia wollte sich nicht fürchten. Sie wollte mutig und stark sein. Eine Amazone, wie jene aus den Geschichten, die Mummy ihr früher jeden Abend vorgelesen hatte. Geschichten, in denen Kriegerinnen furchtbare Ungeheuer besiegten und schwache Menschen vor jenen Bösen beschützten, die immer und überall darauf lauerten, zuschlagen zu können.

Manchmal hatte Lilia Angst gehabt, wenn die Geschichten zu gruselig waren. Sie hatte sich ihrer Angst oft geschämt. Doch ihre Mummy hatte erklärt, dass es ohne Angst auch keinen Mut geben konnte. Und was ihre Mummy sagte, das stimmte auch, davon war sie felsenfest überzeugt.

Sie passierte die Kanzel, das Weihbecken und das schwere Kreuz, an das Jesus Christus geschlagen war. Früher wollte sie immer aufspringen und den Mann von seinen Schmerzen erlösen, wenn sie am Heiligen Abend die Messe besucht hatten. Irgendwann dann hatte sie begriffen, dass der Mann nicht echt war und sein Schmerz somit auch nicht.

Trotzdem tat er ihr jedes Mal leid und sie litt seine Qualen mit ihm.

Ein plötzliches Quietschen hinter ihr ließ ihr Herz für ein, zwei endlos lange Takte aussetzen und sie wirbelte herum.

Durch den Türspalt lugte ein Kopf.

Ein Kopf mit zwei Augen und einem Mund, der ihr höllische Angst einjagte. Die Panik wirbelte wie ein unangekündigter Hurrikan über sie hinweg, riss sie von den Füßen und schleuderte sie brutal durch die Luft, nahm ihr alle lebensnotwendige Luft zum Atmen.

»Lilia!«, surrte seine süßlich-eklige Stimme durch die Dunkelheit und legte sich schleimig auf ihre Haut.

Sie taumelte zurück in den Schatten der Kanzel und hielt hektisch nach einer Fluchtmöglichkeit Ausschau, bis sie eine unscheinbare Holztür entdeckte.

Lilia wollte nicht hinaus in den Wald und nicht hinaus zu den Bäumen, deren Absichten sie nicht einschätzen konnte, aber die Gefahr, die hinter ihr lauerte, war umso viel größer, als dass sie mehr als einen Sekundenbruchteil benötigte, um eine Entscheidung zu fällen.

Sie stieß die Holztür auf und huschte hindurch, ohne sich die Mühe zu machen, sie hinter sich wieder ins Schloss zu ziehen.

Denn sie wusste, dass *er* sie finden würde. *Er* fand sie immer. *Er* fand sie sogar in einer Kirche, auf heiligem Boden.

Die spitzen Steine unter ihren Füßen piekstén schmerzhaft in ihre Haut, als sie über einen schmalen, gewundenen Pfad lief, der rings um die Kirche eigens für die Gottesmänner angelegt worden und nun für Bauarbeiten mit stämmigen Gerüsten versehen war..

»Lilia!«

Obwohl sie so schnell rannte wie ihre Beine sie nur tragen konnten, näherte sich die Stimme, wand sich heran wie eine lauernde Schlange, die bereit war, zuzuschnappen und ihre Beute zu umschlingen. Zu *ver*schlingen. Mit Haut und Haar und allem, was man zu geben hatte. Und Lilia hatte nach den letzten Monaten nicht mehr viel zu geben, seit dieser Mann in ihr Haus gezogen war und ihr alles genommen hatte. Es war nichts mehr übrig.

Ein seltsames Donnern direkt über ihrem Kopf, ein hauchzarter Windstoß und ein unergründliches Gefühl brachten sie schlitternd zum Stehen. Ihr Atem ging stoßweise und abgehackt. Feine Schweißperlen glänzten im Mondenschein.

»Lilia...«

Tiefe Erleichterung durchflutete sie. Den tiefen Bariton dieser Stimme, die aus dem Nichts ertönt war, kannte sie nicht. Sie war ihr fremd und gleichzeitig doch so vertraut. Aber sie war nicht von *ihm* und das war im Augenblick das Einzige, was zählte.

»Ja?«, wisperte sie und hielt ganz still, wartete ab, was geschah.

Der Wind wurde kräftiger und zerrte sanft an ihrem Mantel, den sie in aller Eile über den Schlafanzug geworfen hatte.

Plötzlich wurde alles dunkel. Über ihr erhob sich ein Schatten, so groß und einnehmend, dass sie sich fühlte wie eine kleine Ameise. Der Schatten verdeckte den Himmel und schirmte das Licht des Mondes und der Sterne von ihr ab. Er bewegte sich, zog in anmutigen Kreisen seine Bahnen am Horizont und war ihr mit einem Mal so nahe, dass sie glaubte, ihn berühren zu können, wenn sie nur ihre Finger nach ihm ausstrecken würde.

Und als sie den nächsten Atemzug in ihre Lungen sog, setzte sich der Schatten mit wenigen Flügelschlägen vor ihr auf dem Gras nieder.

Was ihr im ersten Moment wie ein hünenhafter Adler erschienen war, entpuppte sich als etwas viel Gewaltigeres. Als etwas so Atemberaubendes, etwas so berauschend Mystisches, dass Lilia beim Anblick der steinernen und so lebendig pulsierenden Statue, die seinen gewöhnlichen Platz vor dem Kirchentor hatte, einen langgezogenen Laut der Ehrfurcht ausstieß.

»Ich wusste, dass du da bist, um zu diesen Ort hier zu bewachen«, flüsterte sie. »Aber ich wusste nicht, dass du fliegen kannst.«

Sie würde auch gern fliegen können. Einfach abheben und schweben, immer höher und höher, bis die Welt unter ihr nur noch ein kleiner Punkt war und überall Freiheit.

Das Ungeheuer regte sich nicht, doch sie sah ein helles Blitzen in den Tiefen der schwarzen Augenhöhlen.

Lilia verlagerte ihr Gewicht auf das andere Bein, während sie darüber sinnierte, ob sie der zum Leben erwachte Wasserspeier retten konnte. Sie hatte das Gefühl, er verstand sie, auch wenn das Verständnis auf eine seltsame Weise und nicht auf rein kommunikativer Ebene stattfand. Sondern irgendwie tiefer.

Ein leises Knacken ließ sie herumfahren. Jemand war auf einen trockenen Ast getreten, der quer über den mit Steinen zugeschütteten Trampelpfad lag.

Nein, nein, nicht jemand. *Er*.

Durch die Nacht schob sich ein vertrauter, verhasster Schatten, der an ihr klebte, als wäre es ihr eigener.

Hilfesuchend sammelte sie all ihren Mut, den sie in sich vereinen konnte und trat vor das riesige Geschöpf. Ihre schmalen Finger bebten, als sie die Hand auf den kühlen, festen Stein legte. Das Wesen wich vor der Berührung nicht zurück, sondern wandte seinen gewaltigen Kopf zu ihr und hüllte ihren schmächtigen Körper mit seinen schweren Flügeln ein, verbarg sie vor den Blicken des Mannes, vor dem sie sich so sehr fürchtete.

Er hielt damit den dröhnenden Wind ab, brachte die Bäume zum Schweigen und die Kälte zum Vergessen.

Gemeinsam verharrten sie so reglos, dass *er* an ihnen vorbeischlurfte, ohne der starren Statue große Bedeutung beizumessen, wenngleich *er* bei jedem Schritt misstrauisch ihren Beschützer beäugte.

Mit einem Mal hörte sie ein zweites Paar Flügel schlagen, spürte instinktiv, wie der Gefährte des Wasserspeiers, der sie in schützender Umarmung hielt, heranschwebte. Ihre neugierigen Kinderaugen wollten sich befreien und auch die Anmut des zweiten bewundern, doch sie wurde nicht losgelassen. Sie sah nichts durch die steinernen Flügel. Ihre Welt beschränkte sich auf die Geräusche, die dumpf durch den Wall zwischen ihr und der Außenwelt drangen. Und plötzlich gellte ein markerschüttender Schrei durch die Nacht, schreckte alle Vögel und Tiere des Waldes auf, die in alle Richtungen davonstoben. Sie begriff nicht sofort, dass es *sein* Schrei war, denn sie hatte *ihn* noch nie schreien gehört. Sie war immer selbst die Schreiende. Sie hörte, wie er lossprintete, als ein Beben die Erde unter ihnen erschütterte. Sie hörte ein hässliches Knacksen.

Und dann hörte sie nichts mehr. Befreiende Stille, die ihr wieder Raum zum atmen gab.

Erlösende Stille.

Der zweite Gargoyle schob sich an ihre Seite und dirigierte das Mädchen zum Tor zurück, während sie mit ihren breiten Flügeln den Anblick verdeckten, den sie zurückgelassen hatten.

In einer einzigen, geschmeidigen Bewegung nahmen die beiden wundersamen Geschöpfe ihren Platz auf den Sockeln beiderseits des Tores wieder ein.

Und obwohl Lilia zusah, wie sie in ihre eigentümliche Starre zurückfielen, vernahm sie ihre letzten Worte, die der Wind ihr nun samtweich zuflüsterte, ehe sie sich umdrehte und nach Hause ging. Nach Hause.

»Hab keine Angst mehr... Wir wachen über dich.«

Reims, 1761: In der letzten Nacht kam es direkt vor der Kathedrale Notre-Dame zu einem bedauerlichen Todesfall. Bauarbeiter fanden neben den Kirchenmauern den zerschmetterten Leichnam eines ansässigen Kaufmannes, der vermutlich vom Gerüst stürzte, das für hiesige Restaurationsarbeiten für einige Wochen aufgestellt worden war.
Der Mann hinterlässt eine trauernde Witwe und eine Stieftochter.

Die Nachtwache

Ruth M. Fuchs

»Wasserspeier sind architektonische Elemente zur Wasserableitung an den Traufrinnen von Dächern. Durch sie schießt das gesammelte Regenwasser der Traufen in einem Bogen vom Gebäude weg und wird so daran gehindert, in Mauerwerk und Fundamente einzudringen. Ab dem 13. Jahrhundert sind sie zunehmend figürlich ausgebildet und stellen – meist phantastische – Tierformen dar. Die französische Bezeichnung für Wasserspeier ist Gargouille, die englische Gargoyle, verwandt mit dem deutschen ‚gurgeln'«, Dr. Stephan Thomas, einer der jüngsten Dozenten der Fakultät für Architektur und angewandtes Bauen, sah sich um. Keins der Gesichter vor ihm spiegelte auch nur mäßiges Interesse. Doch unverdrossen fuhr der Dozent für Architekturgeschichte fort: »Da sie sich als Wasserspeier an der Außenfassade der Kirchen und verständlicherweise niemals innen befinden (noch nicht mal ein pflichtschuldiges Lachen von irgendeinem der Studenten), symbolisieren sie den Einfluss des Teufels auf die irdische Welt, der in Kontrast zur Reinheit des Himmelsreiches – symbolisiert eben durch das Innere der Kirche – steht.

Die Gargoyles, bleiben wir einmal bei dem englischen Ausdruck, haben den Ruf, Beschützer zu sein. Ihr dämonisches Aussehen soll den Geistern und Dämonen einen Spiegel vorhalten, soll sie vergraulen und somit Kirchen und Klöster vor bösen Mächten schützen. Gargoyles werden oft mit animalischem Körper und Gesicht dargestellt, seltener mit menschenähnlichem Körper und dämonischen Gesichtszügen. Häufig haben sie Schwingen, mit denen sie aber laut Mythologie nicht fliegen, sondern nur gleiten können.«

Dr. Thomas hielt inne, betrachtete noch einmal die leeren Gesichter und sagte dann klar vernehmlich in die herrschende Stille: »Übrigens hat die Mythologie Unrecht. Gargoyles fliegen sehr wohl und sogar sehr elegant.«

Die Aussage verplätscherte einfach so. Keiner der Studenten sagte etwas oder blickte wenigstens auf. Keine zuckte auch nur mit der Wimper. Dr. Stephan Thomas seufzte innerlich. Warum mache ich das hier eigentlich, fragte er sich wieder einmal, wie schon so oft, seit er hier lehrte. Es hört doch sowieso keiner zu. Architekturgeschichte interessiert doch keinen von denen. Die wollen alle neue, moderne, möglichst innovative Gebäude entwerfen. Klare Linien, spektakuläre Schwünge und viel Glas, Beton und Stahl. Es wäre viel sinnvoller, ich setzte mich hin, lese die Süddeutsche und warte, dass die Stunde vergeht.

Als er mit seinen Überlegungen gerade an diesem Punkt angelangt war, setzte die Glocke der Vorlesung ein Ende. Die Studenten strömten aus dem Saal. Nur eine junge Frau blieb vor dem gutaussehenden Lehrer stehen. Sie spielte verlegen mit dem Träger ihrer Tasche und schien nicht recht zu wissen, wie sie das Gespräch beginnen sollte. Sie errötete heftig, aber nie hätte Dr. Thomas mit den Worten gerechnet, die sie dann schließlich sprach: »Woher wissen Sie das? Mit dem Fliegen, mein ich ...«

»Nun ja ...« Jetzt, da sich herausstellte, dass doch jemand zugehört hatte, war der Dozent um eine Antwort verlegen. Natürlich hätte er lachen und sagen können, dass das bloß ein dummer Scherz gewesen war. Aber als er den ängstlichen, ja, gehetzten Ausdruck in den Augen der zierlichen jungen Frau sah, blieben ihm die Worte im Hals stecken. Schließlich fragte er einfach zurück: »Warum?«

Die Studentin zog den Kopf ein, als hätte er sie geschlagen. Furchtsam sah sie sich um, vergewisserte sich, dass sie beide auch wirklich allein waren. Aber selbst, als sie sich davon überzeugt hatte, war ihre Antwort nur ein Flüstern: »Ich hab ihn gesehen. Einen Gargoyle. Nein, ich sehe ihn noch, jede Nacht. Er belauert mich. Ich habe solche Angst! Irgendwann – irgendwann wird er über mich herfallen.«

Einen Moment erwog der Dozent, ob das vielleicht ein Studentenstreich sein könnte. Dann wäre diese Studentin aber eine wirklich hervorragende Schauspielerin und würde ihre Zeit wohl kaum mit einem Architekturstudium verplempern. Trotzdem war er auf der Hut. Ohne etwas zu sagen, sah er sie weiter an.

»Sie glauben mir nicht!«, schrie sie da plötzlich. »Niemand glaubt mir! Und vielleicht stimmt es ja, ich sehe Gespenster – ich verliere den Verstand!«

Schluchzend vergrub sie das Gesicht in den Händen.

»Nun mal mit der Ruhe. Das habe ich doch auch gar nicht gesagt oder?«

Dr. Thomas schob der Studentin seinen Stuhl hin, drückte sie schließlich darauf, als sie keine Anstalten machte, sich hinzusetzen und ließ sich selbst auf die Kante seines Pults nieder.

Langsam und geduldig holte er schließlich die ganze Geschichte aus ihr heraus: Solveigh Leiderer, so hieß die junge Dame – den Vornamen hatte sie von einem Charakter aus der Peer-Gynt-Suite, die Solveighs Mutter besonders liebte – Solveigh also hatte am Samstag vor zwei Wochen, als sie spät nachts heimgekommen war, das erste Mal die Empfindung gehabt, beobachtet zu werden. Sie hatte mit Freunden ihren einundzwanzigsten Geburtstag gefeiert. Dabei war auch die eine oder andere Flasche Wein geleert worden und so hatte sie einen Schwips gehabt und die unheimliche Stimmung einfach darauf geschoben. Das erwies sich jedoch schnell als Trugschluss. Tagsüber spürte sie zwar nichts, aber nachts stellte sich das beklemmende Gefühl, etwas Unheimliches beobachte sie im Dunkeln, unfehlbar wieder ein. Wie ein Hund, der darauf wartet, dass man nach Hause kommt, geduldig und hartnäckig und durch nichts zu vertreiben, so harrte auch diese Furcht darauf, dass es dunkel wurde, um dann über Solveigh zu kommen.

Und dann, vor genau fünf Tagen, war die junge Frau mitten in der Nacht aus dem Schlaf geschreckt mit dem Gefühl, dass jemand vor ihrem Fenster kauerte und herein sah. Kaum war sie richtig wach, da hatte sie sich natürlich gesagt, dass das Unsinn war – sie wohnte im ersten Stock ohne Balkon und unter ihrem Fenster lief nur ein schmaler Sims die Wand entlang. Kein Mensch konnte sich dort halten. Noch nicht einmal eine Katze. Und es konnte auch niemand mit einer Leiter in den Garten eindringen – Harro, der Schäferhund, der über Nacht draußen war, hätte ihn ohne Zweifel sofort gestellt. Da konnte niemand sein. Lächerlich. Um sich das selbst zu beweisen, war Solveigh aus den Federn gestiegen und zu ihrem Fenster gegangen. Und dort hatte sie ihn dann gesehen, den Gargoyle. Sie hatte ihn sofort erkannt: Es war der Wasserspeier an der rechten Ecke der alten Kirche, an der sie als Kind immer vorbei gemusst hatte, wenn sie zur Schule ging.

»Die Basilika mit den sechs Wasserspeiern?«, fragte Dr. Thomas da unvermittelt nach.

Die Studentin nickte und sah ihn erstaunt an. Er schien plötzlich sehr blass zu sein. »Fühlen Sie sich nicht wohl?«, wollte sie besorgt wissen.

»Oh, es ist nichts«, winkte er jedoch nur ab. »Erzählen Sie bitte weiter.«

Solveigh hatte ihrer Geschichte nicht mehr viel hinzuzufügen.

Der Gargoyle, berichtete sie weiter, hatte es ihr irgendwie angetan gehabt und so hatte sie als kleines Mädchen jeden Morgen zu ihm hinauf gewunken. Als sie dann älter wurde, hatte sie die Figur mit den halbgeöffneten Drachenflügeln und dem weit geöffneten Maul vergessen. Aber jetzt fiel ihr das alles wieder ein. Kein Zweifel, es war dieser Gargoyle gewesen, der da auf dem schmalen Sims irgendwie Halt gefunden und in ihr Zimmer gespäht hatte.

Kaum hatte die junge Studentin ihre Erzählung beendet, sah sie ängstlich zu Dr. Thomas auf. Sie erwartete wohl, dass er laut auflachte oder sie aber verärgert hinausschmiss. Also tat er nichts dergleichen. Instinktiv fühlte er, dass an dieser Geschichte etwas dran war. Und wie ernst es Solveigh meinte, sah man ihr an. Beruhigend fasste er sie am Arm und zog sie empor. Er ließ ihren Arm auch nicht los, als er sie zur Tür geleitete. Als er ihr schließlich vorschlug, am selben Abend noch bei Sonnenuntergang vorbei zu kommen und sich den Spuk selbst anzusehen, nickte sie und ein erleichtertes Lächeln stahl sich in ihre Mundwinkel.

Die Sonne berührte bereits den Horizont, als Dr. Stephan Thomas an der Tür von Solveighs Elternhaus klingelte. Er hatte mit seiner Studentin vereinbart, dass sie erst ein wenig spazieren gehen würden, um zu sehen, ob Solveigh verfolgt wurde. Auch zur Basilika wollten sie gehen, um festzustellen, ob der Gargoyle an seinem Platz war. Und notfalls würde Dr. Thomas Solveigh eben unter irgendeinem Vorwand auf ihr Zimmer begleiten.

Die Mutter der jungen Frau, eine rundliche, kleine Person, öffnete und strahlte über das ganze Gesicht, als Dr. Thomas sich vorstellte.

»Wie reizend, dass Sie sich so um unsere Tochter kümmern!«, rief sie entzückt und fuhr, mit vertraulich gesenkter Stimme fort: »Wir haben uns in letzter Zeit große Sorgen gemacht. Das Studium scheint ihr sehr zu schaffen zu machen. Obwohl sie immer sagt, es sei nichts.«

Der Dozent lächelte und verstand es, die Mutter mit ein paar wohlgesetzten Worten über Schulstress und Qualitätsdruck und die Leistungsanforderungen, die sich die Studenten selbst setzten, zu beruhigen. Sie nickte erleichtert zu seinen Ausführungen, von denen sie praktisch nichts verstand und geleitete ihn ins Wohnzimmer, wo Vater und Tochter noch beim Abendbrot saßen. Dr. Stephan Thomas lehnte dankend ab, als er eingeladen wurde, mitzuessen, akzeptierte jedoch ein Glas Mineralwasser. Während er so dasaß, betrachtete er die Familie vor sich. Seltsam, fand er, Solveigh sah ihren Eltern in keiner Weise ähnlich. Selbst wenn man annahm, dass ihre Mutter früher hübsch und vielleicht sogar so gertenschlank gewesen sein mochte, wie ihre Tochter, so blieb doch die Tatsache, dass sie kleiner war, rötliches Haar hatte und ein rundes Gesicht. Solveigh dagegen war nicht nur schlank, sondern geradezu feingliedrig. Ihr Haar war von einem goldenen Blond, das sie auch nicht von ihrem dunkelhaarigen Vater geerbt haben konnte. Ebenso wenig wie den Körperbau, denn der Vater wirkte insgesamt eher gedrungen und etwas schwerfällig. Die Tochter dagegen hatte etwas von einem Reh oder einer Gazelle – leichtfüßig und graziös, beinahe schon ätherisch. Warum war ihm diese Schönheit bisher nie aufgefallen, fragte sich Dr. Thomas, erstaunt über sich selbst. Er musste sich zusammenreißen, um die junge Frau nicht ständig bewundernd anzuschauen. Ein kleines Stimmchen in seinem Kopf warnte ihn zwar »Das ist eine Schülerin von dir!«, doch er beschwichtigte es schnell mit dem Gedanken, dass er ja nur die Schönheit dieses Mädchens verehrte, wie man ja auch einen schönen Sonnenuntergang schätzte, nichts weiter. Und ach, man musste doch einfach ins Schwärmen geraten, wenn man dieses weiche Haar betrachtete und die klare, zarte Haut, die wie dafür geschaffen war, sanft liebkost zu werden.

»Nun, Frau Leiderer«, wandte sich Dr. Thomas nach einer angemessenen Frist an Solveigh, »ich schlage einen Spaziergang vor, bei dem wir einige ausgewählte Architekturmerkmale sozusagen in Natura anschauen können. Wissen Sie ...«, er sprach nun zu den Eltern,

»manchmal kann man in der Nacht mit einer guten Taschenlampe, wie ich sie hier habe, Einzelheiten besser erkennen, als beim hellsten Sonnenschein.«

»Das leuchtet ein«, versicherte die Mutter und strahlte den Lehrer erneut an. Er lächelte zurück. Dass er diese Wirkung auf ältere Damen hatte, war ihm bekannt. Das erwies sich manchmal, so wie jetzt, als ausgesprochen praktisch.

Die Eltern geleiteten die beiden zur Tür und Dr. Thomas legte behutsam die Hand an Solveighs Ellenbogen, um sie zu führen und gegebenenfalls zu stützen.

»Und, spüren Sie schon etwas?«, wollte der Dozent wissen, nachdem sie lange Zeit schweigend nebeneinander hergelaufen waren.

»Nur ein vages Gefühl der Unruhe«, Solveigh schüttelte den Kopf.

Sie gingen weiter, bis sie schließlich die Kirche mit den Gargoyles erreichten. Unter dem rechten Wasserspeier blieben sie stehen. Er hing vornüber gebeugt unverändert an seinem Platz. Solveigh blickt zu dem Wesen hinauf und schrie leise auf.

»Haben Sie etwas gesehen?«, forschte Dr. Thomas und folgte ihrem Blick. »Wo?«

»Nein, nichts!«Solveigh drehte sich brüsk um und ging mit eiligen Schritten wieder den Weg zurück, den sie gekommen waren. Der Lehrer lief ihr nach, holte sie schnell ein und drehte sie an den Schultern zu sich um. Bestürzt bemerkte er, dass in den Augen des Mädchens Tränen schimmerten.

»Aber Solveigh, was haben Sie denn?«, fragte er besorgt.

»Nichts, da ist nichts!« Die junge Frau schluchzte. »Ich habe mir alles nur eingebildet. Ich werde verrückt, das ist es! Ich habe Angst, solche Angst!«

Als er beruhigend ihren Arm ergriff, schlug sie seine Hand heftig weg. Dr. Thomas packte seine Studentin energisch an den Oberarmen, hielt sie fest, bis sie in Tränen ausbrach. Dann nahm er sie in seine Arme und bettete ihren Kopf an seine Schulter, um sie zu beruhigen.

»Hab keine Angst. Du bist genauso wenig verrückt wie ich«, sprach er tröstend auf sie ein, während er über ihr Haar strich. Wirklich wunderbar weiches Haar, überlegte er verträumt und hauchte einen Kuss darauf. Was macht es schon, wenn die Trägerin solchen Haares nicht ganz richtig im Kopf ist. Oder ist das alles vielleicht nur ein Trick von ihr, um endlich mit mir allein sein zu können? Er schmunzelte, ja, so muss es sein! Die Mädchen kommen ja mitunter auf drollige Ideen, um mich auf sich aufmerksam zu machen. Da ist diese Kleine nicht die erste. Dafür aber besonders einfallsreich – Gargoyles für einen Dozenten der Architekturgeschichte, wirklich originell.

In diesem Moment hob Solveigh den Kopf und sah ihm verstört in die Augen.

»Solveigh, Liebes«, er beugte sich über sie.

Doch Solveigh wich ängstlich zurück, ließ sich nur widerstrebend wieder in seine Arme ziehen.

Hoppla, dachte sich Dr. Thomas, sie macht auf scheues Reh. Gibt sich noch ganz unerfahren und sträubt sich ein bisschen. Na, dann spielen wir eben mit und geben den edlen Ritter, der die holde Maid beschützt. Eine meiner leichteren Übungen.

Er nahm sie fest in seine Arme und obgleich sie halb versuchte, sich frei zu machen, hielt er sie weiter fest.

»Du bist hier sicher«, versicherte er ihr scherzhaft, »weder ein schrecklicher Hund, noch ein böser Wasserspeier können dir bei mir was tun.«

»Lassen Sie mich los«, forderte sie flüsternd, schien aber selbst nicht zu wissen, ob sie das überhaupt wirklich wollte.

»Du musst mir nichts mehr vormachen, Liebling. Deine kleine List ist durchschaut«, sprach er lächelnd auf sie ein und zog sie noch ein wenig enger an sich.

Als er sich erneut über die junge Frau beugte, um sie zu küssen, hörte er hinter sich ein bedrohliches Knurren.

Solveigh blickte über die Schulter des Mannes, der sie in seiner Umarmung einschloss, stieß einen Schrei aus und sackte ohnmächtig in sich zusammen. Dr. Thomas ließ sie zu Boden gleiten, blickte über die Schulter zurück – und erstarrte.

Da saß ein Gargoyle. Es konnte gar kein Zweifel daran bestehen, dass dies einer dieser steinernen Wasserspeier war. Doch er saß nicht still und reglos, wie es sich für diese Figuren doch gehörte. Seine Drachenflügel flappten träge auf und zu, seine Klauen kratzten auf der Erde und seine Steinaugen waren so voll Leben, dass sie glühten.

Die rechte Ecke des Kirchendaches aber, die der Lehrer hinter dem Wesen klar erkennen konnte, war leer.

»Was willst du?«, krächzte Dr. Stephan Thomas, riss sich dann aber zusammen und wiederholte die Frage mit fester Stimme, während er sich aufrichtete.

»Sie gehört mir«, die Stimme des Wesens klang tief und heiser.

»Was?«Der Architekturdozent war viel zu erstaunt, um sich zu fürchten. »Was soll das denn heißen?«

»Sie gehört mir! Sie ist mir bestimmt. Sie ist mein«, der Gargoyle schien Dr. Stephan Thomas mit den Augen zu durchbohren. Dennoch gelang es diesem, den Blick trotzig zu erwidern.

»Und wenn sie das gar nicht will?«, warf er ein.

»Es ist ihr Schicksal«, beharrte das unheimliche Wesen. »Wäre es nicht so, würde ich immer noch als Steinfigur an der Kirche hängen. Das Wunder meiner Befreiung verdanke ich ihr. Nun bin ich hier, sie zu holen.«

»Ach, und wenn sie nicht will, verschleppst du sie mit Gewalt?«, höhnte Dr. Thomas. »Du zwingst sie also notfalls, mit dir zu kommen?«

»Nein, ich werde sie nicht zwingen«, erwiderte der Gargoyle ernst. »Aber du hättest es wohl lieber, sie würde mit dir gehen? Mit einem Mann, dessen Seele so schwarz ist wie die tiefste Dunkelheit?«Der Gargoyle lachte auf. Es klang wie Donnergrollen. »Denkst du, Ich kenne dich nicht? Von meinem Platz sieht man so manches. Meinst du, ich weiß nicht, dass du schon einmal eine deiner Studentinnen verführt hast?«

»Ich wurde frei gesprochen«, verteidigte sich der Lehrer, dem nun jedoch ein wenig mulmig wurde.

»Ja, weil du das Mädchen lächerlich gemacht hast, bis ihr niemand mehr glaubte. Aber ich weiß es besser. Ich habe euch beide gesehen. Ich gewahrte, was du getan hast und was daraus wurde. Es war meine Kirche, von der dein Liebchen sprang! Wusstest du das? Sie stand neben mir, bevor sie sich in die Tiefe warf. Ich konnte ihr Leid spüren und ihre Qual.«

»Ein bedauerlicher Unfall«, Dr. Thomas zuckte die Achseln. »Das konnte ich schließlich nicht ahnen. Die jungen Dinger stehen nun mal auf mich ...«

Ein drohendes Knurren ließ ihn verstummen. Der Dozent spürte, wie sich seine Nackenhaare aufstellten und ihm der kalte Schweiß ausbrach.

Der Gargoyle packte ihn an den Oberarmen. Dr. Thomas wollte sich frei machen, doch die Klauen hielten ihn so fest, als wären es Eisenklammern. Vergebens stemmte er sich dagegen. Sein Gegner verstärkte den Griff eher noch, während er feierlich erklärte: »Auch ich war einst ein Mensch mit einem schwarzen Herzen. So wie du. Ich habe Jahrhunderte dafür gebüßt. Nun ist meine Erlösung gekommen. Solveigh ist jetzt einundzwanzig – das Alter, in dem sich ihre Vorbestimmung erfüllt. Ich habe darauf gewartet, seit ich in dem Kind die eine Frau unter Tausenden erkannte, die mir zu Rettung zugedacht wurde. Heute ist Vollmond. Nun darf ich sie endlich mit mir nehmen. Ich werde sie umfangen und sie in den Himmel empor tragen, wo wir uns vereinen werden. Du jedoch ...«, das steinerne Wesen packte Dr. Thomas noch fester, so dass dieser qualvoll aufstöhnte.

»... du sollst die Chance erhalten, die auch ich bekam.«

Plötzlich hob der Gargoyle den überraschten Lehrer hoch über seinen Kopf und schleuderte ihn von sich.

Dr. Stephan Thomas wurde durch die Luft gewirbelt, bis er ein gutes Stück über dem Boden schwebte – und dort verharrte. Er fiel nicht. Aber er spürte auch nicht, dass er irgendwo fest hing. Er spürte gar nichts, nur eine Kälte, die ihm langsam von den Füßen an in die Knochen kroch. Panik stieg in ihm auf, denn er merkte, dass er sich dort, wo sich die Kälte ausbreitete, nicht mehr bewegen konnte. Seine Beine waren bereits wie gelähmt. Jetzt konnte er auch die Arme nicht mehr rühren, wie sehr er auch drücken und zerren mochte. Und dann erstarrten auch seine Schultern. Der gutaussehende Mann drehte mit Mühe den Kopf und blickte um sich. Unter ihm breitete sich die schlafende Stadt aus. Doch nur langsam konnte er bei der ungewohnten Perspektive etwas wiedererkennen. Entsetzt riss er die Augen auf, als er begriff, wo er war. Er schrie. Ein Schrei voller Angst und Verzweiflung. Doch kein Laut kam von seinen Lippen. Nichts. Und sein Gesicht erstarrte im Ausdruck namenlosen Grauens.

In unserer Stadt steht eine gotische Basilika, deren Dach mit sechs Wasserspeiern geziert ist, einer grotesker als der andere. An der rechten Ecke der alten Kirche hängt einer vornüber gebeugt, mit halbgeöffneten Drachenflügeln, schreckgeweiteten Augen und weit aufgerissenem Maul, von dem einige Studenten behaupten, er würde geradezu auffallend einem ihrer früheren Lehrer ähneln. Das sei ihnen jedoch erst aufgefallen, als jener Lehrer und eine Studentin von einem Tag auf den anderen spurlos verschwunden waren.

»Es gibt schon seltsame Zufälle«, sagten sie dazu, wenn die Sprache darauf kam und kümmerten sich dann nicht mehr weiter darum.

Wenn wir uns wiedersehen

Daniela Perndl

Es herrschte eine bedrückende Stille, die nur unterbrochen wurde von dem Heulen des Windes und den leisen regelmäßigen Schluchzern, die ihren bebenden Lippen entwichen. Zitternde Finger strichen in einer federleichten Berührung über die weißen Blütenblätter der Calla Lilien, die sie auf die frisch umgegrabene Erde niedergelegt hatte. Vor ihr ragte ein kalter, lebloser Steinblock empor und starrte sie schweigend an. Sie wagte es nicht, seine Inschrift zu lesen. Zu sehr ähnelte sie den eingemeißelten Wörtern der unzähligen Grabsteine, die sie umgaben:

In Erinnerung an

So kniete das junge Mädchen, den Kopf in den zerbrechlichen Händen vergraben, zwischen den Gräbern des Friedhofs, der von schwarzen, kahlen Bäumen umrandet wurde. Auf dem Boden raschelten die trockenen Herbstblätter, als der letzte Besucher den trostlosen Ort verließ.

Ein schmaler Weg führte zu der kleinen Kapelle, deren spitzer Turm wie ein Dorn in den Himmel stieß. An der höchsten Stelle des Daches thronte ein stählernes Kreuz, das gleich einem Wächter über die Ruhestätte blickte. Die schmalen, hohen Fenster des gotischen Kirchenschiffs wirkten in dem dünnen Licht wie verzerrte Gesichter, zu einem lautlosen Schrei verzogen. Wände und Giebel des Gotteshauses waren mit grotesken Steinfiguren verziert, deren hörnerbesetzte Köpfe sich in die Luft streckten und deren klägliche Flügel ausgebreitet waren, als seien sie zum Flug bereit.

Am Horizont wich die Sonne einer silbernen Mondsichel. Lange schwarze Schatten breiteten sich über den Friedhof aus, bis letztendlich die vereinzelten, flackernden Kerzen auf den Gräbern die einzigen Lichtquellen blieben.

Doch all das blieb von dem jungen Mädchen gänzlich unbemerkt. Erst als das Laub in ihrer Nähe unüberhörbar knackte, fuhr sie erschrocken nach oben.

Vor ihr stand eine dunkle Gestalt. Das Wesen schien Mensch und Tier zugleich zu sein. Und dennoch war es keines von beiden. Sein Gesicht war fratzenhaft, mit stechend grauen Augen. Auf seinem kahlen Haupt erstreckten sich zwei geschwungene Hörner, die ihm, zusammen mit seinen spitz abstehenden Ohren, das Aussehen eines Ziegenbocks gaben. Aus dem krummen Rücken traten zwei zerfetzte Flügel hervor, die zu klein waren, um jemals in der Lage zu sein, seinen dürren Körper zu tragen.

Er war ein abscheuliches Geschöpf. Trotzdem wich sie nicht zurück, als er noch näher auf sie zutrat und sie neugierig betrachtete.

»Hilfloses Kind«, sprach er mit krächzender Stimme, was seine scharfen Zähne aufblitzen ließ, »warum sitzt du hier zu so später Stunde und weinst deine winzigen Äugelein aus? Dabei musst du doch wissen, welche Gefahren einem so jungen Ding in solch finsterer Nacht lauern.«

»Das weiß ich wohl, Fremder.«

»Und dennoch…«

»Und dennoch kann ich nicht von seiner Seite weichen.«Sie schlug ihre Lider nieder und ihr Blick legte sich auf die weißen Grabblumen.

Breite Füße, die denen einer Echse glichen, schritten durch die raschelnden Blätter. Die Gestalt kam weiter auf sie zu, wobei seine Augen nicht von ihrem Gesicht wichen.

»Dann sag mir, mein trauriges Kind, wer hier begraben liegt, der dich auch nach seinem Tode noch festhält.«

»Ein Mann, der einst mein Liebster war.«

Kalter Wind kam auf und umspielte ihr langes schwarzes Haar. Ihr zierlicher Körper wurde von einem Schauer durchfahren. Irgendwo in der Ferne ertönte das Bellen eines Straßenhundes, gefolgt von lauten Rufen.

»Hm…«, brummte das Wesen beinah nachdenklich, »möchtest du ihn wiedersehen?«

»So sehr, dass es mich zerreißt.«

»Ich kann dir diesen Wunsch erfüllen…«

»Wahrhaftig?«

»…aber nicht ohne eine Gegenleistung.«

»Alles, was du willst.«

Er stand nun vor ihr, von oben auf sie herabblickend. Wie in Gedanken vertieft, starrte er auf ihre roten Lippen. Schließlich hob er eine seiner klauenähnlichen Hände und strich damit über ihre rosigen, weichen Wangen. Sie spürte seine glatte harte Haut auf ihrer eigenen und sie war eiskalt. Als er seine Finger zurückzog, blieb auf ihnen eine winzige Träne zurück, die er betrachtete, als hätte er nie zuvor etwas dergleichen gesehen.

»Du musst wissen, mein Kind, auch wenn ich nicht tot bin, so bleibt es mir trotz allem verwehrt zu leben. Vor langer Zeit«, geistesabwesend hob er den Kopf zum Sternenhimmel, »wurde ich zusammen mit dieser Kirche aus Stein geschaffen. Seitdem sitze ich am Tage bewegungslos im hellen Schein der Sonne, nicht fähig auch nur meinen Hals zu drehen. Nur bei Nacht steige ich von meinem Platze, um die Dämonen und

Unholde zu vertreiben, die sich auch nur in die Nähe dieses Friedhofs wagen. Aber ich bleibe stets, was ich bin: lebloser Stein.«

Nicht wissend, was sie antworten sollte und auf eine seltsame Art gerührt, erwiderte sie nichts. Das musste sie auch nicht, denn nach einer kurzen Pause fuhr er fort: »Doch du, mein Kind, steckst voller Leben. Darum biete ich dir diesen Handel: Gibst du mir Leben, so vereine ich dich mit deinem Geliebten.«

»Wie soll ich…?«

»Die Quelle«, unterbrach er sie, »allen Lebens sind, wie ich festgestellt habe«, dabei blickte er erneut auf seine Finger, von denen die Träne mittlerweile hinuntergeflossen war, »die Gefühle. Angst, Wut, Liebe – der Schlüssel zum Leben. Bring mir Gefühle.«

»Aber woher…?«

»Du, mein Kind, das so voller Trauer und Schmerz bist, wirst wissen, wie du mein Gesuch erfüllen kannst.«

Kaum dass er seine kratzigen Worte ausgespien hatte, war er wieder in der Dunkelheit verschwunden. Zurück ließ er das junge Mädchen, das zwischen den Gräbern stand und sich fragte, ob sie gerade geträumt hatte. Nur ihre linke Wange, auf der sie noch immer die eisige Berührung spürte, versuchte, sie vom Gegenteil zu überzeugen.

Die nächste Nacht war noch kälter und stiller als die vorige. Selbst der Wind schien zu schlafen, sodass die kahlen Äste der Bäume starr im blassen Mondlicht verharrten.

In ihren schmalen Händen umschloss das Mädchen eine zerbrechliche Blume. Einen letzten Kuss auf die zartrosa Blüte der Alpenrose hauchend, legte sie sie auf das erdige Grab. Dann griff sie nach dem kleinen Bündel zu ihren Füßen, hob es auf und drückte es schützend an ihre Brust, obwohl es einen unangenehmen Geruch verbreitete.

Den Tag hatte sie damit verbracht, über die Bitte des bizarren Wesens nachzudenken. Als sie auf ihrem Weg durch die Stadt an dem örtlichen Schlachter vorbeilief, fielen ihr die Worte ihrer längst verstorbenen Großmutter ein. Also betrat sie das Geschäft.

»Es kann nicht schaden, es zumindest zu probieren«, hatte sie sich gedacht und wenn der Wasserspeier Gefühle wollte, so würde sie ihm diese bringen.

Das Mädchen hatte nicht viel Zeit allein mit ihrem Liebsten, denn es dauerte nicht lange, bis sich ihr dumpfe, schwere Schritte näherten.

»Du bist wieder da, mein Kind.« Obwohl sie die krächzende Stimme erwartet hatte, musste sie unweigerlich zusammenzucken. Schließlich tauchte die magere Gestalt aus der Dunkelheit direkt vor ihr auf.

»Ich habe, wonach du gefragt hast«, wisperte das Mädchen, wodurch ihr warmer Atem kleine, weiße Wölkchen in der kühlen Nachtluft formte. Mit weit von sich gestrecktem Arm hielt sie ihm das Bündel entgegen.

Voller Ungeduld griffen seine Klauenhände nach dem angebotenen Päckchen. Zunächst untersuchte er es mit seiner flachen Nase, danach zerriss er den Leinenstoff, bis ein roter, glänzender Klumpen sichtbar wurde. Er drehte das weiche Fleisch zwischen seinen langen Fingern, während seine kleinen grauen Augen es eingehen betrachteten.

»Eine Leber«, stellte er fest.

»Die alten Leute erzählen sich, sie sei der Sitz der Gefühle«, ergänzte sie.

Die gehörnte Gestalt murmelte zustimmend.

Sie wollte nach seinem Teil der Abmachung fragen, aber ihre Worte blieben ihr im Halse stecken, als sich das Wesen mit seiner freien Hand an den Bauch griff und seine Klauen in die harte Haut drückte. Unter geräuschvollem Ächzen und Knirschen zog sich langsam ein Riss über seinen Rumpf. Durch das stärkere Anspannen seiner Armmuskeln brach der rechte Teil seines Oberbauches mit einem Knacken auf und blieb wie eine geöffnete Tür in der Angel hängen, sodass die Sicht auf sein leeres Inneres frei wurde.

Der Brustkorb des Mädchens hob und senkte sich in rapider Geschwindigkeit und doch war es ihr, als würde sie keine Luft bekommen. Rückwärts taumelnd stieß sie mit ihren Beinen gegen den Grabstein, an dem sie sich verzweifelt festhielt. Heftig atmend beobachtete sie, wie die Gestalt die Leber nahm und sie in seinen offenen Bauch legte.

Für einen Moment lag eine erwartungsvolle Stille über dem Friedhof. Doch dann sah sie, wie etwas im Mondlicht glänzte. Eine einzelne Träne lief über das steinerne Gesicht des Wasserspeiers.

Vor Freude blieb ihr fast das Herz stehen, denn sie wusste, wenn es funktionierte, würde sie bald wieder mit ihrem Liebsten vereint sein.

Die Kreatur säuselte Worte, die sie nicht verstand, aber sie klangen weich und lieblich in ihren Ohren. Aber mit einem Mal stoppte sein Flüstern und wurde zu einem grässlichen Heulen, das ihr einen Schauer über den Rücken laufen ließ. Seine klauenartigen Hände griffen an seinen Bauch, wobei sich sein Gesicht noch weiter vor Schmerz verzerrte.

Sie sah in seinen noch immer halb geöffneten Körper und konnte erkennen, wie die Leber ihre Konsistenz verlor. Innerhalb weniger Sekunden verwandelte sich das Fleisch in einen breiigen Morast, der aus dem Bauch des Wesens hinunterlief. Ein starker Verwesungsgeruch zog zu ihrer Nase.

Noch während die braune Flüssigkeit auf den Boden tropfte, blickte er sie erneut und unbewegt an.

»Es sollte nicht sein«, war das Einzige, das er keuchend hervorbrachte.

»Nun, doch was ist mit…?«, setzte sie an, allerdings unterbrach er sie.

»Deinen Lohn, mein Kind, wirst du erhalten, wenn du mir Leben gebracht hast.«

»Aber…«, wollte sie widersprechen, gleichwohl ihr keine Entgegnung einfallen mochte.

»Keine Sorge, mein Kind«, krächzte er, wobei er näher auf sie zukam, bis er nur wenige Zentimeter von ihr entfernt zum Stehen kam. »Ich bin es wohl, der sich getäuscht haben muss. Es sind offenbar nicht die Gefühle, die dir und all den Menschen das Leben schenken.«

Seine Hände strichen durch die Luft vor ihrem Gesicht, als wollten die knochigen Finger den feinen Nebel einfangen, der aus ihrem leicht geöffneten Mund entwich.

»Es ist, so scheint es mir, der Atem, der der Ursprung allen Lebens ist. So bring mir«, und damit wandte er sich von ihr ab, »Atem und ich werde dich mit deinem Geliebtem vereinen.«

Kaum ausgesprochen, war er in der Dunkelheit verschwunden. Das junge Mädchen blieb, an den Grabstein gelehnt, zurück.

Als die Sonne das nächste Mal unterging, stand sie bereits wartend auf dem Friedhof. Vor dem schmalen grauen Grabstein lag eine frische Blume, ein feiner Stängel mit einer Reihe rosa Blüten, deren Form ihr zu Recht den Namen Tränendes Herz gab. Ein sanfter Wind umspielte ihr langes Haar und ließ das Laub unter den Bäumen über den Boden tanzen.

Ihre Glieder zitterten, als sie das weiche Päckchen an sich drückte. Es stank unerträglich und eine dunkle Flüssigkeit durchzog den groben Leinenstoff, wodurch ihr Kleid und ihre Hände befleckt wurden.

Tagsüber hatte sie zu Hause gesessen und während sie weiter über die Forderung des grotesken Wesens sinnierte, hatte sie ihren Hund bei seinem freudigen Spielen beobachtet. Und als sie sah, wie das treue Tier über den Teppich sprang und dabei laut keuchte und schnaubte, kam ihr eine Eingebung. Es tat ihr weh, dennoch hatte sie nach dem Messer gegriffen.

»Manchmal müssen Opfer gebracht werden«, waren ihre Gedanken gewesen und schon wenige Minuten später hatte der Hund aufgehört zu winseln. Wenn der Wasserspeier Atem wollte, würde sie ihm Atem bringen, um endlich ihren Liebsten wiederzusehen.

Nun stand sie hier. Eine Gestalt kam auf sie zu, was ihr kleines Herz dazu brachte, schmerzhaft schnell zu schlagen.

»Kaum zu glauben, dass du wiedergekommen bist, mein Kind«, raunte die tiefe Stimme. Seine glanzlosen Augen fixierten sie, was sie noch unruhiger machte.

Er grinste hämisch, entblößte dabei seine scharfen Zähne und nickte in Richtung des Bündels. »Für mich?«

Sie nickte, zögerte jedoch es ihm zu überreichen. Schließlich überwand sie sich und hielt ihm mit ausgestrecktem Arm das rot verfärbte Päckchen hin. Auf ihrer Kleidung war ein großer, dunkler Fleck zu sehen.

Seine kräftigen Hände griffen begierig nach dem Stoff und rissen ihn, ähnlich wie in der gestrigen Nacht, mit einigen geübten Bewegungen auf. Zwei hellrote Fleischstücke kamen hervor. Er taste über sie, musterte sie dann eingehend.

»Eine Lunge«, merkte er an.

»Der Sitz des Atems«, fügte sie mit schwacher Stimme hinzu.

Die graue Gestalt nickte zufrieden. Ohne weiter zu warten, griff er sich an die Brust. Seine Krallen bohrten sich in die steinerne Haut und unter lautem Ächzen zog sich ein Riss über seinen Oberkörper. Mit einem Knacken sprang die eine Seite des Brustkorbs auf, danach wiederholte er Gleiches mit der anderen Seite.

Auch dieses Mal taumelte das Mädchen zurück, auch wenn sie keinen Moment ihren Blick von der scheußlichen Kreatur abwandte. Sie hatte Angst, ihr Herz würde aufhören zu schlagen, so heftig und schnell pumpte es Blut durch ihre Adern.

Das Wesen hob die Lunge und setzte sie in seine leere Brust. Gespannt verfolgte sie, wie er den Kopf in den Nacken legte und so seinen Blick zum Himmel richtete. Plötzlich bog sich sein ganzer Körper. Die Lunge im Inneren begann anzuschwellen und wie ein Ertrinkender schnappte er nach Luft.

Erleichtert entspannte sich das Mädchen. Doch dann stockten die Atemzüge des Wasserspeiers. Ein Schmerz schien seine Glieder zu durchziehen, denn seine Arme und sein Rumpf zuckten wild und unkontrolliert. Er heulte auf und in diesem Augenblick wurde das Fleisch in ihm hart und glanzlos und zerbrach zuletzt Stück für Stück. Kalter Stein bröselte auf den Boden, wo er regungslos liegen blieb.

Tränen stiegen ihr in die Augen. Im Gegensatz zu ihr brauchte die Kreatur nicht lange, um sich zu fassen, bevor er sie abwartend anschaute.

»Es hat nicht funktioniert«, brachte sie stockend hervor.

»Richtig.«

»Aber…«, und sie dachte wieder an ihren Liebsten.

»Oh, keine Sorge, mein Kind«, brummte er und trat näher auf sie zu, »Noch sehe ich eine Möglichkeit für dich, deinen Teil der Abmachung einzuhalten.«
Er stand unmittelbar vor ihr und hob seine Hand. Seine langen Finger strichen über die Seite ihres Halses, wobei er spüren konnte, wie ihr Blut unter der Haut pochte.

»Mein schönes Kind, ich habe mich wohl erneut geirrt. Nicht der Atem ist der Kern des Lebens. Das«, er drückte vorsichtig auf die Ader an ihrem Hals, »ist es, was dir das Leben schenkt. Deshalb bring mir diesen Lebenssaft, dann werde ich dich mit deinem Geliebten vereinen.«

Sie konnte nur zögernd nicken, da war er schon in Richtung der kleinen Kirche des Friedhofs verschwunden. Mit klopfendem Herzen blieb das junge Mädchen zurück. Ihr letzter Blick galt dem kalten Grabstein.

In der vierten Nacht stand ein heller, silberner Vollmond am Himmel, der immer öfter von den zunehmenden Wolken verdeckt wurde. Das schwarze kahle Geäst der Bäume bog sich im starken Wind und schlug krachend gegeneinander.

Die kleine Kapelle mit den hohen Fenstern und dem spitzen Turm wirkte auf den ersten Blick verlassen. Bei genauerem Hinsehen würde man jedoch fratzenhafte, bucklige Kreaturen erkennen, die auf dem Dach herumtollten. Ihre Haut glich den Steinwänden der Kirche und ließ sie in den Schatten mit dem Gebäude verschmelzen.

Im Mondlicht konnte sie zum ersten Mal erkennen, wie eines der Wesen von dem Dachgiebel herunterstieg. Mit abgehackten Bewegungen schlich es sich durch die Reihen aus Kreuzen, Engeln und anderen kunstvoll gemeißelten Steinen. Seine winzigen Flügel flatterten dabei haltlos an seinem krummen Rücken und sein haarloser Kopf neigte sich ruckartig nach links oder rechts, wie ein Tier, das seine Umgebung nach Feinden absuchte.

Jedoch dachte das Mädchen nicht einmal daran, ihm entgegenzueilen. Sie stand entschlossen neben dem Grab, vor dem ein frischer Strauß goldgelber Dotterblumen lag. In ihren Händen hielt sie eine durchsichtige Flasche, randvoll mit einer roten Flüssigkeit gefüllt.

Sie hatte diesen Nachmittag an dem Bett ihrer Mutter gesessen. Sich fragend, wie weit sie noch gehen musste, um ihren Liebsten wiederzusehen, hielt sie die kraftlose Hand der Frau. Diese wachte kaum mehr auf und wenn doch, brach es dem Mädchen das Herz, sah sie in die schmerzvollen Augen ihrer einst so lebhaften Mutter.

»Es wäre eine Wohltat für uns beide«, hatte sie zu sich gesagt, bevor sie nach dem Messer griff, das noch nicht von ihrer letzten Tat gereinigt war.

Das Mädchen war unbeholfen gewesen und es floss mehr Blut, als nötig war, auch nachdem sie die Flasche gefüllt hatte. Aber die Frau gab keinen Laut von sich, was für sie das Zeichen war, dass sie es verstand. Wenn der Wasserspeier Blut wollte, sollte er es bekommen. Und wenn das bisherige Misslingen daran gelegen haben sollte, dass die Organe nicht von einem Menschen stammten, so würde sie gleichzeitig auch dieses Problem beseitigen. Sie würde alles dafür opfern, um für immer bei ihrem Liebsten zu sein.

»So treffen wir uns wieder«, erklang die gewohnt raue Stimme. Er stand vor ihr, das hässliche Gesicht nur auf sie fixiert.

»Hier«, damit drückte sie ihm bestimmend die Flasche in die Hand. Auch als ihre Hände seinen kalten Körper berührten, zuckte sie nicht zusammen.

Die düstere Gestalt grinste nur zufrieden, betrachtete das Innere des Glases und flüsterte: »Sehr schön.«

Mit seinen langen Händen riss er den Deckel von der Flasche und setzte sie an seine trockenen Lippen. Gierig trank er das Blut, das stellenweise an seinen Mundwinkeln hinab lief und von seinem Kinn auf seine Brust tropfte, die nun zwar verschlossen war, über die sich jedoch zwei große Risse zogen.

Angewidert wandte sich das Mädchen ab. Erst als sie hörte wie das Geschöpf die leere Flasche auf den Boden fallen ließ, drehte sie ihren Kopf erneut in seine Richtung.

Das Wesen verharrte einen Moment lang unbeweglich, dann begann sein Körper zu zucken, als würde Strom durch ihn fließen. Vergnügt jaulte er auf, während die graue Farbe aus seinen Gliedern wich und durch einen rosa Ton ersetzt wurde.

Ruhig beobachtete das Mädchen wie das Gesicht der Kreatur einen glücklichen Ausdruck annahm, war aber nicht überrascht, als er von einer Sekunde auf die nächste schmerzverzerrt aufschrie. Er nahm wieder eine ungesunde Blässe an und seine Haut schien ihm zu jucken, da er sich mit seinen Krallen verzweifelt über den Körper strich. Im Mondlicht konnte sie erkennen, wie seine Hautoberfläche zu glänzen anfing, als das Blut begann, aus allen Poren seiner steinernen Glieder zu sickern. Nach kurzer Zeit war er von der roten Flüssigkeit bedeckt, die sich in kunstvollen Bahnen in Richtung des Bodens bewegte.

»Auch das sollte nicht sein«, knurrte er, noch immer auf seine Haut blickend, und zum ersten Mal klang er wirklich betrübt.

»Was nun?«, hauchte sie.

»Nun wirst du…«

»Nein«, sie trat ihm entgegen, wobei sie der starke Geruch des Blutes umfing, »ich habe dir genug gebracht. Nicht länger will ich für dich den Diener spielen. Es liegt jetzt an dir, deinen Teil zu erfüllen.«

Ihre Augen funkelten im Licht, aber er schüttelte nur den kahlen Kopf.

»Du hast mir noch immer kein Leben gebracht, mein Kind.«

»Dann will ich diesen dunklen Pakt nicht länger.«Ihre Sicht wurde von aufkommenden Tränen getrübt. »Gib mir wenigstens meinen armen Hund und meine geliebte Mutter wieder, die ich für deine Zwecke ihres Atems und ihres Blutes berauben musste.«

»Das liegt nicht in meiner Macht, mein Kind«, er fuhr mit seiner Hand unter das Kinn des Mädchens und hob dieses an, sodass sie ihren gesenkten Blick heben musste, »Oh, du mein kleines, hilfloses Kind. Du bist wahrhaftig voller Leben.«

»Es ist nicht fair«, jammerte sie, »Du hast mir alles genommen, du unersättlicher Wasserspeier.«

Er schenkte ihr dafür nur ein höhnisches Grinsen.

»Wohl wahr«, wisperte er, »Und so werde ich mir auch das Letzte nehmen, was du besitzt.«

Erschrocken fuhr sie hoch. Mit geweiteten Pupillen starrte sie zu ihm empor.

»Denn nun habe ich erkannt«, sprach er weiter, »was wirklich der Quell jeglichen Lebens ist. Was mir fehlt und mich nur zu leblosem Stein macht. Es ist eine Seele, die ich brauche.«

Beinahe vorsichtig hauchte er ihr einen kalten Kuss auf die Stirn.

»Doch habe keine Angst«, während sich die eine Klaue in einem unaufhaltsamen Griff um ihren Hals legte, bewegte sich die andere in die Luft, »mit dem Einhalten deines Teils der Abmachung, erfülle ich auch gleichzeitig den meinen und du wirst wiedervereint mit deinem geliebten Manne.«

Damit schnellte seine rechte Hand nach unten und seine scharfen Krallen gruben sich in ihre Brust. Dann zog er ihr pochendes Herz heraus, das er wie eine Trophäe vor sich hielt.

»Der Sitz der Seele«, murmelte er.

Das junge Mädchen lag ausgestreckt auf dem erdigen Boden. Von dem Himmel, der mittlerweile von reinen, weißen Wolken bedeckt war, fielen langsam die ersten Schneeflocken gen Erde. Dort schmolzen sie auf dem warmen, aber regungslosem Körper, der von einer Lache aus dunkelrotem Blut umgeben wurde.

Auf ihrem puppenhaften, Gesicht erschien ein zartes Lächeln.

Der Wind pfiff heulend durch die Bäume. Es war, als würde er leise Worte summen:

Wenn wir uns wiedersehen…

Blutschuld

Christine Schlicht

Jules wankte wie betäubt in seine Werkstatt und blieb inmitten der Steinblöcke und Werkbänke stehen. Verwirrt starrte er in die Dunkelheit des Raumes, die nur von ein wenig Mondlicht durchdrungen wurde, das durch die hohen Fenster fiel. Er wischte sich die Tränen aus den Augen und wurde sich bewusst, dass an diesem Ort nichts mehr so war, wie er es wenige Stunden zuvor zurückgelassen hatte. Er war nicht der Ordentlichste, aber so sehr verwüstet hatte er sein Refugium noch nie, selbst wenn er mehrere Aufträge gleichzeitig bearbeitete. Auch nicht, als er aufgebrochen war, um den Wahrheitsgehalt eines Gerüchtes zu überprüfen.

Seine Hand tastete nach der Sturmlaterne, die er immer direkt neben der Tür stehen hatte, doch er fand sie nicht. Jules trat einen Schritt nach vorn. Sein Fuß stieß gegen etwas, das klirrend ein Stück weiter rollte. Die Lampe lag zertrümmert auf dem Steinfußboden. Jetzt zitterte seine Hand nicht mehr nur vor Trauer und Wut. Es war Angst, die seinen Nacken hoch kroch.

»Ist hier jemand?«, rief er in den Raum hinein, während seine Hand weiter tastete und schließlich das Zündzeug und eine Kerze fand. Natürlich antwortete niemand, aber er hatte dennoch das Gefühl, nicht alleine zu sein.

Die Kerze flackerte auf und warf groteske Schatten in die Werkstatt. Jules hielt den Stummel außerhalb seines Blickbereiches, um nicht von der Flamme geblendet zu werden, und bemerkte erst in diesem unruhigen Licht, wie groß die Unordnung in seiner Werkstatt tatsächlich war. Eine Erkenntnis schob sich langsam aus dem Dunkel seines Unterbewusstseins ins

Licht klarer Gedanken. Kein räuberisches Gesindel hatte das verursacht, es gab in seiner Werkstatt nichts Wertvolles zu holen, nicht einmal etwas zu Essen. Das einzig Kostbare, das er besaß, war ein goldener Ring, den er immer an seiner Hand trug. Jemand hatte nach etwas Bestimmtem gesucht – und er wusste, was das war. Schnell bückte er sich nach einem Hammer. »Mathieu, was soll das!«, rief er in die Dunkelheit, verzweifelt bemüht, seine Angst zu verbergen.

Ein Geräusch ließ ihn herumfahren, es hatte wie ein unterdrücktes, bösartiges Kichern geklungen. Doch zunächst sah er im Licht der Kerze nur einen unförmigen Schatten, der sich zu bewegen schien. Jules beruhigte sich, als er erkannte, dass es sein letztes Werkstück war. Ein Werkstück, auf das er sehr stolz war, weil er dem Muschelkalkblock ein Wesen entlockt hatte, das nahezu lebendig zu sein schien. Einen Gargoyle. Ein Auftrag der Kirche als Ersatz für ein zerstörtes Monster, das einst auf dem Giebel des Doms gethront hatte, aber durch einen Blitzschlag herausgebrochen war. Das Kerzenlicht verstärkte den Eindruck unheimlichen, bösartigen Lebens in den fein gearbeiteten Muskeln des massiven Steinkörpers.

Doch hinter dem Gargoyle war es tatsächlich lebendig, denn nun trat eine Person aus dem Schatten des Steines, eine weitere folgte. »Jules, mein Lieber, das weißt du. Wo ist das gottverdammte Testament von Meister Fabrice?«

Statt vor Angst, begann Jules erneut vor Wut zu zittern. »Da, wo es ist, ist es sicher bis in alle Ewigkeit. Euer Verrat hat sich nicht gelohnt, ihr bekommt es nicht.«

Die zweite Person bewegte sich nun aus dem Schatten auf ihn zu und er erkannte seine Geliebte Frances. Sofort verbesserte er sich in Gedanken: Seine ehemalige Geliebte. Sie hatte ihm nur etwas vorgespielt, das wusste er nun. »Jules, sei doch nicht so stur. Was hast du davon? Das musst du verstehen!«

»Was? Dass du dich nur mit mir eingelassen hast, damit dein Vater beruhigt ist, weil er in mir einen anständigen Ehemann sah, der sein Erbe weiterführt und nicht verprasst? Ich habe dich geliebt, Frances, und du hast mich benutzt. Was wäre denn passiert, wenn dein Vater noch ein bisschen länger gelebt und auf die Hochzeit bestanden hätte?«

Das tückische Lächeln auf den Gesichtern seiner beiden nächtlichen Besucher beantwortete mehr Fragen, als er gestellt hatte. Plötzlich fiel es ihm wie Schuppen von den Augen. »Ihr habt sein Ableben beschleunigt.« Es war keine Frage, sondern eine Feststellung, und sie ernüchterte ihn schlagartig.

»Wo ist das Testament, Jules, ich habe keine Lust mehr, hier zwischen deinen toten Steinen zu frieren«, fing Mathieu an zu drängeln.

»Genau, gib es uns. Ich überlasse dir auch diese Werkstatt, wenn ich alles verkaufe und du darfst Vaters guten Ruf weiterführen. Wir verschwinden aus deinem Leben«, fuhr Frances fort.

Ohne darüber nachzudenken, schüttelte Jules den Kopf. »Das Testament ist gut verwahrt«, wiederholte er. »Ihr bekommt es nicht.«

»Dann eben nicht, als einzigem Kind meines Vaters steht mir ohnehin das Erbe zu. Es wird vielleicht ein wenig länger dauern, aber ich bekomme, was ich will.«

Jules Gedanken begannen zu rasen. Er begriff, dass seine Tage gezählt waren, denn sowohl Frances als auch Mathieu mussten sich darüber im Klaren sein, dass er nicht schweigen würde. Oder tatenlos zusehen, dass die Mörder seines geliebten Meisters bekamen, was sie wollten. Doch es war zu spät. Mathieu schoss auf ihn zu und hieb ihm in den Bauch.

Kälte breitete sich in Jules Körper aus. Er riss die Augen auf und versuchte, seine Hände zu einer Abwehr zu heben, doch die Kälte lähmte seine Bewegungen. Die Kerze fiel ihm aus der Hand und erlosch, der Hammer fiel scheppernd hinterher. Mathieu zog seine Hand zurück und Jules konnte eine schmale Klinge im Mondlicht blitzen sehen. Frances lächelte mitleidig, als es Jules endlich gelang, seine Hände auf die Wunde unter seinem Brustkorb zu legen. Verzweifelt versuchte er, das Blut daran zu hindern, seinen Körper zu verlassen.

Er öffnete den Mund, um etwas zu sagen, doch es war nur noch mehr Blut, das über seine Lippen kam. Jules fiel auf die Knie und stützte sich mit einer letzten, hilflosen Bewegung an dem steinernen Dämonen ab, der ihn mit finsterem Gesicht angrinste.

Mathieu bückte sich und riss ihm den goldenen Ring vom Finger, dann verließen die beiden Besucher eilends die Werkstatt, während Jules vornüber kippte und zwischen den Vorderpranken seines Geschöpfes zu liegen kam. Der Mond schien auf das nach unten gerichtete Gesicht des Dämons und Jules glaubte, eine Frage darin zu lesen. »Lieber Gott, gib, dass sie mit ihrer Gier nicht durchkommen. Strafe sie…«, murmelten seine Lippen tonlos, bevor sich seine Augen für immer schlossen.

»Ein wirklich prachtvolles Geschöpf!«, rief der Bischof begeistert aus, als er den steinernen Dämonen sah, der künftig die Giebelwand des Mittelschiffes seines Domes hüten sollte. »Zu schade, dass sein Schöpfer so früh zu unserem Herrn berufen wurde. Er hätte sicher noch so manches Meisterwerk geschaffen.«

Der Dompropst nickte so heftig, dass seine Kopfbedeckung verrutschte. »Oh ja, das ist es. Umso schlimmer, dass die Polizei noch immer nicht die geringste Spur hat, wer hinter diesem schrecklichen und sinnlosen Raubmord steht.«

Wie von einem Band gezogen, richteten sich beider Blicke auf den dunklen Fleck auf dem Sockel des Gargoyles, direkt zwischen den Vorderpranken mit den gefährlich anmutenden Klauen. »Ja, entsetzlich. Nun, dann soll wenigstens sein letztes Werk noch zur höheren Ehre des Herrn und zum Vergnügen des armen Steinmetzen, der uns ja sicher als Engel im Himmel zusieht, unsere Kirche krönen und die Dämonen der Finsternis von uns fernhalten.«

Der Bischof winkte den Messdiener heran und trat auf das erschreckende Geschöpf aus Stein zu. Mit gehobenen, ausgebreiteten Armen sprach er ein Gebet und bespritzte den Dämonen mit Weihwasser. Dann gab er das Zeichen, dass die Bauarbeiter die Skulptur mit ihrem Kran aufs Dach ziehen mögen.

Das Holzgerüst und die Flaschenzüge knarrten bedenklich unter dem immensen Gewicht des Steindämons. Zwei Dutzend Männer hingen an den Seilen und zogen im Gleichmaß auf die Befehle ihres Meisters. Der Dompropst wandte sich von den schwitzenden Männern ab und sah auf die Gruppe der Schaulustigen, die rund um den Vorplatz des Domes standen, zurückgehalten von einem Trupp Soldaten zum Schutz des Bischofs. Er las nur Neugier und Begeisterung in den Gesichtern, so dass die finsteren Mienen eines jungen Paares regelrecht herausstachen. Das Gesicht der hübschen jungen Frau war von Wut verzerrt. Der Propst überlegte, woher er das ebenmäßige, schöne Gesicht kannte, doch er kam nicht darauf. Kopfschüttelnd wandte er sich wieder dem Geschehen am Dom zu.

Der Steindämon hatte den Giebel erreicht und wurde von weiteren Arbeitern zu seinem Platz gezerrt, auf dem ein Steinmetz steinerne Zapfen vorbereitet hatte, die den Gargoyle sicher halten sollten. Kaum saß er auf dem Architrav und starrte mit seinen kalten, leeren Augen auf die Menschen hinunter, brach die düstere Wolkendecke auf und die Sonne erhellte die Szene.

»Was für ein hoffnungsvolles Zeichen!«, seufzte der Bischof entzückt.

Der Propst wollte ihm gerade zustimmen, als er den seltsamen Glanz bemerkte, der in den steinernen Augen des Monsters auf dem Domgiebel aufleuchtete. Es war nur ein kurzer Moment und nach kurzem Schrecken glaubte der Propst schon, sich getäuscht zu haben. In den Löchern, die anstelle von Pupillen eingebohrt waren, musste Wasser gestanden haben. Oder etwas in der Art. die Beruhigung währte nur kurz.

Täusche ich mich, oder ist der Winkel des Kopfes ein anderer als zuvor?, dachte er bestürzt und versuchte, sich das Monster noch einmal in seinem massiven Holzrahmen auf dem Platz vorzustellen. *Ich bete darum, dass es eine Täuschung meiner Sinne ist, und dass es nur der veränderte Standpunkt der Betrachtung ist, der mich verwirrt.*

Es blieb eine vage Hoffnung. Hinter ihm begann ein Kind zu weinen. Die Stimme des kleinen Mädchens überschlug sich fast, als es schrie, das Steinmonster habe seinen Kopf gedreht. Niemand schien sein Klagen zu beachten, außer der Mutter, die sich mit sanfter Stimme bemühte, das Kind zu beruhigen. Der Propst wurde bleich und sah noch einmal zu dem Gargoyle auf, folgte dem Blick des Monsters in die Menschenmenge. Er war sich mit einem Mal sicher, dass der Dämon das Pärchen betrachtete, das ihm zuvor schon aufgefallen war und es lief ihm trotz der wärmenden Sonnenstrahlen eiskalt den Rücken hinunter. Eine Ahnung überkam ihn, dass Schreckliches geschehen würde.

Die Straße war menschenleer, als Mathieu aus dem Wirtshaus stolperte und sich fluchend den Mantel enger um die Schultern zog. Ein kalter Wind fegte geräuschvoll durch die Gassen und es begann zu regnen. Der Wirt stand breit in der Tür und warf Mathieu eine Tasche hinterher, die den jungen Mann schmerzhaft im Rücken traf. »Verschwinde und lass dich hier nie wieder blicken, Falschspieler!«, knurrte der bullige Mann und schlug die Tür zu.

Mathieu spuckte in seine Richtung und schlich wie ein geprügelter Hund die Straße entlang. Der Gedanke an das Geld, das er seinen Mitspielern nicht durch üble Tricks, sondern mit geschickten Fingern aus den Taschen gezogen hatte, zauberte dann doch ein Lächeln auf seine Lippen. Das hatte der Wirt nämlich nicht bemerkt. »Da such ich mir doch mal ein nettes

Mädchen, bei dem ich übernachten kann. Die liebe Frances muss ja im Moment ganz keusch sein«, lallte er und lachte lauthals. »Was für eine verdammte Scheiße.«

Nichts hatte geklappt von all den schönen Plänen, die sie gemacht hatten. Zwei Mal war er für Frances zum Mörder geworden, aber das war nichts, wofür Mathieu sich schämte. Er hatte das Gift beschafft, das dem schwachen Herzen des Vaters die letzte Kraft nahm. Gegeben hatte es ihm zwar Frances, aber es war seine Idee gewesen, damit Frances nicht mehr mit diesem Schwachkopf von Steinmetz schöntun musste, der für ihren Vater der Wunschnachfolger war. Und dann dieses dumme Schaf Jules, der Frances angebetet und in ihrem Vater einen Gott gesehen hatte. Nun war auch er nur noch Wurmfutter. Doch da war noch dieses dämliche Testament.

Frances hatte geglaubt, dass es kein Problem sein würde, es nicht zu haben, schließlich war sie das einzige Kind ihres Vaters gewesen. Das Erbe sollte ihr quasi in den Schoß fallen. Doch weil sie noch nicht volljährig war, hatte ein Amtsrichter, den man als ihren Vormund bestellt hatte, untersagt, den Besitz zu verkaufen. Ohne ein Testament mit entsprechendem Text konnte man daran auch nichts ändern. Ein Testament zu fälschen, wagten sie jedoch nicht. Irgendetwas machte die Menschen um Frances misstrauisch genug, um jedes plötzlich auftauchende Testament anzuzweifeln, wenn es zu sehr zu Gunsten der Tochter sprach.

Mathieu hieb mit der Faust gegen die Hauswand. »Jules, du verdammtes Schwein. In der Hölle sollst du schmoren.«

Der Regen wurde immer stärker und Blitze zuckten über den Nachthimmel. Mathieu beschleunigte seine Schritte, doch er hatte kein Ziel vor Augen und fand sich plötzlich auf dem Platz vor dem Dom wieder. Ein neuerlicher Blitz erhellte das Gebäude nahezu taghell und Mathieu legte seinen Kopf in den Nacken. Im letzten Aufflammen der fein verästelten Energieentladung konnte er das Monster sehen, das Jules geschaffen hatte. »Ich verfluche dich, Jules Maginot!«, brüllte Mathieu in den Donner, der dem Blitz folgte.

Ein weiterer Blitz erhellte den Himmel und Mathieu stockte der Atem. Sein Blick war noch immer auf den Domgiebel gerichtet, doch er konnte den Gargoyle nicht mehr entdecken. Er riss die Augen auf und wartete angespannt auf neues Licht. Als es dann kam, schüttelte er verblüfft und angstvoll den Kopf.

Der Gargoyle war verschwunden. Der Giebel war leer.

»Welches Recht hast ausgerechnet du, einen Rechtschaffenen zu verfluchen«, erscholl eine tiefe, heisere Stimme hinter ihm wie ein Nebelhorn.

Langsam drehte sich Mathieu um, doch er konnte nur Schwärze sehen. Kein Licht erhellte den großen Platz und der Regen schluckte alles.

Wieder zuckte ein Blitz über den Himmel und Mathieu sah sich dem größten Grauen gegenüber, zu dem seine Vorstellungskraft fähig war. Seine Lippen öffneten sich zu einem verzweifelten Schrei, doch der Regen verhinderte, dass er an die Ohren der Lebenden drang.

»Mörder, Verräter.«

»Ich kann auch lesen!«, bellte der Polizist seinen Untergebenen an, doch seine Stimme klang nicht halb so überzeugend, wie er es gehofft hatte. Der Anblick, der sich ihm bot, ließ seinen Magen rebellieren.

An der Wand des Gebäudes gegenüber dem Dom lehnte ein Mann. Bei einem flüchtigen Blick hätte man meinen können, dass sich da ein Betrunkener wieder nüchtern schlief.

Doch der Mann war tot. An der Hauswand hatte man die Worte mit seinem Blut geschrieben, unter dem schwarzen Mantel verbarg sich ein nahezu vollständig zerfetzter Körper.

Der Arzt, den die Polizei hinzu gerufen hatte, um den Toten zu untersuchen, richtete sich wieder auf und wischte sich den Schweiß von der Stirn. Auch dieser Mann, der dem Tod nahezu täglich begegnete, war bleich.

»Ich kann nicht sagen, was den Mann so zugerichtet hat. Es war jedenfalls keine Klinge, denn die Ränder der Wunden sind irgendwie zerfranst. Etwas Ähnliches habe ich bisher nur bei einem Zigeuner gesehen, der von seinem Tanzbären getötet wurde. Die Klauen des Tieres haben ähnliche Wunden hinterlassen. Aber die Klauen, die das hier vollbracht haben, müssen länger und schärfer gewesen sein«, übermittelte er mit heiserer Stimme das Ergebnis seiner Untersuchung.

Die Polizisten wechselten ratlose und verstörte Blicke. Einer von ihnen wandte seinen Kopf zum Giebel des Domes, hoch zu dem steinernen Dämonen. Auch der Arzt konnte sich nicht beherrschen und folgte dem Blick. Beklommen sah er die langen Klauen, mit denen sich der Gargoyle an der Balustrade festklammerte. Doch dann schüttelte er den Kopf. »Ich weiß nicht, wie das zustande kommt.«

»Was haben wir denn da?«, forderte ein Polizist, der dem Doktor bei der Untersuchung geholfen hatte, die Aufmerksamkeit der Umstehenden. Er hielt einen Ring hoch, den er der Hand des Toten entnommen hatte. »Ist das nicht der Ring, den man laut der Aussage seiner Haushälterin dem Steinmetz gestohlen hat, als er ermordet wurde?«

Sein Vorgesetzter nahm ihm den auffälligen Ring aus der Hand. »Das könnte er sein, ja. Dann können wir wohl davon ausgehen, dass hier der Mörder des armen Mannes sein Ende fand. Ein irgendwie gerechtes, wenn auch entsetzliches Ende.«

Frances stand unschlüssig in Jules Werkstatt. Ihr Kleid war von Staub beschmutzt und ein langer Riss klaffte im Rock, wo sie bei ihrer erneuten Suche nach dem Testament an einem Haken hängen geblieben war. Tränen der Wut zeichneten glitzernde Bahnen in den Staub auf ihrem Gesicht und harte Schatten aus der Sturmlaterne verzerrten es zu einer Fratze, die als Modell für einen weiblichen Gargoyle hätte dienen können.

Über Umwege hatte sie vom grausamen Tod Mathieus erfahren und um ihr Schicksal gehadert. Sie wollte nur noch weg aus dieser Stadt. Doch ohne das Geld, das sie sich aus dem Verkauf des Besitzes ihres Vaters erhoffte, konnte sie nicht gehen. Sie musste noch über ein Jahr warten.

»Warum habe ich nicht zum Schein Jules geheiratet und dann erst für beider Ableben gesorgt. Was war ich doch für eine dumme Gans«, knurrte sie verbissen.

»Jetzt habe ich niemanden mehr, nicht einmal mehr diesen Esel Mathieu, der mir aus der Hand fraß wie Jules.«

»Alle haben dir aus der Hand gefressen, Frances, aber du hast sie immer nur benutzt und gequält!«

Frances fuhr zusammen, als diese unheimliche Stimme hinter ihr erscholl. So tief und rau schien sie ihr im ersten Moment völlig unbekannt zu sein, doch etwas in ihrer Melodie weckte Erkennen – und Entsetzen.

»Jules?« Sie drehte sich langsam um und hob die Sturmlaterne. Was sie hinter sich erblickte, entlockte ihr einen hysterischen Schrei. Der vorschnellende Schwanz des Monsters, der sich um ihre Kehle wickelte, ließ diesen aber ersterben.

Der Gargoyle drückte nicht zu, nur so weit, um ihren Widerstand zu brechen. »Keine Angst, mein Engel, ich habe nicht vor, dich wie Mathieu zu behandeln, der es nicht anders verdient hat. Glaubst du, er hätte dich weiter hofiert, wenn du das Geld in die Hand bekommen hättest? Er hätte dich geheiratet und dann – ach wie schrecklich – wärst du völlig unvermittelt eines scheinbar natürlichen Todes gestorben. Meinst du nicht? Nicht? Wie naiv. Der Tod deines Vaters und meiner waren nicht seine ersten Taten. Er schmort jetzt in der Hölle, in die er mich schicken wollte.«

Frances hatte ihre Augen voller Entsetzen aufgerissen und starrte in die schreckliche Fratze des lebendig gewordenen Steinmonsters. Ein Racheengel, beseelt vom Geist des verschmähten Jules. Sie erkannte seine Augen in den tiefen Höhlen der kantigen Fratze.

Als der Schwanz des Monsters lockerer ließ, schrie sie nicht. »Und nun?«, keifte sie ihn an. »Was willst du dann machen? Mich vergewaltigen, um wenigstens deine Hochzeitsnacht zu bekommen? Ein Monster mit mir zeugen?«

Der Gargoyle schüttelte traurig den Kopf. »Du hast es nicht begriffen, Frances. Ich wollte Erlösung von dir – ein Wort der Entschuldigung oder etwas in der Art. Nun, dann eben nicht. Ich habe nicht vor, dich umzubringen oder dich körperlich zu quälen. Für dich gibt es eine andere Strafe. Viel härter als alles andere. Ich kenne den Wortlaut des Testamentes deines Vaters. Er ahnte wohl schon, was du vorhattest und hat es entsprechend abgefasst. Ich denke, dein Vormund wird sich sehr dafür interessieren.«

Der Schwanz löste sich von Frances' Hals und sie taumelte von dem Monster weg. Mit Entsetzen verfolgte sie alle Bewegungen des Gargoyles und griff nach einem Meißel, um sich gegen einen weiteren Angriff zu wappnen. Doch das Monster kam ihr nicht mehr nahe.

Der Gargoyle sprang mit seinen klauenbewährten Händen und Füßen gegen die Wand und kletterte die Bruchsteinmauer hoch wie eine Spinne. Ein Schmuckband aus fein gemeißelten Sandsteinen zierte den Abschluss der Wand zur Decke hin und das Wesen zog einen dieser Schmucksteine heraus. Dahinter befand sich ein Hohlraum, dem es eine Holzkiste mit Ornamenten aus getriebenem Silber entnahm.

Frances kannte diese Kiste, sie wusste, was ihr Vater darin verwahrt hatte. Sie gab einen erstickten Schrei von sich und wollte auf das Monster losgehen, das sich einfach wieder auf den Fußboden hatte fallen lassen.

Doch ein einziger Streich seines langen Schwanzes fegte sie von den Füßen. Sie kam an der Wand zu liegen und konnte nur noch sehen, wie das Monster die Werkstatt verließ. Schnell hastete sie ans Fenster und sah den Gargoyle in den Nachthimmel fliegen, dem vollen Mond entgegen.

Ins Kloster sollte sie gehen.

Frances stand auf dem Domplatz und starrte zu dem Gargoyle auf dem Giebel hoch. Es war noch früher Morgen und nur wenige Menschen waren auf dem Platz, die an der jungen Frau vorbei hasteten, ohne sie zu beachten.

Am Abend zuvor hatte ihr der Vormund erklärt, dass bei dem Testament, das man dem Gericht zugespielt hatte, kein Zweifel an der Echtheit bestand. Demnach sollte das Vermögen an den Nachfolger in der Werkstatt von Meister Fabrice gehen, Jules Maginot, damit er Frances ein standesgemäßes Leben bieten könne, wenn sie verheiratet seien. Er sähe in seinem Schüler einen Sohn und wolle ihn auch so behandeln. Sollte Jules den Besitz und sein Werk nicht weiterführen können, so sei er zu verkaufen und das Geld dem Kloster zu vermachen, in dem seine Tochter als Nonne aufgenommen werden sollte.

»Das kann doch alles nicht wahr sein«, murmelte sie und lief auf das Kirchenportal zu. Sie trat an das Gerüst heran, das noch immer einen Teil der Fassade verdeckte, und kletterte auf die schmale Balustrade, die zu dem Gargoyle zwischen den Türmen führte. Unbemerkt von den wenigen Passanten erreichte sie das Monster, das ihr sein Gesicht zugewandt hatte. Einen Moment lang zögerte sie, weil das Gesicht des

Monsters einen so traurigen Ausdruck zeigte, als könne er die Welt nicht mehr verstehen. Doch dann machte sie dieser Ausdruck unendlich wütend.

»Sprich mit mir, du miese Bestie!«, pflaumte sie ihn an. »Oder kannst du nur in der Nacht agieren, Geschöpf der Hölle? Ich hasse dich!«

Sie zog einen schweren Hammer unter ihrem Mantel hervor und hieb damit auf den Gargoyle ein. Das Gesicht des Monsters schien sich vor Schmerzen zu verzerren, doch es wehrte sich nicht. Auch nicht, als die Spitze eines der Fledermausflügel abbrach und auf den Platz stürzte, wodurch die Menschen unten auf das Geschehen aufmerksam wurden.

Wie besessen schlug Frances auf die Steinfigur ein, beseelt von dem Wunsch, sie zu zerstören. Doch der letzte Hieb, der den traurigen Augen des Monsters galt, nahm ihr die Balance. Sie rutschte auf der Balustrade aus und stürzte rücklings vom Dach.

Die Zeugen auf dem Platz schrieen entsetzt auf, als die junge Frau mit wehenden Kleidern wie ein Engel vom Dach schwebte. Doch der harte Aufprall auf dem Pflaster hatte nichts Himmlisches mehr. Sofort umringten die Menschen den leblosen Körper der Frau, deren Augen gebrochen zum Himmel hinauf starrten. Sie war tot.

Der Propst kam aus dem Dom gehastet, gefolgt von einer Handvoll Mönche aus dem angrenzenden Kloster. Sofort machten die Menschen ihnen Platz. Die Männer bekreuzigten sich hastig. Einer der Mönche kniete neben der Frau nieder und konnte nach einer kurzen Untersuchung nichts weiter tun, als ihre Augen zu schließen.

»Möge der Herr ihrer Seele gnädig sein«, murmelte der Propst tonlos, der die Frau wieder erkannte.

Alle zuckten zurück, als ihre Augenlider wieder aufklappten und ihre leeren Augen auf den Dom starrten. Aufgeregtes Gemurmel lenkte die Aufmerksamkeit der Gottesmänner auf den Giebel und sie folgten dem Blick der Toten an der Fassade hinauf.

Der Gargoyle hatte seine angriffslustige Pose, in der er geschaffen worden war, verändert. Nun hing er über der Balustrade, das Gesicht in die Ellbogen gedrückt und eine dunkle Flüssigkeit rann an der Fassade hinab. Die beschädigten Flügel lagen schlaff neben ihm.

Ein Strahl gleißenden Lichtes fiel auf den Gargoyle und er hob langsam, unter entsetztem Gemurmel der anwesenden Menschen, seinen Kopf zum Himmel. Dann breitete er die Fledermausflügel aus, deren Beschädigungen plötzlich heilten. Der Körper des Monsters wirkte nun nicht mehr bedrohlich dunkel, sondern schien von einem inneren Licht erfüllt, das einigen Beobachtern ein seliges Lächeln ins Gesicht zauberte.

Mit einer Eleganz, die nicht so recht zu dem monströsen Körper passen wollte, stieß sich das Geschöpf kraftvoll von der Balustrade ab und flog in das Licht hinein. Immer höher, bis es nur noch ein kleiner Punkt war. Hinter ihm schloss sich die Wolkendecke und verschluckte auch das Licht.

Jenseits der Nacht

Melanie Brosowski

Paris, im Jahre des Herrn 1344.

Die ehemals keltische Siedlung Lutetia war zur Hauptstadt und zu einem Machtzentrum geworden. Die Seine teilte die Stadt in einen nördlichen Teil, genannt Rive Droite, und in einen südlichen Teil, den Rive Gauche. Zugleich verband der Fluss Paris mit dem Landesinneren und dem La Manche. Er war Lebensader und Handelsweg, hundertfach in Öl auf Leinwänden verewigt und besungen in unzähligen Liedern.

Frankreich wurde seit 16 Jahren von Philipp VI., dem ältesten Sohn des Grafen Karl I. regiert. Er war der erste König aus dem Haus Valois, einem Seitenzweig der Kapetinger – und mehr oder weniger Schuld an dem Krieg, in dem sich das Land befand.

Trotz dieses Zustandes blühte Paris. Kaufleute, Kürschner und Parfümeure aus aller Herren Länder strömten in die Stadt, trieben dort ihre Geschäfte und sorgten für eine klingelnde Staatskasse.

Auch das Volk brauchte nicht zu darben und genoss einen gewissen Wohlstand. Moderne Aquädukte speisten sechs öffentliche Brunnen, die ersten Abwasserkanäle befanden sich in der Planung und eine an manchen Stellen bis zu drei Meter dicke und fast neun Meter hohe Mauer umgab und schützte die aufstrebende Stadt. Und nach über 180 Jahren Bauzeit stand die Kathedrale Notre-Dame de Paris nunmehr endlich vor der Vollendung.

Es war Frühling und noch war die Luft in den Straßen und Gassen atembar. Alsbald schon würde sich dies ändern. Wenn in der Gluthitze des Sommers der von den Bürgern durch ihre Fenster auf die Straßen geschüttete Unrat vergammelte, würde jeder Atemzug zur Höllenqual werden. Der Gestank war unerträglich und wer konnte, mied die Gassen oder hielt sich zumindest ein mit Parfüm getränktes Tuch vor die Nase.

Guillaume Le Manson war froh, dass er diesen Ort, so aufstrebend er auch war, bald wieder verlassen konnte. Sobald die Kathedrale fertig gestellt war.

Der Baumeister wehrte unwirsch ein kleines, bettelndes Mädchen mit offenen Geschwüren an den Beinen ab, ehe er in einer kleinen Seitengasse verschwand.

In einer Spelunke wartete bereits Vikash Lacroix auf ihn. Lacroix beschäftigte sich mit der schwarzen Kunst und war Le Mansons letzte Hoffnung.

Thierry Merdrignac ließ sein Schwert zurück in die Scheide gleiten, stand auf und zog noch einmal seine Uniform zurecht. Dann nickte er Nicolas Lefort zu und löschte die Kerze, ehe sie ihre Unterkunft verließen. Sie gehörten beide zur Nachtwache und versahen bereits seit drei Jahren gemeinsam ihren Dienst. Ihr Rundgang führte sie auch an der Kathedrale Notre-Dame vorbei, an der gerade die letzten Arbeiten ausgeführt wurden. Jetzt, bei Nacht, war die Stätte verlassen. Die hinterlassenen Figuren, die zur Wasserableitung an den Traufrinnen der Dächer dienen sollten und den Einfluss des Teufels auf die Welt symbolisierten, die bereits fertig am Fuße des großen Portals standen, zeugten von der Arbeit des Tages. Merdrignac hob die Laterne und im flackernden, schummerigen Licht schienen die Augen der Gargoyles rot zu glühen und ihn auf Schritt und Tritt zu verfolgen. Der Ausdruck ihrer Gesichter war so erschreckend realistisch, ja fast menschlich, dass es ihm eiskalt den Rücken hinunterlief. Sie waren ein Meisterwerk bildhauerlichen Könnens. Als hätte der Schöpfer einen Blick in die Hölle geworfen und das Gesehene in Stein gemeißelt.

Er kniete sich nieder und berührte einen der kleineren Chimären. Der Stein fühlte sich warm an und der Blick der Figur schien sich direkt in seine Seele zu brennen. Das Gesicht kam ihm irgendwie bekannt vor. Es erinnerte ihn an einen kleinen Straßenjungen, der meistens in der Rue des Rosiers rumlungerte und bettelte.

Erschrocken stand er auf und wischte sich die Hand an der Hose ab, so als hätte er etwas Dreckiges angefasst.

Zusammen mit Lefort setzte er seinen Rundgang fort, mulmig drehte er sich immer wieder um, bis die Kathedrale nicht mehr zu sehen war.

Am nächsten Tag meldete Lefort sich krank. Er hatte auf dem Jahrmarkt Saint-Laurent eine Fischsuppe gegessen und kam seitdem nicht mehr von der Latrine herunter.

Merdrignac machte sich alleine auf den Weg. Es war weit nach Mitternacht, als er unterdrückte Rufe und schwere Schritte vernahm. Rasch löschte er seine Laterne und drückte sich in die Dunkelheit eines Hauseinganges. Er war kein Feigling, aber er konnte seine Chancen gut genug einschätzen, um zu wissen, dass es sinnvoller war, die Soldaten des Königs zu rufen, als sich selber den Männern in den Weg zu stellen.

Von seinem Versteck aus beobachtete er, wie einer der Clochards, denen er Nacht für Nacht begegnete, von zwei Männern zur Kathedrale geschleift wurde. Dort tauchte kurze Zeit später auch der Baumeister Guillaume Le Manson auf. Mit einer unwirschen Handbewegung schickte er die Männer weg. Dann holte er aus seiner rechten Tasche eine kleine Flasche hervor und träufelte etwas davon auf die Lippen des Bewusstlosen. Merdrignac traute seinen Augen nicht, als sich der am Boden Liegende innerhalb weniger Minuten zu einer steinernen Gargoyle-Figur verwandelte.

Le Manson erschien zufrieden mit seinem Werk. Lächelnd wandte er sich um und verschwand in der Nacht.

Merdrignac blieb noch eine ganze Weile in seinem Versteck stehen. Er wollte, nein konnte einfach nicht begreifen, was er gerade gesehen hatte. Es war unmöglich!

Schließlich stieß er sich von der Tür ab und schlich sich hinüber zur Kathedrale. Aber es war kein Traum. Im Gegenteil, das war schlimmstes Hexenwerk. Gotteslästerung, Blasphemie – Zauberei der schlimmsten Art. Le Manson musste mit dem Teufel im Bunde sein.

Er blickte entsetzt um sich. Hier standen mindestens 50, wenn nicht 60 oder mehr Figuren. Ihr dämonisches Aussehen sollte den Kreaturen der Hölle einen Spiegel vorhalten und so die Menschen vor deren Einfluss beschützen. Aber diese Wesen entstammten direkt dem Höllenpfuhl. Und

Merdrignac mochte sich gar nicht vorstellen, welche Qualen diese Menschen bei ihrer Verwandlung erlitten hatten und vielleicht noch durchmachten. Konnten ihre Augen noch sehen, was um sie herum geschah? Konnten sie hören, was die Menschen um sie herum sprachen? Eine Seele, für immer gefangen im Stein, dazu verdammt, für alle Ewigkeit unbeweglich dem Treiben der Menschen zu folgen.

Entschlossen zog Merdrignac sein Schwert, schwang es empor und schlug mit einem Hieb der ersten Figur den Kopf ab. Ein Schrei ertönte, weit jenseits allem Menschlichen. Eine schwarze, stinkende Flüssigkeit strömte aus dem Rumpf und bildete eine Lache zu Merdrignacs Füßen.

Alle, er würde alle zerstören und sie von ihrem unsagbaren Leid erlösen. Und anschließend würde er sich Guillaume Le Manson vornehmen.

Eine Kreatur der Nacht nach der anderen fiel. Als das erste Sonnenlicht des Tages sich in den Buntglasfenstern brach, war sein Zerstörungswerk vollendet. Doch ehe er vom Ort der Verwüstung fliehen konnte, tauchte der Baumeister zusammen mit einigen Soldaten auf.

»Mon Dieu, was haben Sie getan?« Sein Gesicht wurde rot vor Zorn. »Mein Lebenswerk, Sie haben es zerstört!« Fassungslos nahm er einen zerbrochenen Stein in die Hand. »Wachen!«

Sie packten ihn an den Armen. Merdrignac wehrte sich aus Leibeskräften und es waren vier Männer nötig, um ihn zu bändigen.

»Teufelswerk! Ich habe gesehen, was Sie mit den Männern gemacht haben. Sie haben …«

Le Manson holte aus und schlug ihm seinen Stock an die Schläfe, um ihn zum Schweigen zu bringen. Merdrignac brach halb bewusstlos in die Knie, Blut lief ihm die Schläfe hinab.

»Für diesen Frevel werden Sie in der Hölle schmoren, Le Manson!«, flüsterte er.

»Schafft ihn mir aus den Augen!«

Man brachte Thierry Merdrignac ins Stadtgefängnis von Paris und warf ihn in eine der finstersten Zellen des gesamten Kerkers. Dort fesselte man seine Hände und Beine mit rostigen Eisenketten so zusammen, dass er sich kaum rühren konnte. Die Wände waren feucht und das Stroh, das ihm als Schlafstätte diente, schimmelte. Ratten huschten an ihm vorbei und aus den Zellen neben ihm kam gequältes Stöhnen.

Irgendwann brachte man ihm einen Becher mit abgestandenem Wasser und eine Scheibe Brot, die vor Maden nur so wimmelte. Merdrignac konnte sich nicht dazu überwinden, auch nur ein Stück davon zu essen.

Niemand sprach mit ihm, niemand kam, um ihn zu verhören oder zu foltern. Und so vergingen drei Tage und Nächte, in denen sich die Feuchtigkeit in seiner Kleidung festsetzte und ihm einen hartnäckigen Husten einbrachte, die Ketten seine Haut wundscheuerten und eitrige Wunden hinterließen.

»Thierry!« Lefort rüttelte seinen Freund an den Schultern.

Langsam hob Merdrignac den Kopf und sah ihn aus blutunterlaufenen Augen an. »Nicolas?« »Ja. Ich habe eine der Wachen bestochen. Hier«, er drückte ihm einen Apfel in die Hand. Merdrignac schluckte und ein schwaches Lächeln huschte über sein Gesicht. »Danke!«

»Was ist passiert? Niemand will mir sagen, weshalb du hier bist!«

»Du würdest mir nicht glauben, Nicolas. Und außerdem will ich dich nicht mit in die Sache hineinziehen. Ich kann dir nur eines sagen: Nimm dich vor Le Manson in Acht! Seine Figuren sind Teufelswerk.«

Verwirrt schüttelte Lefort den Kopf. »Im Prozess …«

»Es wird keinen Prozess geben. Ich frage mich sowieso, weshalb ich noch am Leben bin.« Einige Augenblicke herrschte ein bedrückendes Schweigen.

»Ich wünschte, es gäbe etwas, das ich für dich tun kann.«

»Bete für mich, Nicolas! Und wenn dir dein Leben lieb ist, dann verlässt du Paris!«

Keine zwei Stunden nachdem Lefort gegangen war, holte man Merdrignac. Man verband ihm die Augen und schleppte ihn aus dem Verlies. Man schleifte ihn über Kopfsteinpflaster und warf ihn schließlich wie einen Sack Mehl auf einen Karren, wo man ihm das Gesicht auf die Ladefläche drückte. Es dauerte eine ganze Weile, bis sie wieder anhielten, ihn herunterzerrten und letztendlich eine lange Treppe hinabstießen.

Als man ihm die Binde wieder abnahm, befand er sich irgendwo in einem alten Gewölbekeller tief unter der Stadt. Einige wenige Kerzen spendeten ein schummeriges Licht und warfen bizarre Schatten. Unzählige Bücher, manche so dick wie ein Laib Brot, standen in dem großen Regal, das Merdrignac als Erstes erblickte. Die Regale, in denen die Bücher standen, waren mit Umhängen verziert und ein dicker, teurer Teppich dämpfte jedes Geräusch.

Einer der Männer, die ihn hierhergebracht hatten, schloss seine Ketten auf. Dann packte man ihn erneut und bog seinen Kopf nach hinten. Er wehrte sich verzweifelt, aber die Tage im Gefängnis hatten ihre Spuren hinterlassen. Man zwang ihn, eine dunkelbraune, schrecklich riechende Flüssigkeit zu trinken. Hustend und würgend brach er in die Knie, während die Wachen den Raum verließen. »Was …?« Er zog sich mühsam am Tischbein hoch und blieb, sich vor Schmerzen krümmend, stehen.

Ihm war, als würde siedendes Öl durch seine Adern fließen. Das Atmen fiel ihm immer schwerer. Plötzlich ließ ein heftiger Schmerz ihn aufschreien. Flügel, besetzt mit blutbesudelten, weißen Federn, durchbrachen seine Haut und die Kleidung, wuchsen aus seinem Rücken. Statt Angst überkam ihn eine seltsame Ruhe. Die Pein wich, machte Platz für ein Gefühl der Taubheit. Sein Körper verkrampfte sich, jede Bewegung wurde zur Qual, bis er schließlich gänzlich erstarrte, seine Hände gefaltet zum Gebet, sein Gesicht dem Himmel zugewandt.

»Nein!« Le Manson fasste Lacroix an den Schultern. »Einen Gargoyle sollten Sie erschaffen, keinen Engel! Die Krönung meiner Baukunst sollte dieses Exemplar werden.«

»Das war nicht meine Schuld! Es war derselbe Trank wie immer, wie bei all den Menschen zuvor. Das … das ist ein Zeichen Gottes!« Lacroix riss sich los und bekreuzigte sich. »Oh Herr, vergib mir meinen Frevel!« Dann wandte er sich um und begann hastig einige Sachen zusammen zu packen.

»Was zur Hölle tun Sie da?«

»Die Stadt verlassen«, Lacroix zitterte vor Angst.

Le Manson bekam ihn an seinen Mantelärmel zu packen und fing an zu brüllen. »Das können Sie nicht tun! Sie müssen mehr von diesem Elixier herstellen, damit ich den Bau der Kathedrale vollenden kann!«

Lacroix stand plötzlich der Schweiß auf der Stirn. Verzweifelt versuchte er, sich aus den Händen seines Auftraggebers herauszuwinden. »Nein! Unmöglich!«

Le Manson merkte, wie ihm sein Handlanger aus den Händen glitt, und versuchte noch einen letzten Trumpf auszuspielen, waren doch viele an dem Bau der Kathedrale Beteiligte bestechlich. »Ich bezahle Ihnen was Sie wollen. Jeden Preis!«

Doch Lacroix schüttelte entschieden den Kopf. »Es geht nicht um Geld, verstehen Sie das nicht? Meine Seele schmort bereits im Höllenfeuer. Ich werde in ein Kloster gehen und Buße tun.«

»Das werden Sie nicht! Sie werden hierbleiben und mir weiterhin helfen!«

Lacroix riss sich los und griff mit einer nun freien Hand in seinen Mantel. Er zog ein Messer. Es entbrannte ein Handgemenge um die Waffe, an deren Ende Le Manson es seinem Gegenüber direkt ins Herz stieß, der daraufhin mit einem letzten Röcheln zu Boden fiel.

Rasch breitete sich eine Blutlache unter dem Toten aus. Als sie den steinernen Engel erreichte, schien die Figur das Blut geradezu aufzusaugen. Dunkelrote Linien durchzogen nach wenigen Augenblicken die Figur und traten zu den Augen wieder hinaus, als würde das himmlische Wesen weinen. Plötzlich begann der Engel zu wanken, seine Füße bröckelten und ehe Le Manson reagieren konnte stürzte die Figur zuerst auf den Tisch und anschließend zu Boden, wo sie in tausend Stücke zersprang. Wenige Minuten später hatten die mitgerissenen Kerzen den Teppich und schließlich fast den gesamten Raum in Brand gesetzt.

Voller Panik suchte der Baumeister nach der Essenz. Aber die Hitze wurde von Minute zu Minute schlimmer, bis er es nicht mehr aushalten konnte und keuchend hinaus ins Freie stürmte.

Man tat den Vorfall als Unglück ab, wie er häufiger in der Stadt geschah, und einige Monate später, im Jahre des Herrn 1345, wurde offiziell die Fertigstellung der Kathedrale bekannt gegeben. Der Klang der schweren Bronzeglocken war in ganz Paris zu hören. Die Straßen waren voller Menschen und selbst König Philipp VI. von Valois ließ es sich nicht nehmen, an den Feierlichkeiten teilzunehmen. Der Bischof von Paris, Foulques II. de Chanac, eröffnete den Gottesdienst. Obwohl bis zu 10.000 Menschen in dem gewaltigen Gotteshaus Platz fanden, reichte er dennoch nicht für alle, die diesem Ereignis beiwohnen wollten.

Le Manson nahm ebenfalls teil und erhoffte sich eine hohe Auszeichnung für seine Grotesken oder zumindest eine mehr als ordentlichen Entlohnung. Aus dem brennenden Labor hatte er noch zwei kleine Flaschen des Gebräus retten können und in den Straßen von Paris gab es noch genug Gestalten, die seiner hörig waren und ihn gewähren ließen. Doch die Zeit drängte, er hatte Abstriche bei seiner Arbeit machen müssen, waren doch die Mengen des Gebräues nur ausreichend für einen Teil von Gargoyles gewesen. Und selbst bei der Auswahl seines lebenden Materials hatte er jetzt noch vorsichtiger sein müssen, waren die

Soldaten doch doppelt auf der Hut, nachdem Merdrignac verschwunden war. Letztendlich war das, was er erschaffen hatte, nur ein billiger Abklatsch dessen, was er mit einer ausreichenden Menge des Zaubertranks hätte bewirken können. Fabelwesen von unglaublicher Ausdruckskraft. Figuren, die ihn zu unvergleichlichen Ruhm hätten verhelfen sollen.

Während des Gottesdienstes wurde sein Name nur ein einziges Mal erwähnt, abfällig, wie beiläufig. Le Manson saß mit vor Zorn geballten Händen in der letzten Reihe. Nicht mal einen Platz in der Nähe des Bischofs hatte man ihm gegönnt. Von Minute zu Minute wurden seine Schmach und sein Hass größer.

Rasend vor Wut - auf sich, seine Auftraggeber, auf Lacroix - versuchte er nach dem Ende der Feier, zum König vorgelassen zu werden. Doch man wies ihn brüsk ab und ließ ihm ausrichten, dass er froh sein könne, nicht in den Kerker geworfen zu werden. Schließlich hätten die Figuren, die nun die Kathedrale schmücken würden, wenig mit denen gemeinsam, die er dem König hatte zeigen lassen. Nun war er auch noch gezwungen, so schnell wie möglich das Land zu verlassen, ehe es sich der König noch anders überlegte. Es war kurz vor Sonnenuntergang, als er durch das nördliche Stadttor ritt. Erst als er ein ganzes Stück von der Stadt entfernt war, wurde ihm sein Handeln bewusst. Aber da war es bereits zu spät. Ein Pfeil kam aus der hereinbrechenden Dunkelheit und bohrte sich in seine Brust. Das Pferd bäumte sich auf und Le Manson stützte hart auf die Erde. Eine Gestalt, die er nur noch verschwommen erkennen konnte, beugte sich über ihn. Im Mondlicht erkannte er das Aufblitzen einer Messerklinge.

»Für einen alten Freund!«

Und mit einem sauberen Schnitt durch seine Kehle endete Le Mansons Leben.

Als Lefort in die Stadt zurückkehrte, kam er gerade rechtzeitig an, um mit seiner Runde zu beginnen.

Der Teufel steckt im Detail

Vincent Voss

»Und? Über was schreibst du, Tania?« Thorben hatte sich angeschlichen und stand neben ihr.

»Arbeitssicherheit«, antwortete sie knapp.

»Was?«, fragte er erstaunt. Das Seminar, in das sie beide gingen, hieß »Historische Bauwerke und ihr volkskundlicher Hintergrund«. Der Kurs hatte sich für den in der Stadt stehenden Dom entschieden und jeder durfte sich ein Themengebiet aussuchen. Ihres war Arbeitssicherheit: Wie Arbeitsunfälle die Zünfte verändert hatten, wie soziale Netzwerke und vor allem Bräuche durch Notfälle entstanden waren.

»Meines Wissens nach«, begann Thorben belehrend, »sind wohl über 50 Arbeiter unmittelbar bei dem Bau umgekommen.« Dank fordernd, dass er sie an seinem Wissen teilhaben ließ, schaute er sie an.

»Eben«, blieb sie kurz angebunden. Sie verkniff sich eine Konkretisierung. »Also ich habe mich für die Auswirkung des Dombaus auf die spätmittelalterliche Stadtentwicklung entschieden. Professor Brunner meinte, eigentlich würde ich damit ein zu großes Fass aufmachen, aber…« – »Du, ich muss los. 'Tschuldigung.«

Lieber ging sie zwei Stationen zu Fuß durch den Regen, als Thorbens Selbstbeweihräucherungen weiter ertragen zu müssen.

Ihr Thema war spannend. Schon die Recherchearbeiten führten sie zu neuen Thesen. Kopien über Kopien aus den standesamtlichen Kirchenbucheintragungen, Zunft- und Gildebuchnotizen und viel Material aus der Sekundärliteratur stapelten sich auf ihrem Schreibtisch und darum herum. Kunstdrucke über Architektur,

Bauskizzen, Fotografien von Gewölben und Fresken ergänzten ihre Recherchecollage. Von ihrem Schreibtisch aus konnte sie in der Ferne den beleuchteten Dom betrachten. Ihre Balkontür stand zum Lüften offen und ließ den Geräuschteppich des allabendlichen Feierabends in ihre Wohnung dringen. Sie stützte ihr Kinn auf einen Handballen und überlegte, wo ihr Problem bei der Ermittlung der am Bau beteiligten Arbeiter lag.

Zwei Quellen standen ihr dabei zur Verfügung. Zum einen eine Auflistung aller am Bau beteiligten Arbeiter des jeweiligen Baumeisters. Die Struktur der Liste war innerhalb der jeweiligen Bauvorhaben über die Epochen verteilt unverändert geblieben und galt als zuverlässig. Zum anderen die Bilanzbücher der jeweiligen Schatzmeister. Sie galten ebenfalls als zuverlässige Quelle. Allerdings waren innerhalb der Jahrhunderte mehr Arbeiter beschäftigt gewesen, als entlohnt worden waren. Das war für die Zeit sehr merkwürdig, denn gerade Wanderarbeiter und Tagelöhner würden nicht einfach auf ihren Lohn verzichtet haben. Sie vermutete erst, dass die fehlenden Zahlungen durch Todesfälle der Arbeiter verursacht worden waren, und es keine lebenden Familienmitglieder gegeben hatte. Aber Todesfälle waren gesondert gelistet worden. Sowohl vom Baumeister, wie auch von den Zünften, sofern es Zunftmitglieder betroffen hatte, vor allem aber durch die Kirchen selbst. Über 70 Arbeiter fehlten ihr. Arbeiter, die zeitweise bis zu knapp einen Monat gearbeitet und dann auf ihren Lohn verzichtet hatten.

Keine Erklärung.

Sie rieb sich die Schläfen. Suchte nach einer Lösung und starrte aus dem Fenster. Der Dom, wie er sich in einer fahl-gelben Kugel aus beleuchtetem Sprühregen zeigte, alt und geheimnisvoll.

War bei den Bauarbeiten etwas verschleiert worden? Was war passiert?

Ihre Neugier wurde geweckt und sie wollte diese Fragestellung beantworten. Ein Windstoß überraschte sie während ihrer Überlegungen und brachte die losen Blätter in Unordnung. Sie sammelte die Blätter zusammen und ihr Blick fiel auf den Dom.

Warum auch immer, in diesem Moment war es das erste Mal, dass sie den Dom auch als bedrohlich empfand. Sie schlief unruhig.

Erwachen. Lange Pause. Atmung. Eigene Atmung hören. Orientieren wollen. Wahrnehmen. Ich bin es. Ich stehe. Gebückt. Höre etwas. Ich kann mich nicht bewegen.

Aber sehen. Riechen. Es ist kalt. Fühlen also auch. Ich öffne die Augen. Dunkel. Aus einer rechteckigen Öffnung, Tür dringt ein flackernder Lichtschein. Warmes Licht, wie von einer Flamme. Ich stehe gebückt. Kann mich nicht bewegen. Will mich bewegen, es geht aber nicht. Angst! Meine Augen können sich bewegen. Schaue mich um. An mir hinunter. Meine Füße stehen eng beieinander. Erhöht. Ich stehe auf etwas drauf. Warum gebückt?

Ich versuche, Kraft zu sammeln, um zu springen. Vielleicht bin ich gefesselt. Es gelingt nicht. Die Kraft ist da, nur gelangt sie nicht dorthin, wo sie etwas bewirken könnte. Stimmen. Ich höre Stimmen. Dort, wo das Licht ist. Sie kommen näher und ich bekomme

Angst, die sich zur Panik auftürmt. Die Kraft bricht hervor, taucht aus meiner Tiefe auf und bahnt sich einen Weg in mir. Aus mir! Ich schreie.

Sie wachte auf. Ihr erster Blick aus dem Bett zum Dom konnte sie nicht beruhigen. Mit einem Glas Wasser in der Hand blieb sie noch lange in der Nacht am Fenster stehen. Fixierte die beiden Türme wie unheimliche Feinde. Erst früh am Morgen schlief sie wieder ein.

Ihre Recherchen ergaben, dass die Differenz zwischen Arbeitern und Lohnempfängern bei anderen historischen Bauvorhaben nicht üblich war. Etwas Neues herausgefunden zu haben, eine neue Fragestellung formuliert zu haben, wertete ihre Arbeit jetzt schon auf. Sie fragte nach einem Recherchebesuch im Dombauarchiv an und bekam eine positive Antwort. Sie könne jederzeit vorbei kommen, hieß es.

Das Archiv befand sich in einem Nachbargebäude des Doms. Die für sie interessanten Aufzeichnungen standen in einem aus zwei zusammenhängenden Räumen bestehenden Seitentrakt des Archivs. Frau Augustin, die dafür Verantwortliche, war sehr kooperativ und nahm sich die Zeit, ihr das Ablagesystem und den Schlagwortkatalog zu erklären. Tania schilderte ihr Problem, aber eine gemeinsame Suche führte zu keinem Ergebnis. Sie würde wohl doch in die Tiefe recherchieren müssen und befolgte den Rat, über die persönlichen Bautagebücher der Baumeister eine Antwort zu erlangen.

An einem Tisch am Fenster richtete sie sich auf Stunden ein und versank sehr schnell in ihrer Arbeit.

Recherchieren wirkte auf sie immer wie eine Zeitreise. Die Schrift, die Wortwahl, sie konnte bald den Baulärm hören, sich vorstellen, wie die großen Steinladungen mit Pferd und Wagen hier eingingen und knarrende Holzkräne sie abluden, die in die Höhe wachsenden Baugerüste, die Gerüche von Feuer, Pech und Steinmehl. Sie sah die Arbeiter vor sich, hörte sie über die Kälte im Winter fluchen und erfuhr von der Angst eines Baumeisters vor einem Steinmetz.

Schnell schrieb sie an den Rand eine kleine Notiz. Später blätterte sie an die Stelle zurück. Ein anderer Baumeister, 164 Jahre danach, hatte seine Angst vor einem Steinmetz ähnlich beschrieben. Meister Erebus wurde er genannt. Arbeitete an den Wasserspeiern.

Sie fügte der ersten Notiz eine weitere hinzu, maß dem Ganzen aber wenig Bedeutung bei. Erst später, als ein weiterer Baumeister von seinem Unbehagen gegenüber dem Steinmetz, der die Wasserspeier erbaut hatte, berichtete, wurde sie stutzig. Und als dieser namentlich mit Meister Erebus erwähnt wurde, stockte ihr der Atem.

Über 80 Jahre lagen zwischen den Aufzeichnungen. Selbst bei bester Gesundheit konnte das nicht möglich gewesen sein.

Im Schlagwortkatalog wollte sie sich die Werke zu den Wasserspeiern heraussuchen, stellte aber enttäuscht fest, dass nur Sekundärliteratur zur Verfügung stand. Zwei kunsthistorische Standardwerke, die über den Bedeutungswandel von Wasserspeiern in den einzelnen Epochen referierten. Der Wandel von Tierfiguren zu Dämonenfiguren. Der Einfluss der Religion auf die Kunst. In den Schubkästen schaute sie unter E und suchte nach Erebus. Ein Treffer. »Meister Erebus –

unbekannter Verfasser; 1453; Aufzeichnungen im Ledereinband, Allg./E/14-15/121«

Sie suchte die Regalreihe auf und fuhr mit den Fingern auf den Buchrücken entlang. 119, 120, 122. 121 fehlte. Sie holte die Bände hervor und griff hinter die Bücher, manchmal waren einzelne Bücher nach hinten gerutscht. Nichts. Das kam ihr verdächtig vor und führte dazu, dass sie sich in ihren Recherchen bestärkt sah. Sie fügte eine weitere Notiz zu Meister Erebus hinzu und markierte sie farbig. Dieser Spur würde sie unbedingt nachgehen müssen.

Sie sortierte ihre Zettel, verstaute alles und überlegte, was sie sich auf dem Heimweg beim Gemüseladen in ihrer Straße zum Abendbrot kaufen sollte. Gedankenverloren drückte sie den Türknauf runter. Die Tür ließ sich nicht aufziehen. Sie drückte. Die Tür blieb verschlossen. Sie stellte ihre Tasche ab, stellte sich seitlich an die Tür, hob die Tür am Türgriff an, drückte und zog, aber es rührte sich nichts. Sie schaute auf ihre Uhr. Halb sieben. Vielleicht war sie versehentlich eingeschlossen worden, aber sie war sich sicher, dass sie es hätte bemerken müssen. Es war eine alte Tür mit einem alten Schloss.

»Verdammt«, fluchte sie leise und suchte nach einer Lösung. Sie holte ihr Handy hervor und rief das Domarchiv direkt an. Freizeichen. Während sie lauschte, beschlich sie ein unangenehmes Gefühl. Es legte sich wie ein Schatten über sie, nistete sich in ihr ein. Der Anrufbeantworter meldete sich mit einem Informationstext. Sie beendete das Telefonat, ohne eine Nachricht zu hinterlassen. Analysierte ihr Gefühl. Schlussfolgerte und erschrak.

Sie fühlte sich nicht allein im Archiv.

Noch jemand war hier, glaubte sie. Zwischen den Regalen. Im Nebenraum. Es gab genügend Möglichkeiten, sich hier zu verstecken. Sie konnte ihren Herzschlag hören, bekam keine Luft. Es war Angst, die ihr den Atem raubte, eine Angst, die sie sich nicht erklären konnte. Die sie nicht kannte. Die sie nicht rational fassen konnte. Die in ihr wütete und drohte, sie zu beherrschen. Die zu Panik wurde. Sie erinnerte sich an ihren Traum. Kämpfte gegen ihre Schnappatmung an, durchbrach die Angst.

»Hallo!«, rief sie. »HALLO?«, schrie sie und die Panik wich. Mit der Faust schlug sie auf die Tür. »Hallo, ich bin hier eingeschlossen worden, hallo!« – »Einen Augenblick!«, antworte eine Frauenstimme hinter der Tür. Die Tür wurde geöffnet.

»Was denn?«, fragte Frau Augustin genervt.

»Ich- ich habe die Tür nicht aufbekommen, ich dachte, sie wäre verschlossen gewesen.«

»War sie aber nicht.«, stellte die Archivleiterin kühl fest und schüttelte tadelnd den Kopf. Tania fühlte sich durch die Zurechtweisung angegriffen, blieb aber freundlich. Einen prüfenden Blick zurück in das Archiv werfend, kündigte sie sich für einen weiteren Besuch an. Frau Augustin nahm es herablassend zur Kenntnis.

Zuhause angekommen fiel ihr ein, dass sie ihren Einkauf für das Abendessen vergessen hatte. Hunger spürte sie aber auch keinen. Ihre Angst konnte sie sich immer noch nicht erklären. Womöglich Stress.

Den Abend über formulierte sie ihre Recherchеergebnisse, ihr Blick schweifte jedoch häufig zur im Dunst liegenden Silhouette des Doms. Sie spürte ein Geheimnis, ähnlich verborgen, wie der Nebel das beindruckende Bauwerk verbarg. Meister Erebus, sein Name war verheißungsvoll.

Mit leichten Kopfschmerzen ging sie früh ins Bett, das Balkonfenster war angekippt, die Vorhänge zugezogen. Dennoch hatte sie das Gefühl, den Dom die ganze Zeit spüren zu können. Sie fiel in einen unruhigen Schlaf.

Erwachen. Sich orientieren wollen. Erinnern können. Wieder kann sie sich nicht bewegen. Wieder steht sie gebückt und nackt. Kann nichts sagen, nicht schreien. Ein flackernder Lichtschein. Der Geruch von feuchtem Stein. Vor ihr ein bewegungsloser Schatten. Mehr als ein Schatten, spürt sie, kann ihr Gefühl aber nicht einordnen. Angst. Plötzlich aufbrausende Angst, die zur Panik anschwellen will. Sie kämpft dagegen an. Beherrscht sich. Hört Schritte, eine Tür wird geöffnet, Licht flutet herein.

Sie steht gebückt in einem Raum, der bewegungslose Schatten vor ihr ist ein Mann. Nackt. Steht gebückt auf einem steinernen Sockel. Regungslos. Er sieht sie an. In seinen Augen flackert die Panik am Rande des Wahnsinns. Sie träumt, weiß sie. Sie kann hier raus, weiß sie. Ein weiterer Mann betritt den Raum. Er hält eine Fackel in seiner Hand und seine Kleidung passt nicht in ihre Zeit. Grobe Schnitte und grober Leinenstoff, schlussfolgert sie.

Er zündet weitere Fackeln in dem Raum an. Ein Podest. Eine Seilwinde und ein hölzerner Schwenkarm. Der Raum ist aus grobem Stein gehauen worden. Ein Gewölbe. Der Mann mit Fackel betritt das Podest und entzündet dort etliche Kerzen. Kommt auf sie zu. Löst einen Haken an der Seilwinde und zieht das Seil in ihre Richtung. Geht an ihr vorbei zu dem nackten Mann. Weit aufgerissene Augen flehen sie an. Ein unbändiger Wille zum Schrei tobt dahinter.

Es ist ein Traum, sagt sie sich und will erwachen. Es gelingt nicht. Die Angst kehrt zurück. Sie hört eine tiefe Stimme. War abgelenkt. Der Mann mit der Fackel guckt erschrocken zur Tür, woher die Stimme kam. »Wohlan Meister, ´s ist gleich soweit«, ruft er und beeilt sich. Sie findet ihre Kraft. Den Schlüssel dazu. Taucht auf. Schneller, immer schneller. Und SCHREIT.

Sie konnte sich kaum bewegen und ihr ganzer Körper schmerzte so, als hätte sie sich verlegen. Am Fenster auf die Altstadt schauend, massierte sie sich die Verspannung aus dem Rücken. Und wunderte sich über sich selbst und über die Angst, die der Dom, im Nebel nur ein Schatten, in ihr hervorrief.

Zwei Tage später recherchierte sie im volkskundlichen Hexenarchiv nach dem Namen Erebus. Das Hexenarchiv wurde nach einer Hexenausstellung aufgrund eines unerwartet großen Interesses im Museum eröffnet und arbeitete schon im fünften Jahr. In den Zunft- und Gildebüchern der Steinmetze und Steinhauer war der Name Erebus nicht zu finden. Das Hexenarchiv war ihre letzte Möglichkeit.

Nach einer Thermoskanne Kaffee und keinem Erfolg stellten sich am Spätnachmittag bei ihr Kopfschmerzen ein. Der Name Erebus tauchte nicht auf, jedoch konnte sie etliche Vorfälle von Hexereiverdacht in der Nähe des Doms ermitteln. Sie stöhnte auf, verschränkte die Hände hinter dem

Nacken und schaute aus dem kleinen Fenster in den dunklen Abend. Was hatte das noch mit ihrem Thema zu tun? Verrannte sie sich nicht in eine Angelegenheit? Das waren berechtigte Zweifel. Aber die verwischten Spuren, die Tatsache, eine Verschleierung aufdecken zu können, waren der Wunsch eines jeden historisch arbeitenden Akademikers. Selten hatte sie eine solche Begeisterung während ihrer Laufbahn an der Universität empfunden. Sie sortierte ihre Notizen und plante, morgen in den Kirchenbüchern zu recherchieren.

Auch am nächsten Tag plagten sie Kopfschmerzen. Im Kirchenarchiv waren die Kirchenbücher nur über ein Microfiche-Lesegerät zugänglich. Das Starren auf den veralteten Monitor ermüdete sie. Jedoch hatte sie Erfolg. In den Kirchenbüchern kam es über die Jahrhunderte zu mehreren Anzeigen gegen einen Meister Erebus, Steinmetz. Verdacht auf Hexerei, Ketzerei und sogar Dämonenbeschwörung. Alles Vorwürfe, die gewöhnlich eine Bestrafung, zumindest eine Befragung durch die Inquisition, hätte nach sich ziehen müssen. Allerdings war es hierzu nie gekommen. Sie recherchierte vergleichbare Fälle, diese fanden in der Mehrzahl ein tödliches Ende. Mit dem Ende der Inquisition im 16. Jahrhundert tauchte auch der Name Erebus unter. Sie schrieb alle Nennungen auf und verglich sie. Jener Meister Erebus, der offenbar durch die Jahrhunderte wanderte, lebte unmittelbar auf der Dombaustelle oder aber in einer dem Dom angrenzenden Straße. Auf dem Weg nach Hause beschloss sie, die Steinmetzbetriebe um den Dom aufzusuchen. Sie erhoffte sich kaum Beweise zu finden, aber es würde ihr ein intensiveres Gefühl und eine

Vorstellung von der Praxis für die eigene Recherche vermitteln. Außerdem hoffte sie, eine Spur zu dieser mutmaßlichen Geheimgesellschaft zu finden. Möglicherweise waren die Meister des Erebus, sie vermutete, dieser Titel wurde über Generationen im Verborgenen verliehen, auch in der Gegenwart aktiv. Sie war gespannt.

Ein Mann stand vor ihr. Hageres Gesicht, Vollbart, Geheimratsecken mit einer Zigarette im Mundwinkel.

»Was denn?«, raunzte er und guckte sie drohend an. In der Hand hielt er einen Hammer.

»Ich sehe mich hier nur um«, entgegnete sie kühl und betrachtete weiter die verschiedenen Steinblöcke, die auf dem Gelände standen.

»Warum?«, wollte er wissen und stieß Rauch durch die Nase.

»Ich komme vom volkskundlichen Institut mit der Erlaubnis des Dombauarchivs und betreibe hier meine Recherchearbeiten«, sagte sie, ohne sich ihm zuzuwenden.

»Und was woll´n se wissen?« Er nahm die Zigarette aus dem Mund und schnippte die Asche weg. Sie wandte sich ihm zu. Er fixierte sie. Sie hatte schon einmal auf dem Bau recherchiert, dort hatte sie mit ähnlichen Männern zu tun gehabt. Stur, einfach und wortkarg. Fragen und vor allem Frauen wurden als störend empfunden. Sie lächelte ihm zu.

»Hören sie, ich interessiere mich aus historischer Sicht für den Dombau. Für die Steinmetzarbeiten. Wer waren die Steinmetze, die an dem Bau beteiligt waren? Wo kamen sie her? Wie arbeiteten sie? Welche Steine wurden für den Dombau benutzt? All diese Fragen sind bisher nicht hinlänglich, ach, was rede ich, noch nicht einmal ansatzweise untersucht worden.« Sie überlegte kurz. »Bis auf die Steinarten, die sind recherchiert worden.« Lächeln. Offener Gesichtsausdruck. Er inhalierte tief. Musterte sie unablässig.

»Und das Archiv schickt sie zu uns?« – »Ja, genau. Frau Augustin. Sie würden auch die aktuellen Bau- und Renovierungsarbeiten betreuen, meinte sie.« Er nickte und warf die Zigarette in eine Pfütze. »Chef is′ nich′ da.« Er drehte sich weg und ging in die Werkhalle hinein. Sie schüttelte, ihre Vorurteile gegenüber männlichen Handwerkern bestätigt gefunden, den Kopf.

Da er sie nicht klar abgewiesen hatte, blieb sie auf dem Gelände. Eine Baugrube am Fuße des Doms. Hinter dem über ihr aufragenden Bauzaun konnte sie die Passanten auf dem Weg in die Altstadt oder zum Bahnhof hören. Kleine Steinblöcke standen auf Holzpaletten, drei große waren gegen den Regen abgedeckt worden. Aus der Ferne, den Grabungsstätten der Archäologen, die unter dem Dom Reste einer römischen Siedlung bargen, hörte sie Klopfgeräusche von Hämmern. Auf mehreren Streben vor ihr lagen Holzbalken in verschiedenen Längen, dahinter sah sie, direkt am Dom stehend, einen weiteren Anbau. Eine Tür stand offen und eine Treppe führte nach unten ins Dominnere.

Ihr Forscherherz schlug höher, sie umrundete die gelagerten Holzbalken und wäre fast in einen vor ihr stehenden Wasserspeier hineingerannt. Eine in den Himmel starrende Drachenfratze, ca. 1,45 m hoch. Seine Klauen hatte er vor der Brust gekreuzt, seine

Flügel standen an der Seite nach hinten ab. Steinfraß, erkannte sie dort, an den Flügeln und auch im Gesicht des Gargoyles. Sie wollte sich an ihm vorbei winden, hielt sich an seiner Schnauze fest und erstarrte. Die Steinfigur war warm. Sie schaute sich um. Suchte nach Arbeitsgeräten, die einen Hinweis auf die ungewöhnliche Temperatur hätten geben können. Ging einen Schritt zurück und suchte ein Kabel, das zur Statue hinführte. Nichts. Sie schmunzelte überrascht. Ging einen Schritt vor und betastete den Gargoyle. Warm. Sie ging näher heran und untersuchte den Stein. Die Schuppen und Dornen der Figur, die Klauen, die groben Gesichtszüge, die Augen, die Poren. Tastete über den warmen Stein. Die Augen. Sie erinnerte sich an ihren Traum, an die Augen, die vor Panik aus dem gelähmten Leib heraus wollten. Die zu Platzen drohten. Die Figur lebte. Tania schüttelte den Kopf. Der Gedanke schien wahnwitzig. Sie würde ihn nicht aussprechen wollen. Aber die Augen flehten sie an: »Hilfe«. Sie erinnerte sich an das Gefühl, nicht aus dem Traum herausfinden zu können. Konnte mitfühlen, zweifelte aber gleichzeitig an sich. War es Stress?

»Ich helfe dir«, flüsterte sie und erschrak über ihre Ankündigung. Das letzte Mal hatte sie so in einer ähnlichen Situation zu Joschua, ihrem Kuschellöwen gesprochen, als ihm ein Bein abgerissen war. Ihre Mutter hatte es wieder angenäht. Sie war damals ein Kind gewesen. Jetzt war sie erwachsen und arbeitete an ihrem Magister. Und sprach mit einem Gargoyle.

»Was?«, hörte sie eine unfreundliche Stimme hinter sich. Sie drehte sich überrascht um. Der Mann. Vorhin hatte sie sich auf diese Situation eine Antwort überlegt, jetzt rang sie nach Worten. »Was woll'n se hier noch?« Seine Stirn legte sich in Falten und Wut stand in sein Gesicht geschrieben.

»Ich habe, also,ich meine…« In seinen Augen loderte eine vernichtende Glut, bemerkte sie fasziniert und beobachtete ihn genau, während sie nach einer Ausrede suchte. Der verschrobene Kerl war nur eine Tarnung, erkannte sie und freute sich über ihre Menschenkenntnis. Sie wusste nicht, was, aber ihr war klar, dass er etwas verbarg.

»Der Chef is'nich'da«, raunzte er.

»Ja, genau, das sagten sie, aber«, mittlerweile fühlte sie sich mit dieser Erkenntnis sicherer, vor allem wurde ihre Neugier geweckt. »wer genau ist denn der Chef? Gibt es außer Ihnen eigentlich noch jemanden? Vielleicht eine Art Bund?«, fragte sie forsch und hielt seinem Blick stand. Er musterte sie. Sie konnte den Blick nicht abwenden. Zu faszinierend. Vielleicht wäre es auch ein Eingeständnis von Schwäche gewesen. Schwäche, die sie sich nicht erlauben wollte. Aber der Blick…, betörend aber auch streng. Angsteinflößend? Nicht mehr. Ihr wurde schwindelig, dennoch konnte sie sich nicht lösen.

»Sie haben Recht«, antwortete er höflich mit einem angenehmen Timbre in seiner Stimme. »Ich bin…«, ganz kurz löste er den Blick von ihr, seine Lippen umschmeichelte ein süffisantes Lächeln, es bildeten sich kleine Falten um seine Augen, die Freude anzeigten. Freude, die man gerne mit diesem Mann teilen wollte. Mit dem sie auch gerne ein längeres, ernstes Gespräch führen wollte, mit dem sie lachen wollte, dem sie vertrauen konnte, der ihr die Ängste nahm, die eine Angst, allein zu sein. Ihr Herz offenbarte sich und in diesem Moment war es vielleicht die eine Nuance der Kälte, die in seiner Stimme lag, ein Schatten, der wie eine trügerische Wolke über seinen Blick zog, eine linkische Haltung in seinem sicherem Auftreten, die in ihr eine Warnung erklingen ließ. Sie hatte die Maskerade durchschaut. »Meister Erebus«, führte er seinen Satz lächelnd zu Ende.

Sie wollte sich abwenden, konnte aber ihren Kopf nicht neigen. Ihr Nacken schmerzte, als hätte sie zu lange in einer Position verharrt. Ihr Traum. Sie träumte, schoss es ihr in den Sinn. Hoffte sie, denn ihre Erinnerungen schwanden. Sie verlor ihr Gefühl für Zeit. Sie stand nackt in einem Raum. Gebeugt.

»Ich…«, wollte sie sagen, doch ihr Mund blieb verschlossen. Sie schrie, aber sie hatte keine Kraft dafür. Hatte Kraft dafür, fand aber keinen Weg in sich. Sie wollte rennen, springen, schreien, kratzen, beißen, aber zu jeder Idee, jedem Vorhaben fehlte etwas, das die Idee hätte empfangen müssen. Sie war gelähmt, obwohl sie stand. Sie war erstarrt.

Er sah sie milde an, als hätte er ihre Gedanken lesen können. Sie war erstarrt! Panik überkam sie und sie flehte ihn mit ihrem Blick an. »So ist´s gut«, nickte er ihr zu, nahm ein Schrifteisen und einen Hammer zur Hand und betrachtete sie. Setzte das Schrifteisen prüfend auf ihren linken Beckenknochen und trieb es mit zwei kurzen aber kräftigen Hammerschlägen hinein. Schmerzen! SCHMERZEN!

»So ist`s gut, sehr gut«, lächelte er sie an und fuhr mit seinem Passion erforderlichen Handwerk fort.

Ein neuer Wasserspeier stand nach langer Zeit wieder auf dem Hof des Steinmetzes. Vor dem anhaltenden Regen durch eine Plane geschützt, direkt an der Außenmauer des Doms, dennoch unauffällig zwischen Holzbalken und Steinabfällen. Eine nackte Frau, eine Nixe. Den Oberkörper durchgestreckt, die Hände zum Gebet vor den Brüsten gekreuzt. Ein schönes Werk. Er schnippte die Zigarette weg, hustete. Es würde dauern, bis er die entsprechenden Genehmigungen für einen Anbau an der Westfassade eingeholt haben würde. Aber er hatte Zeit.

Niemals mehr

Diana Kinne

»Ach Kleines, bitte höre auf mit deinem Gezeter.«

»Nein Daddy, ich gehe nicht in dieses Haus, ich will nicht hier wohnen und schon gar nicht in dieser Stadt, ich möchte nach Hause.« Joselynn stampfte energisch mit ihrem Fuß auf, der in mit Schleifen verzierten, augenscheinlich sehr teuren Lackschuhen steckte.

»Josie, meine kleine Prinzessin, wir haben schon so oft darüber gesprochen, Daddy wird an der Universität von Paris gebraucht, das ist äußerst wichtig für seine Karriere und für die Wissenschaft«, versuchte Josies Mutter behutsam einzulenken. »London verfügt einfach nicht über die Mittel, Daddys Forschungen weiter voran zu treiben.« Bevor sie ihrer kleinen Tochter über den rotgelockten Haarschopf streicheln konnte, erfasste eine Windböe ihren Hut, der beinahe schwungvoll von ihrem Haupt gehoben wurde. Gerade rechtzeitig hielt sie diesen fest und befestigte ihn erneut mit der reichlich verzierten Hutnadel, welche ein Geschenk ihres Gatten war. »Sieh doch mal zum Dach hinauf. Wie du es dir gewünscht hast, sitzen diese furchtbaren Kreaturen noch immer an ihren Plätzen, hoch oben bei den Zinnen.«

Das hatte Josie beinahe vergessen. Bei ihrem ersten Besuch in Paris und somit noch vor der Restaurierung des Hauses, verlangte ihre Mutter mit angewidertem Gesichtsausdruck die Entfernung dieser *Kreaturen*. Während ihrer Anweisung an den Architekten presste sie sich ein spitzenbesetztes Taschentuch vor den Mund und rümpfte gespielt ihre Nase, um ihrem Wunsch mehr Ausdruck zu verleihen. Josie forderte damals ebenso energisch wie an jenem Morgen, als sie das neue Haus nicht betreten wollte, dass die

Wasserspeier erhalten bleiben sollten, da sie einen besonderen Schutz für das Haus darstellten. Sie hatte das Thema Gargoyles begeistert in einer Lektion im Französischunterricht durchgenommen und konnte ihrer Mutter aus diesem Grunde erklären, was es mit den Figuren auf sich hatte und dass sie in Frankreich Gargouilles genannt wurden. Josie wunderte sich damals darüber, dass sie diese beeindruckenden, in mühevoller, beschwerlicher Handarbeit in Stein gemeißelten Schutzgestalten an einem gewöhnlichen Wohnhaus vorfand. In der Regel waren diese ausschließlich an Kirchen und Klöstern befestigt.

Pierre, einer der anwesenden französischen Architekten, erklärte der wissbegierigen Josie, dass der letzte Besitzer des Hauses, ebenso wie er selbst, Architekt und darüber hinaus leidenschaftlicher Steinmetz gewesen war. Er hatte ein großes Faible für Wasserspeier und schuf die drei an seinem Haus befindlichen unmittelbar nach dem Tod seiner geliebten Familie. Sein Bruder, seine Frau und sein kleiner Sohn starben an einem mysteriösen Fieber, das kurzzeitig in Paris grassierte. Es gab kein Gegenmittel und die Menschen dankten dem heiligen Vater, dass keine Epidemie daraus erwuchs.

Gebannt hatte Josie damals Pierres Geschichte gelauscht. Ein Schaudern erfasste sie in jenem Augenblick, als Pierre ihr vom Ableben des Mannes erzählte, der aufgebahrt in seinem Bett mit Hunderten von Kerzen um ihn herum aufgefunden wurde. Niemand konnte sich diesen Umstand erklären. Der Mann lebte seit Jahren allein in dem großen Haus. Die Polizei erfuhr von seinem Tode durch ein Stück sehr alten Pergamentes, dass vor der örtlichen Polizeistation gefunden wurde. In krakeliger Handschrift stand darauf, dass sich ein Leichnam in der Rue de l' Avigne 13 befand. Nachdem keinerlei Anverwandte und somit auch keine Erben für den Nachlass des Mannes ausfindig gemacht werden konnten, wurde sämtliches Mobilar für wohltätige Zwecke versteigert.

Pierre leitete damals die Räumung des Hauses und konnte Josie so weiter berichten, dass sich in dem Haus ein versteckter Raum befunden hatte, der mit allerhand Büchern und Artefakten ausgestattet war, die dem Okkulten zugeschrieben wurden.

»Die Menschen waren dumm«, sagte Pierre mit einer wegwerfenden Handbewegung, als Josie ihn nach dem Verbleib dieser Literatur befragte. »Sie hatten Angst und unter Begleitung der Kirche wurde alles verbrannt.« Pierre spuckte seinen Kautabak gekonnt in die Straßenrinne. »Das Zeug hätte viel Geld bringen können, Interessenten gab es genug.«

»Schade«, sagte Josie und zupfte mit ihren Fingern gedankenverloren an ihrer Unterlippe. »Denken Sie, dass der Kleinste von den dreien seinen Sohn darstellen soll?«

»Das weiß ich sogar, er trägt am Sockel ein kleines Messingschild, in das sein Name eingraviert wurde. Der kleine Jerome, Gott hab ihn selig«, sagte Pierre, drehte sich um und spuckte erneut, während er zu Josies Eltern trottete, die ihn herbeiwinkten. Das würde erklären, warum die drei so freundlich aussehen, dachte Josie und blickte nachdenklich zu ihren Eltern.

»Nun komm herein, Kleines. Jeanette wird dir eine schöne Tasse heiße Schokolade machen«, lockte Josies Mutter und lächelte sie zärtlich an. Herausgerissen aus ihren Gedanken und mit verschränkten Armen, stapfte Josie verdrossen und wenig damenhaft die steinernen Stufen zur Eingangstür hinauf.

Die erste Nacht im neuen Haus, in der neuen Stadt und in ihrem neuen Leben empfand Josie als sehr unruhig. Die vielen unbekannten Geräusche, die das Haus verursachte, und die bis in die späten Abendstunden sehr belebte Rue de l' Avigne ließen sie immer wieder schreckhaft erwachen.

Die Tage vergingen, Josie gewöhnte sich an die neue Umgebung und genoss die Privatstunden mit ihrem Lehrer Monsieur Lavie. Passend zu seinem Namen, belebte er ihren Alltag. Monsieur Lavie war noch recht jung, jedoch ebenso hochintelligent wie Josie selbst. Ihr bisheriger Lehrer in London, Mr. Littlefeather, war schon recht betagt gewesen und war so manches Mal an Josies Gedankengängen und ihrer Wissbegierigkeit verzweifelt, die für ein zehnjähriges Mädchen über die Maßen ausgeprägt waren.

So hielt der Winter langsam Einzug und verwandelte Paris in eine triste Großstadt, wie es Hunderte andere auf der Welt gab. Josie fand keine Freude mehr daran, nach ihren Lektionen durch den Jardin des Tuileries zu streifen und so vergnügte sie sich wann immer es ging mit ihren geliebten Büchern. Sie tauchte in Meereswelten ein, ritt in Gedanken auf Moby Dick, reiste zum Mittelpunkt der Erde und verkroch sich unter ihrer Bettdecke, als sie eines der Bücher aus der Bibliothek ihres Vaters stibitzte, das ihr eigentlich untersagt war zu lesen. Über blutsaugende Gestalten und ewigem Leben in der Verdammnis wurde darin berichtet. Eines Abends schlief sie über ebendiesem Buch ein.

Josie schreckte schweißgebadet aus einem Traum hoch, einige ihrer Haarsträhnen klebten an ihrer Stirn und in ihrem trotz der Jahreszeit noch immer sommersprossigen Gesicht.

»Was war das?«, hauchte sie atemlos. »Ist da jemand?« Ihr Herz pochte laut und fordernd in ihrem Hals. »Ist da jemand?«, fragte sie abermals ängstlich, aber fest in die Dunkelheit. Im Licht des Mondes konnte sie erkennen, dass das kleine Dachfenster weit geöffnet war. Sie war sich sicher, dass es nur leicht geöffnet gewesen war, als sie zu Bett ging.

»Das war sicher nur der Wind«, sprach sie in die Dunkelheit. Es beruhigte sie, ihre eigene Stimme zu hören. Rasch stand sie auf, um das Fenster zu schließen. Sie erschrak. »Wo ist der Wasserspeier?«, entfuhr es ihr. »Er kann doch nicht fort sein!« Der kleinste der drei Wasserspeier saß für gewöhnlich auf einem Podest unterhalb von Josies Fenster. Doch er war fort, das Podest leer. Einzig die Umrisse des Wasserspeiers waren darauf noch erkennbar.

In der hinteren Zimmerecke huschte ein Schatten vorbei. Hastig schloss Josie das Fenster und drehte sich um.

Die nahe Kirchturmuhr hob an, zur elften Stunde zu schlagen. »Ich weiß, dass du da bist«, sprach sie erneut in die Dunkelheit. Es war völlig absurd, ihre Vernunft sprach zu ihr, dass dies nicht möglich sein konnte. »Komm raus«, sprach sie lauter als zuvor. »Ich tue dir nichts.«

Eine kaum wahrnehmbare Regung ließ sie in Richtung ihres in der Dunkelheit verborgenen Kleiderschrankes blicken. Eine neuerliche Bewegung bestätigte ihren Verdacht. *Irgendwas ist in diesem*

Zimmer, ich habe es gesehen und ebenso gespürt, dachte Josie.

»Komm bitte heraus«, forderte sie um einiges freundlicher als zuvor. »Das Fenster ist verschlossen, es bringt uns nicht weiter, wenn du dich weiter versteckt hältst.«

Ein leises Knarren ließ Josie noch aufmerksamer in die Dunkelheit starren. Langsam und sehr behutsam trat eine kleine Gestalt aus dem Schutze des Kleiderschrankes auf Josie zu. Im nun kaum wahrzunehmenden Licht des Mondes, welches durch das zweite Dachfenster fiel, blieb sie stehen und sah ängstlich zu Josie auf.

»Habe ich es doch gewusst«, stieß sie leise triumphierend aus. Der Wasserspeier hielt sich verängstigt seine dreizehigen Klauen, seine Ohren waren dicht an seinen Kopf gepresst. Nun starrte er verschüchtert zu Boden. Rasch besann sich Josie.

»Kannst du mich verstehen?«, fragte sie nun fast flüsternd. Der unfasslicherweise lebendige Wasserspeier sah erneut zu ihr empor und nickte.

»Was tust du nur hier?«, fragte Josie fassungslos.

»Ich... ich weiß nicht«, antwortete der Kleine zaghaft.

»Wie kommst du dazu, einfach ungefragt mein Zimmer zu betreten?«, fragte Josie ungehalten, aber noch immer im Flüsterton. »Das gehört sich nicht.«

»Es tut mir leid, ich tue es bestimmt niemals wieder«, antwortete er peinlich berührt. Josie schüttelte den Kopf. *Es kann nicht sein, es darf nicht sein, so etwas gibt es überhaupt nicht*, rauschte es in ihrem Kopf.

»Ich war so allein und da dachte ich...« Ein Knarzen vor der Zimmertüre ließ beide erschrecken. Sie hielten gebannt den Atem an, doch es passierte.....nichts. Nach einer gefühlten Ewigkeit setzte Josie sich erleichtert auf ihr Bett. Sie nestelte an einer Streichholzschachtel herum, um die auf ihrem Nachttisch befindliche Kerze zu entzünden. Der Wasserspeier stand noch immer im fahlen Licht des Mondes. Unruhig trat er von einem Bein auf das andere. Josie bemerkte, dass seine schuppige Haut seltsam feucht glänzte. Sie schimmerte regelrecht und glitt von dem steinernen Grau in Farbtöne über, die sie an mit Seetang bewachsene Ufer erinnerten, wie sie sie so oft in Irland, der Heimat ihrer Mutter, hatte betrachten können.

»Setz dich doch zu mir«, bat Josie freundlich und schlug sanft mit ihrer Handfläche auf die aufwendig bestickte Decke ihres Bettes. Der Kleine kam ihrer Bitte zaghaft nach und setzte sich, noch immer verschüchtert, neben sie. Ihre Befürchtung, dass die Bettdecke Verschmutzungen davontragen könnte, bewahrheitete sich nicht.

Diese Nacht würde Josie niemals wieder vergessen, da war sie sich sicher.

»Warum lebst du?«

»Das weiß ich auch nicht«, antworte Jerome. »Solange ich mich erinnern kann, erwache ich drei Nächte vor Einsetzen des Vollmondes und falle drei Nächte nach Verstreichen desselben in einen tiefen, traumlosen Schlaf zurück.«

»Was ist mit den anderen Wasserspeiern?«, fragte Josie aufgeregt. Ihr ganzer Körper trug eine Gänsehaut, die schmerzte, wenn sie darüber strich, so groß war ihre Anspannung.

»Welche anderen?«, fragte Jerome.

»Die beiden größeren an diesem Haus zum Beispiel«, sagte Josie mit bebender Stimme.

»Nur noch einer dieser beiden erwacht zum Leben in den Vollmondnächten«, antwortete Jerome traurig.

»Wo ist er jetzt?« Josie plagte eine fürchterliche innere Kälte in diesem Moment, ausgelöst durch ihre Aufregung.

»Auch das weiß ich nicht. Sobald die bleierne Schwere aus seinen Schwingen entwichen ist, erhebt er sich in die Dunkelheit. Er spricht niemals und kommt erst kurz vor Morgengrauen zurück. Er ist oftmals sehr spät dran. Vor einiger Zeit hat er es fast nicht mehr geschafft, rechtzeitig auf seinen Sockel zurückzukommen. Eine seiner hinteren Klauen erstarrte in einem Moment, als er sie gerade an sich heranziehen wollte.«

»Nein«, platzte es aus Josie heraus.

»Natürlich, aber niemand hat es bemerkt. Weißt du, die Leute in Paris sind sehr beschäftigt. Kaum ein Mensch beachtet uns oder sieht zu uns herauf.«

»Warum erwacht der dritte Wasserspeier nicht mehr?«, fragte Josie vorsichtig.

»Das weiß niemand. Eigentlich ist es eine Wasserspeierin. Sie wird von allen nur die alte Mademoiselle genannt. Sie kümmerte sich um mich und versorgte mich mit Nahrung, doch eines Tages wachte sie einfach nicht mehr auf. Wir haben alles probiert, alle Tiere der Nacht befragt, aber niemand kannte die Antwort darauf.«

»Das ist sehr traurig«, murmelte Josie betroffen.

»Ja, das ist es, ich vermisse sie unendlich«, erwiderte Jerome mit erstickter Stimme und Tränen flossen seine Wangen hinab.

»Wovon ernährst du dich denn?«, fragte Josie, mehr um ihn abzulenken, als dass es sie wirklich in diesem Moment interessierte.

»Von allem was ich auf den umliegenden Dächern finde oder was mir die alte Eule bringt. Meine Flugkünste lassen leider sehr zu wünschen übrig. Meine Schwingen sind zu klein, um meinen Körper längere Zeit zu tragen.«

»Ich verstehe«, sagte Josie nachdenklich. »Du bist ein Kind, richtig?«

»Ich bin mir nicht sicher, viele behaupten das, aber objektiv gesehen, bin ich mindestens viermal so alt wie du es bist, kleine Josie.«

Josie lachte. »Kleine Josie? Du bist etwa halb so groß wie ich es bin«, neckte sie ihn.

»Ich weiß, ich weiß«, seufzte Jerome und strich mit dem Rücken seiner kleinen Pranke über seine Wangen, um die letzten Tränenspuren zu entfernen. »Möchtest du einen Apfel?«, fragte Josie ihn fürsorglich, »Er ist ganz frisch.«

»Sehr gerne«, antwortete Jerome dankbar und biss herzhaft hinein. »So etwas Gutes bekomme ich selten. Meist kann ich glücklich sein, wenn ich eine halb ausgeweidete Ratte zwischen die Zähne bekomme.« Josie verzog angewidert das Gesicht.

»Das ist nun beendet, ich werde dafür sorgen, dass du immer etwas Gutes bekommst, einverstanden?« Josie streckte Jerome ihre Hand entgegen. »Einverstanden«, flüsterte Jerome mit nun wieder feuchten Augen und erwiderte ihren festen Händedruck.

Josie hielt ihr Versprechen. Die Nächte, in denen Jerome zum Leben erwachte, waren erfüllt von langen Gesprächen, Spielen und gemeinsamen Mitternachtsmahlen. Josie freute sich darüber, endlich einen Freund gefunden zu haben, auch wenn es der wohl außergewöhnlichste Freund war, den jemand haben konnte. Für Josie spielte das keine Rolle, ihr war es irgendwann nicht mal mehr richtig bewusst, dass Jerome so völlig anders war als sie selbst. Lediglich Josies Eltern wunderten sich darüber, dass es einige Tage im Monat gab, an denen Josie außergewöhnlich müde und unkonzentriert war. Sie schoben diesen Umstand darauf, dass ihre kleine Tochter wohl auf den Vollmond reagierte und einfach schlecht schlief, wenn dieser am Himmel stand.

Wenn Josie es einmal nicht schaffte, die ganze Nacht mit Jerome zu verbringen, weil sie schlichtweg einschlief, begnügte er sich damit, die schlafende Josie zu betrachten. Er stellte sich in solchen Nächten vor, wie es sein würde, wäre er von menschlicher Gestalt. Wie würde es sich anfühlen, wenn er ihr seine Liebe gestehen würde? Nichts anderes konnte es sein, wenn er dieses Kribbeln im Bauch und so manches Mal eine lahme Zunge verspürte, wenn sie beieinander saßen. Er hatte sich selbst geschworen, dieses Geheimnis niemals preiszugeben. Er wußte, dass es nicht sein durfte. Er war dankbar für die gemeinsame Zeit und dafür, dass das Schicksal es so gut mit ihm gemeint hatte.

Die Jahre vergingen, Josie wurde älter und ihre nächtlichen Gespräche wandelten sich von kindlichen Neckereien und erfundenen phantasievollen Geschichten zu teils ernsthaften Diskussionen.

Natürlich blieb es Jerome auch nicht erspart, Schwärmereien über den Sohn des Milchmannes oder andere junge Herren zu hören. Jeromes Erwiderungen zu solchen Erzählungen fielen eher knapp aus und er versuchte, das Thema auf etwas anderes und für ihn weniger schmerzhaftes zu lenken. Es fiel im sehr schwer, seine Eifersucht in solchen Momenten im Zaum zu halten.

Bis auf kleinere Zwischenfälle gelang es den beiden, ihr Geheimnis zu bewahren. Als Josie eines Nachts sozusagen auf frischer Tat in der Küche ertappt wurde, rechtfertigte sie dies mit riesigem Hunger, den sie plötzlich und unvermittelt mitten in der Nacht verspürt hatte. Die Schlafzimmer der Eltern befanden sich glücklicherweise im unteren Stockwerk, so dass sie Geräusche, wie Kichereien oder herabfallende Bücher, nicht vernahmen. Bücher fielen besonders oft in einer Zeit, als Josie vorführte, was sie im Benimmunterricht gelernt hatte, nämlich ein Buch auf ihrem Kopf zu balancieren und Haltung zu bewahren. Jeromes Versuche, Haltung zu bewahren, scheiterten leider kläglich.

Josie entwickelte sich zusehends zu einer jungen Frau. Und Jeromes Gefühle für sie wuchsen ebenfalls mit den Jahren. Die Liebe verwandelte sich immer wieder in Schmerz, wenn er nach den Vollmondnächten auf seinen steinernen Sockel zurücksteigen mußte.

Nachdem Josie erfolgreich ihr Studium an der Universität von Paris absolviert hatte und ihren Vater tatkräftig bei seinen Forschungen unterstützte, begegnete ihr ein junger Mann, der nach einiger Zeit um ihre Hand anhielt. Jerome tobte innerlich vor Wut und Enttäuschung, erinnerte sich aber an sein Versprechen, sie niemals wissen zu lassen, was er für sie empfand.

Wie bereits als junges Mädchen, setzte sich Josie energisch durch, ihr Elternhaus nach ihrer Heirat auch weiter zu bewohnen. Ihre Eltern bezogen derweil ein kleineres Haus in der Nähe, in der Hoffnung, sich später um ihre Enkelkinder kümmern zu können. Doch dieser Wunsch blieb ihnen leider verwehrt. Josies Ehe blieb kinderlos. Als sich nach Jahren des langen Wartens keine Schwangerschaft einstellte, verließ Josies Ehemann sie in einer sturmumtobten Nacht ohne ein Wort des Abschieds. Josie zerbrach beinahe an diesem inneren Schmerz und in dem Glauben, versagt zu haben. Doch Jerome stand ihr bei, hörte ihr zu und half ihr, in ihr Leben zurückzufinden.

Josie ging völlig in ihrer Forschungsarbeit auf, lebte und arbeite im Grunde nur auf die Nächte hin, in denen Jerome von seiner Versteinerung erlöst wurde.

Die Zeit zog ins Land. Paris wurde moderner und schnelllebiger. Jerome konnte durch Josies Erzählungen teil daran haben. Es war beinahe so, als würde er es selbst erleben, wenn Josie von Neuerungen, Gebäuden und erschaffenen Denkmälern berichtete.

Jerome war für sie da, als Josie den Verlust ihrer Eltern betrauerte. Josies Vater starb tragisch. Am Weihnachtsmorgen stürzte er die Kellertreppe hinab, als er den am Vortag eingelegten Braten hinauf tragen wollte. Er verlor sein Gleichgewicht und stürzte mit dem Genick auf eine Stufe, so dass es brach. Ein Arzt tröstete Josie und ihre Mutter mit den Worten, dass er nichts gespürt habe und sofort tot war. Josies Mutter wurde mit diesem Verlust nicht fertig und folgte ihrem Mann sieben Monate später, als ihr Herz in einer lauen Sommernacht einfach aufhörte zu schlagen. Josie fand sie bei einem ihrer allabendlichen Besuche für immer schlafend in ihrem Bett.

Danach gab es nur noch Josie und Jerome. Josie brauchte sehr lange, um über den Verlust ihrer Eltern hinwegzukommen, waren sie doch die einzigen Familienangehörigen, die sie in Paris hatte. Der Rest der Familie lebte nach wie vor in London. Diese Kontakte hatte Josie jedoch nie besonders gepflegt. Depressionen und Angstzustände plagten sie noch jahrelang, auch dann noch, als Josie selbst bereits eine alte Frau war. Es gab Tage, da glaubte sie, ihr Lachen niemals wieder finden zu können.

Doch irgendwann waren die Schatten auf ihrer Seele fort. Ihr Arzt hatte ihr Hoffnung gemacht, dass die Symptome im fortgeschrittenen Alter abnehmen oder gar verschwinden könnten. Josie hatte in Dekaden der Nacht, der Angst und des Schmerzes nicht daran geglaubt, nun war es doch geschehen. Einige Tage schon fühlte sie sich befreit, fast beschwingt. Sie legte die alten Platten ihres Vaters auf und tanzte durch das Haus. Sie freute sich fortan über jede Blüte, die sich im Frühling, durch den harten, kalten Boden kämpfte und im Schein des Sonnenlichts erblühte.

Jerome war noch immer da. Er freute sich mit ihr, dass die Dunkelheit aus Josies Leben gewichen war. Er lauschte ihrem wieder erblühten Lachen in ihren gemeinsamen Nächten. Er bemerkte die tiefen Falten in Josies Gesicht, die das Rad der Zeit beharrlich darin gegraben hatte. Jede einzelne liebte er mit einer Tiefe, die nicht in Worte zu fassen war. Die Schönheit ihrer Jugend war für ihn unvergänglich. Er konnte sie noch immer sehen.

Josie beklagte sich eines Tages über immer wiederkehrende Schmerzen in ihrer Brust. Jerome war sehr besorgt und etwas verärgert darüber, dass sie sich vehement weigerte, ihren Arzt aufzusuchen.

»Ich bin nun schon so alt Jerome, da kann so etwas schon einmal vorkommen«, sagte Josie mit einem Augenzwinkern. Ab diesem Tag behielt sie es allerdings für sich, wenn der Schmerz sie plagte. Zum einen wollte sie verhindern, dass Jerome sich sorgte, zum anderen wollte sie einfach nicht mehr mit ihm darüber diskutieren, ob sie einen Arzt aufsuchen sollte oder nicht. Doch Jerome bemerkte genau, wenn Josie sich nicht wohl fühlte. Er sah es an ihren Augen. Aber er respektierte ihren Wunsch und sprach nicht mehr darüber.

Einige Monde vergingen, der Herbst zog ins Land und bunte Blätter tanzten im lauen Herbstwind über die Straßen von Paris.

Jerome schlug die Augen auf und gähnte herzhaft. Er achtete auf die Straßen unterhalb, damit niemand bemerkte, dass er seinen Sockel verließ. Wie gewohnt war das kleine Dachfenster oberhalb seines Sockels geöffnet. »Josie«, rief Jerome glücklich. »Wo bist du denn?«

»Ich bin hier«, vernahm Jerome eine dünne Stimme. Josie lag in ihrem Bett, ein fleckiges Nachthemd verhüllte ihren schwachen Körper. Erst in diesem Augenblick nahm Jerome den beißenden Geruch wahr.

»Jerome, hilf mir, ich bin zu schwach und kann nicht aufstehen.« Jerome wußte, dass die Zeit gekommen war, vor der er sich so fürchtete.

»Die Schmerzen in der Brust?«, fragte Jerome leise. Josie nickte.

»Bitte hilf mir!«, flehte Josie.

Und Jerome war da und half. Er wusch sie, kämmte ihr langes, seidig weißes Haar, das über die Jahre immer dünner geworden war. Er säuberte das Bett und bezog es mit frischer Wäsche, die mit kleinen Blüten bestickt war. Jerome versuchte auch, in der Küche etwas Essbares zuzubereiten, doch Josie hatte keinen Appetit.

Jerome hatte Angst, Angst davor, dass Josie ihn verließ und dass dieser Augenblick kommen würde, während er versteinert auf den Zinnen saß. Doch Josie versprach, dass sie auf ihn warten würde. Auch Josie hatte Angst, fürchterliche Angst, vor dem was kommen oder nicht kommen würde, wenn der Tod in ihr Haus Einzug hielt.

»Jerome«, hauchte Josie.

»Ich bin hier, bei dir«, flüsterte Jerome. Sie spürte seine schuppige Klaue auf ihrer Hand.

»Es tut so weh.« Josies Stimme brach.

»Ich weiß«, flüsterte Jerome erneut. Tränen rannen seine Wangen hinab. Er fühlte Verzweiflung und Hilflosigkeit, drückte ihre Hand ein wenig fester. Die Haut war so samtig und weich. Jerome blickte auf die vielen kleinen, hellbraunen Flecken auf ihrem Handrücken, die rings um seine Klaue vorwitzig hervorlugten und beinahe vor seinen Augen zu tanzen begannen. Josies Haar umrahmte ihr Gesicht. Einzelne

Haare funkelten im Licht des Vollmondes und erinnerten Jerome an in Brokatgewänder eingesponnene Silberfäden, die die Herrschaften in früheren Zeiten getragen hatten. Jerome blickte in Josies Augen, die seinen Blick ebenso suchten. Diese von ihm so geliebten, lebendigen Augen, die in einem einst dunklen Braun funkelten und nun so verschleiert und kraftlos wirkten. Josie versuchte angestrengt, etwas mit ihren Lippen zu formen, doch sie schaffte es nicht mehr. Ein letzter Atemzug, der tief und schwer ihre Lunge verließ, streifte Jeromes Gesicht. Er würde nie erfahren, dass Josie ihm in diesem Moment ihre Liebe gestehen wollte. Das Schicksal war ihnen in dieser schweren Stunde nicht wohl gesonnen.

Jerome hielt noch über Stunden Josies Hand. Der Schmerz erfasste seinen ganzen Körper. Er wollte schreien. Doch es blieb ihm nicht viel Zeit. Er deckte Josie zu, legte ihre Hände über der Decke übereinander und entzündete alle im Haus befindlichen Kerzen. Der Boden des Schlafzimmers glich einem Lichtermeer. Kurz bevor der Morgen graute, befestigte er ein Stück Papier an der Tür, mit einer Aufschrift, die die Passanten dazu aufforderte, die Polizei zu verständigen. So war es Josies Wunsch gewesen.

Einen letzten Blick warf er auf die Liebe seines Lebens, es schien als ob sie nur schliefe. Jerome ertappte sich bei dem Gedanken, dass sie gleich ihre Augen aufschlagen und ihm zulächeln würde. In trauriger Gewissheit schüttelte er seinen Kopf. Wie bei ihrer ersten Begegnung waren seine Ohren nah an den Kopf gepresst. Er senkte sein Haupt.

Ein letztes Mal strich er sanft über Josies kühle Wange, bevor er mit tränenverschwommenen Augen auf seinen Sockel zurückstieg. Er konnte die steinerne Schwere bereits in seinen Zehen spüren. Noch bevor die unerträgliche Kälte sein gebrochenes Herz erreichte und ihn gänzlich zu Stein erstarren ließ, wußte er, warum die alte Mademoiselle ihren Sockel niemals mehr verlassen hatte.

Drachenschwingen

Oliver Plaschka

Der Wasserspeier wusste nicht, wie er aussah, und was er eigentlich war. Er wusste nur, dass er Schwingen besaß, durch die der Wind blies, und er wusste, dass die anderen Wasserspeier nicht waren wie er. Er konnte einige von ihnen sehen, wenn er an seiner Wand hinabblickte: geduckte, plumpe Kreaturen, die keine Schwingen besaßen und ihm keine Antwort gaben, wenn er ihnen zurief. Er war der Einzige seiner Art – auf dieser Seite. Es gab aber noch andere – auf der anderen Seite, die er nicht sehen konnte.

Das hatte ihm Ferdinand erzählt. Von ihm wusste er auch, dass es überhaupt eine andere Seite gab.

»Erzähl mir von der anderen Seite«, bat er.

»Hm«, sagte Ferdinand. »Tja, weißt du, da sind eine Menge Dächer. Noch mal so viele wie hier.«

»Und die Wasserspeier?«, fragte der Wasserspeier. »Wie sehen sie aus?«

»Furchterregend!«, rief Ferdinand. Er hatte seine Barthaare gesträubt, sich auf die Hinterbeine gesetzt und versucht, ihm Angst einzujagen, was natürlich nicht ging, denn eine Maus kann einem Wasserspeier keine Angst einjagen.

»Haben Sie Hörner? Klauen und Mäuler?«

»Ja, einige, vielleicht«, sagte Ferdinand, in keiner bestimmten Reihenfolge, und der Wasserspeier versuchte, es sich vorzustellen.

»Und Schwingen? Haben sie Schwingen?«

»Hm«, sagte Ferdinand. »Da müsste ich noch mal schauen gehen. Soll ich schauen?«

»Nein«, sagte der Wasserspeier. »Bleib.« Er wusste, wenn Ferdinand ginge, würde er vergessen, dass er hatte zurückkommen wollen, und er hatte nicht viele

Gesprächspartner. Außer Ferdinand und seiner Familie kamen nur die Tauben zu ihm, und die meisten Tauben waren ziemlich dumm und hinterließen Schmutz auf den Steinen.

»Haben sie je zu dir gesprochen?«

»Nein«, sagte Ferdinand. »Ganz sicher nicht. Du bist der Einzige.«

Das hatte den Wasserspeier erst stolz gemacht, aber er hatte sich auch gefragt, wie das sein konnte – und nachdem er eine Weile darüber nachgedacht hatte, fand er, dass es auch ein wenig traurig war.

»Erzählst du's mir, wenn einer der anderen etwas sagt?«, fragte er.

»Ja sicher!«, versprach Ferdinand, und entschuldigte sich dann, um Essen für seine Familie zu suchen. Seine Familie war ziemlich groß, und er verbrachte viel Zeit mit der Suche.

Der Wasserspeier hatte nie Hunger oder Durst. Er hatte Freude daran, wenn der Regen durch sein Maul rann und in einem weiten Bogen nach unten sprudelte, aber er hatte nie das Verlangen verspürt, das Wasser zu trinken, so wie Menschen das tun.

Natürlich wusste er, was Menschen waren: Er sah sie jeden Tag, und er hatte die vage Vorstellung, dass Menschen dieses ganze Dächermeer, das sich vor ihm erstreckte, gebaut hatten, auch wenn es ihm ein Rätsel war, wie so unverständige Wesen eine solche Unendlichkeit hatten errichten können. Überall wuselten sie in den Straßen, immer wieder bauten sie ein neues Dach oder rissen ein altes ein, und überhaupt taten sie viele seltsame Dinge.

Ein wenig, fand der Wasserspeier, waren die Menschen wie Tauben. Sie bewegten sich gerne in großen Gruppen und machten eine Menge Lärm und Dreck dabei. Unablässig redeten sie, in einem monotonen Gleichklang von Lauten; und wenn er ganz genau zuhörte, konnte der Wasserspeier sogar verstehen, was die Menschen miteinander sprachen, auch wenn Ferdinand oder die Tauben ihm das nicht glaubten. Die meisten Tauben glaubten nicht einmal, dass Menschen überhaupt vernunftbegabt waren.

»Puh! Menschen«, entrüstete sich eine Taube, als der Wasserspeier sie erstmals mit dieser These konfrontierte. »Dumme Menschen! Puh!«

»Sie sind euch gar nicht mal so unähnlich«, hatte der Wasserspeier eingewandt, und die Taube hatte mit den Flügeln geflattert und den Stein, auf dem sie saß, beschmutzt. »Puh! Puh!«, hatte sie gerufen, und mehr war ihr dazu nicht eingefallen.

Dem Wasserspeier aber war es egal, ob die Tauben ihm glaubten oder nicht. Er war eigentlich ganz froh, wenn Menschen nahe genug kamen, um sie zu belauschen. Schließlich hatte er oft tagelang keine Gesellschaft, manchmal wochenlang, gerade in den Wintermonaten, wenn die Eiszapfen von seinen Fängen hingen und seine Schwingen schwer waren von Schnee. Aber im Sommer fanden hin und wieder Menschen den Weg auf die große Terrasse schräg unter ihm, und aus ihren Gesprächen hatte der Wasserspeier eine Menge gelernt – zum Beispiel, dass er sich auf einer Kirche befand.

Er hätte die Menschen gerne gefragt, was eine Kirche war. Er hätte sie gerne so vieles gefragt; aber die Menschen konnten ihn nicht verstehen.

»Weißt du, was eine Kirche ist?«, fragte der Wasserspeier Ferdinand.

»Hm«, sagte Ferdinand. Er war gerade auf dem Rückweg gewesen und hatte einen großen Krumen im Maul. Jetzt legte er ihn weg und überlegte. Er hatte gerade zum vierten oder fünften Mal Kinder bekommen und war eine Menge Fragen gewohnt.

»Also, eine Kirche, da reden die Menschen mit Gott«, sagte Ferdinand.

»Gott?«, fragte der Wasserspeier. »Wer ist das?«

»Na, Gott eben«, sagte Ferdinand. »Der wohnt im Himmel.«

»Im Himmel? Die Tauben haben nie von ihm erzählt.«

»Das liegt daran, dass die Tauben dumm sind«, erklärte Ferdinand. »Gott ist aber nicht dumm. Er weiß alles, sieht alles, und hört einem immer zu.«

»Wer sagt denn so was?«, fragte der Wasserspeier, denn die Vorstellung schien ihm eigenartig und auch ein wenig unheimlich.

»Das hat mir meine Mutter beigebracht«, sagte Ferdinand.

»Und die Menschen reden mit ihm?«

Ferdinand nickte. »Pass auf!« Dann senkte er seinen Kopf und faltete umständlich die Pfoten auf dem Bauch zusammen. »Ungefähr so.«

»Und was reden sie?«

»Keine Ahnung«, gestand Ferdinand und entspannte sich wieder. »Ich verstehe sie nicht. Du sagst doch, du könntest sie verstehen.«

»Ach«, klagte der Wasserspeier, »ich wünschte, ich könnte mit ihnen reden. Oder noch besser, mit Gott! Er könnte mir sagen, was ich eigentlich bin.«

»Du bist ein Wasserspeier«, half Ferdinand ihm aus.

»Klar bin ich das. Aber was für einer? Wie sehe ich aus?«

»Er könnte dir da sicher helfen«, bekräftigte Ferdinand.

»Es ist wirklich wie verhext.«

»Sag das nicht«, bat Ferdinand.

»Was?«, fragte der Wasserspeier.

»Hm, dieses Wort. Wo hast du das gelernt? Nur Katzen glauben an Hexerei, weißt du.«

»Tut mir leid«, sagte der Wasserspeier. »Ein Mensch muss es benutzt haben.«

»Ist schon gut«, sagte Ferdinand und nahm seinen Krumen. »Ich muss jetzt auch weiter.«

»Ich war einmal eine große Zauberin«, sagte die Katze.

Der Wasserspeier musterte sie sorgsam aus den Augenwinkeln.

»Und wie kommt es dann, dass du jetzt eine Katze bist?«, fragte er.

Die Katze setzte sich hin, reckte ihren Kopf und blickte gebieterisch auf die abendliche Stadt hinab. Ihre schwarzen Pfoten hatte sie vor die schwarze Brust gestellt und alles an ihr war schwarz in schwarz bis auf die Augen, die die Farbe der untergehenden Sonne hatten.

»Einige Dinge haben nicht ganz so funktioniert, wie ich mir das vorgestellt habe.«

»Bleibt man denn nicht sein Leben lang, was man ist?«, fragte der Wasserspeier.

»Wie kleinlich«, sagte die Katze. »Natürlich nicht.«

»Aber wie kann das sein?«

»Alles«, sagte die Katze, und zuckte unmerklich mit den Ohren, als sich irgendwo unter ihr eine Taube regte, »ist immer im Wandel. Nichts bleibt, wie es ist, und nichts ist für die Ewigkeit.«

»Ewigkeit«, sagte der Wasserspeier. »Das ist ein schönes Wort.«

»Es ist überbewertet«, sagte die Katze und verfolgte die Menschen, die tief unter ihr durch die Straßen strömten.

»Wer hat dich zu einer Katze gemacht?«, fragte der Wasserspeier. »Gott?«

Die Katze lachte. Es ist ein seltsames Geräusch, wenn Katzen lachen, vor allem, wenn es kein aufrichtiges Lachen ist. Ein paar Mäusejungen wachten in ihren Nestern auf, weil sich ihnen die Haare sträubten, und die Taube unter ihr legte vor Schreck ein Ei.

»Du musst noch viel lernen«, sagte die Katze und strich dem Wasserspeier um die Beine. »Ich muss jetzt gehen. Bewach schön deine Kirche.«

»Das tue ich«, versprach der Wasserspeier. »Wohin gehst du?«

»Ich weiß nicht«, sagte die Katze, bevor sie verschwand. »Ich weiß es einfach nicht.«

»Die Katze sagte, alles verändere sich«, erklärte der Wasserspeier Ferdinand, als er ihn eines Tages wiedersah. »Ich frage mich, ob ich auch einmal etwas anderes war als ein Wasserspeier.«

»Du redest mit Katzen?«, entsetzte sich Ferdinand. »Das solltest du nicht tun.«

»Ich weiß«, sagte der Wasserspeier. »Aber ich war neugierig nach dem, was du mir letztes Mal erzählt hast. Und du hattest recht.«

»Recht mit was?«, fragte Ferdinand.

»Dass Katzen an Hexerei glauben.«

»Das tun sie?«

»Es waren deine Worte.«

»Hm«, überlegte Ferdinand. »Tja, weißt du, ich glaube, das waren die Worte meines Vaters. Er kannte sich gut mit so was aus.«

»Dein Vater?«, staunte der Wasserspeier. »Bist du denn nicht Ferdinand?«

»Oh, ich bin schon Ferdinand«, versicherte ihm Ferdinand. »Bloß nicht der, mit dem du geredet hast. Wir haben eine Menge Ferdinands in unserer Familie.«

»Oh«, sagte der Wasserspeier. »Das wusste ich nicht. Wie geht es ihm?«

»Er ist letzten Herbst gestorben«, sagte Ferdinand.

Der Wasserspeier schwieg betroffen, denn er glaubte, dass er nun verstand, was die Katze gemeint hatte.

»Das tut mir sehr leid«, sagte er.

»Das muss es nicht«, sagte Ferdinand. »Er hatte ein erfülltes Leben.«

»Was ist das, ein erfülltes Leben?«

»Tja, weißt du«, grübelte Ferdinand und zwirbelte sich seine Barthaare. »Er hatte um die siebzehn Kinder, die meisten davon Ferdinands, wenn ich jetzt keinen vergessen habe.«

»Kinder«, sagte der Wasserspeier. Er wusste, was Kinder waren, und irgendwie wusste er auch, dass er nie welche haben würde – schon, weil er der Einzige seiner Art war. Er fragte sich, wie viele von Ferdinands

Vätern er schon kennengelernt hatte, ohne es zu merken.

»Könntet ihr euch nicht vielleicht Nummern geben?«, schlug er vor. »Die Menschen tun das mit ihren Königen. Es scheint eine große Ehre zu sein.«

»Hm«, sagte Ferdinand. »Ich wäre dann also beispielsweise Ferdinand V.?«

»Beispielsweise«, sagte der Wasserspeier, denn er wusste ja auch nicht, der wievielte Ferdinand Ferdinand war.

»Das gefällt mir«, rief Ferdinand. »Ich schlage es den anderen vor. Bis bald!«

»Bis bald«, sagte der Wasserspeier.

Die Jahre kamen und gingen. Der Wasserspeier wusste das, weil es kälter wurde und wieder wärmer, und der Wind in seinen Schwingen stürmisch blies und wieder sanfter, und natürlich sah er, wie die Bäume unten in der Stadt wuchsen und ihre Kleider wechselten, genau wie die Menschen. Der Wasserspeier tat nichts von alledem, und er zählte auch keine Tage, so wie wir das tun. Er kannte auch keinen Kalender. Die Zeit vergeht anders, wenn man auf einem Sockel an der Außenwand einer Kirche sitzt.

Etwas aber änderte sich doch: Feines Moos breitete sich über den Sockel des Wasserspeiers aus, der Wind blies Sand herbei, der sich zwischen seinen Zehen fing, und in dem Sand wuchs eines Tages eine kleine gelbe Blume. Im nächsten Winter starb sie zwar, doch im Sommer war sie wieder da. Am Anfang freute sich der Wasserspeier darüber, und die Wurzeln kitzelten seine Zehen. Doch als die Wurzeln immer drängender in seinen Stein stießen und er sah, dass die Wand unter ihm schon voller Blumen war, begann er doch, sich Sorgen zu machen.

Dann kamen die Menschen und bauten ein Gerüst um die Kirche. Erst auf der anderen Seite, dann auf seiner. Einer von ihnen, ein alter Mann, richtete sich in einem kleinen Turmzimmer ein, und sein Hämmern und Schleifen und Sägen und Meißeln lag den ganzen Tag in der Luft. Für die Mäuse war es eine gute Zeit, denn der Mann brachte viel Essen mit. Der Wasserspeier aber hatte Bedenken, so wie wir Bedenken vor einem Zahnarztbesuch haben.

Eines Tages kam er zur ihm, und mit viel Ach und Krach und einem Flaschenzug und einem Wägelchen löste der Mann den Wasserspeier von seinem Sockel und nahm ihn mit sich.

Für den Wasserspeier war es das Aufregendste, was er jemals erlebt hatte. Nie hätte er gedacht, dass er seinen Sockel einmal verlassen würde, und er hoffte, vielleicht einen kurzen Blick – einen ganz kurzen Blick – auf die andere Seite werfen zu können. Der Mann aber brachte ihn direkt in sein Turmzimmer. Dort stand er für die nächsten Wochen – oder waren es Monate? – inmitten von Staub und von Sägespänen und unheimlichen Werkzeugen und sah dem Mann bei der Arbeit zu. Der Mann redete eine Menge, aber der Wasserspeier merkte schnell, dass er nur mit sich selbst sprach, und auch, wenn er mit dem Wasserspeier sprach, war es dasselbe, denn er verstand nicht, was der Wasserspeier ihm antwortete; darum ließ er es.

»Du bist mir ja ein Hübscher«, sagte der Mann, während er ihn von Moos und Taubendreck befreite. Das sagte er häufig, und anfangs schmeichelte es dem Wasserspeier. Bald aber nahm er es kaum noch wahr.

»Ein richtiges Prachtexemplar – feine Pranken, die du da hast, und echte Drachenschwingen. Die stärksten Schwingen, die es gibt.«

Das erregte des Wasserspeiers Aufmerksamkeit. Endlich hatte er einen Hinweis darauf bekommen, wie er aussah, und er hoffte inniglich, dass der Mann ihm mehr verraten würde. Er hatte mittlerweile aufgeschnappt, dass die meisten Wasserspeier Mischwesen waren, den Geschöpfen der fernen Wälder, Meere und der Luft nachempfunden. Es gab Löwenleiber und Bärenpranken, Wolfszähne und Schlangenzungen, Widderhörner, Rückenflossen, Adlerschnäbel und und und.

Aber das Einzige, was er nun mit Sicherheit wusste, war, dass er Drachenschwingen besaß.

Es gefiel ihm.

Als der Winter kam und die Tage kürzer wurden, arbeitete der alte Mann oft bis tief in die Nacht. Dazu entzündete er eine helle Lampe, in deren Licht er Pläne und Schablonen anfertigte, und trank Tee aus einem Topf, der von einer kleinen Kerze warmgehalten wurde. In den Tee schüttete er noch etwas anderes, und dazu rauchte er Pfeife, und dazu wiederum murmelte er vor sich hin.

»Vor langer Zeit«, murmelte er eines Abends, während er mit seiner Brille ganz dicht vor ihm stand und mit einem feinen Pinsel Staub von ihm pinselte, »soll in eben diesem Zimmer ein Zauberer gelebt haben. Ein echter Zauberer, mit spitzem Hut und allem – in einer Kirche, hat man so was schon gehört! Als Kind war er ein Freund des Bischofs gewesen, nur dass sie später unterschiedliche Berufe ergriffen, man weiß ja, wie das geht ... Er benutzte dieses Zimmer für seine Wetterstudien, und manchmal half er dem Bischof aus. Soll ein verflixt guter Orgelspieler gewesen sein, alles in allem also gar kein schlechter Kerl, für einen Zauberer ...

Wie alle Zauberer aber war er von Grund auf eitel, und das war wirklich ein Pech, denn er war hässlich wie die Nacht und hatte es nie hinbekommen, sich schöner zu zaubern oder so. Dummerweise hatte er jedoch ein Auge auf ein Mädchen geworfen, das sonntags immer zum Gottesdienst kam ... Er beobachtete sie durch sein Fernrohr. Eines Tages war das Mädchen sehr traurig, und er brachte in Erfahrung, dass sie einen jungen Kerl liebte, der ein unnachahmliches Talent hatte, sich in Schwierigkeiten zu bringen – er war drauf und dran, zur Belustigung der ganzen Stadt einen Kopf kürzer gemacht zu werden ... Dem Zauberer war das herzlich egal, aber das Mädchen war ihm nicht egal, also bot er ihr an, zu helfen, wenn sie ihm dafür ihr Wort gäbe, den Jungen zu vergessen und den Rest ihres Lebens mit ihm zu verbringen. Zauberer sind so, sie denken immer gleich in so großen Maßstäben ...

Das Mädchen willigte ein – was sollte sie auch tun? – und der Zauberer zog beim Bischof ein paar Fäden. Der junge Taugenichts kam frei. Natürlich war er nicht allzu erfreut, als er erfuhr, auf was für einen Handel sich seine Liebste eingelassen hatte. Aber weißt du, wenn es um dumme Entscheidungen geht, stehen junge Mädchen alten Zauberern in nichts nach. Wo war ich ...?

Der Junge kam also dahinter, und er suchte den Zauberer auf, und angeblich hat er sich vorher selbst den ein oder anderen Trick beigebracht. Er kam in letzter Sekunde – der Zauberer hatte nämlich schon einen Trunk zubereitet, der den, wer auch immer ihn trank, alles vergessen lassen würde, was er oder sie je gekannt und geliebt hatte. Es muss eine ziemlich peinliche Situation für alle gewesen sein, wie sie da standen, an ihr Wort oder ihren Stolz oder ihre Liebe gebunden, jeder von ihnen drauf und dran, den anderen in einen Frosch oder einen Eimer Grütze zu verwandeln, und wenn man in einer Kirche zu zaubern versucht, weiß man ohnehin nie, was dabei herauskommt ... Ja, so war das ...«

Und dann war sein Gemurmel abgeebbt wie das Gegurre der Tauben, wenn sie sich am Abend alle Neuigkeiten des Tages erzählt hatten und schlafen gingen. Er hatte seinen Pinsel weggelegt, sich an seinen Tisch gesetzt, die Beine hochgelegt und zu schnarchen begonnen.

»Er hat dir nicht erzählt, wie die Geschichte ausging?«, fragte Ferdinand XIV., als der Wasserspeier ihm eines Tages davon erzählte. Das Gerüst war da schon lange wieder abgebaut, der Wasserspeier saß frisch herausgeputzt auf einem sauberen Sockel, und den alten Mann hatte er nicht mehr gesehen.

»Nein«, sagte er. »Leider nicht.«

»Oh«, sagte Ferdinand, und legte enttäuscht den Kopf auf die Seite. »Oh.«

»Es ist schade«, sagte der Wasserspeier, »ich weiß. Was glaubst du, wie die Geschichte ausging?«

»Hm«, sagte Ferdinand und kratzte sich am Kinn, »also vielleicht hat der Zauberer den Jungen in einen Käse verwandelt, und dann hat er sich selbst in eine Maus verwandelt und den Käse gefressen. Oder der

Junge hat den Zauberer verwandelt, zum Beispiel in eine Katze, und ihn von der Kirche geschubst. Oder sie haben sich geeinigt und das Mädchen verwandelt. Aber vielleicht hat das Mädchen sich auch selbst verwandelt, zum Beispiel in eine Taube, und ist davongeflogen.«

»Ich glaube, dieses Ende gefällt mir am besten«, sagte der Wasserspeier. Er war sich relativ sicher, dass Ferdinand XIV. damit auch so ziemlich alle Möglichkeiten verbraucht hatte, die er sich denken konnte.

»Glaubst du denn, dass das geht?«, fragte Ferdinand XIV. »Jemanden einfach so in etwas anderes verwandeln?«

»Ich kannte einmal eine Katze, die das glaubte«, sagte der Wasserspeier.

»Grundgütiger«, hauchte Ferdinand XIV. »Du erzählst ihr aber nicht, was ich eben gesagt habe, oder?«

»Keine Sorge«, sagte der Wasserspeier. »Sie war schon sehr lange nicht mehr hier.«

»Hm«, sagte Ferdinand XIV, »na dann bin ich ja beruhigt«, und zog wieder seiner Wege.

Der Wasserspeier aber dachte noch lange darüber nach, ob er vielleicht einmal etwas anderes gewesen war als ein Wasserspeier und sich bloß nicht mehr daran erinnern konnte. Er fragte sich, welcher der drei Leute aus der Geschichte er am liebsten wäre, und weshalb.

Als der Wasserspeier den alten Mann mit seinem Pinsel beinahe vergessen hatte, wurde wieder ein Gerüst um die Kirche gebaut. Es war viel geschehen in der Zwischenzeit; einen Krieg hatte es gegeben, die Menschen hatten jetzt blitzende Kästen, mit denen sie durch den Himmel flogen (der Wasserspeier fragte sich, ob sie dabei Gott getroffen hatten); und einmal, da war sogar der Blitz in die Kirche eingeschlagen.

Diesmal aber bauten die Menschen das Gerüst nur auf der anderen Seite auf, die der Wasserspeier noch immer nicht gesehen hatte, und er wurde traurig, weil er dachte, dass man ihn vergessen hatte, obwohl auf seinem Sockel schon wieder das Moos wuchs; und eine Weile schmollte er, genauso, wie auch wir es tun, wenn wir das Gefühl haben, dass sich niemand mehr für uns interessiert. Er sprach nicht mehr, nicht mit Ferdinand, und schon gar nicht mit den Tauben.

»Du bist mir ja ein Hübscher«, sagte da eines Abends ein Mädchen und setzte sich neben ihn. Der Wasserspeier, der gerade der Sonne beim Untergehen zugesehen hatte, erschrak so sehr, dass er zusammenzuckte. Ein kleines bisschen zwar nur, aber immerhin.

»Meinst du mich?«, fragte er.

»Siehst du sonst noch jemanden hier?«, erwiderte das Mädchen und kicherte. »Selbstgespräche führe ich noch keine!«

»Aber wo kommst du auf einmal her?«

»Ich bin das Gerüst hochgeklettert«, sagte das Mädchen und kicherte wieder. Sie trug einen bunten Rock und einen alten Strickpulli und einen riesigen Schal und hatte eine Menge seltsamer Dinge in ihrem Haar, so dass es aussah, als habe ihr der Herbst die Kleider an den Leib geweht. Der Wasserspeier hatte noch nie jemanden wie sie gesehen, und dass sie verstand, was er sagte, brachte ihn ganz durcheinander.

Das Mädchen packte eine Rolle Schokoladenkekse aus.

»Möchtest du einen?«

»Nein danke«, sagte der Wasserspeier. »Aber du kannst was für die Mäuse da lassen, wenn du möchtest.«

Das Mädchen brach ein Keksstück ab und schnippte es hinter sich. »Kalt hast du's hier«, sagte sie. Dann rutschte sie etwas näher an den Wasserspeier heran und ließ ihre Beine über den Rand des Sockels baumeln. Der Wasserspeier war glücklich, so glücklich, dass er gar nicht wusste, was er sagen sollte. Eine Weile sahen sie gemeinsam auf die Stadt hinab. Dann deutete das Mädchen in den nächtlichen Himmel.

»Hast du gehört, dass wir jetzt bis zum Mond fliegen können?«, fragte sie. »Wahnsinn. Stell dir nur vor! Bis zum Mond – und wieder zurück.«

Der Wasserspeier betrachtete den Mond, der groß und voll über ihm hing. »Ihr Menschen könnt eine Menge Dinge«, sagte er kleinlaut. »Ich kann nicht einmal bis zu den Türmen dort hinten fliegen. Und dabei habe ich Drachenschwingen.«

»So?«, fragte das Mädchen und warf ihm einen erstaunten Blick zu. »Stimmt, jetzt wo du's sagst – ich dachte zuerst an eine Fledermaus, aber das sind eindeutig Drachenschwingen.«

»Ich habe sie noch nie benutzt.«

»Weißt du«, sagte das Mädchen, »es hat auch sein Gutes, wenn man aus Stein ist. Du wirst noch hier sein, wenn die Welt, wie wir sie kennen, lange untergegangen ist.« Das schien sie zu bekümmern, und eine Weile brütete sie darüber nach. Der Wasserspeier seinerseits malte sich aus, wie so eine untergegangene Welt wohl aussehen könnte, und träumte von Kathedralen tief unter dem Meer, wo die Fische zwischen den Türmen schwammen und Algen, nicht

Moos, an den Mauern wuchs, und die Wasserspeier auf ihren Sockeln den großen Ozean selbst atmeten.

»Vielleicht hast du recht«, sagte er nach einer Weile.

»Hm?«, meinte das Mädchen, aus ihren Gedanken gerissen, und klang fast ein wenig wie Ferdinand. »Weißt du, du könntest schon fliegen«, sagte sie dann und spielte mit einem der Eisenstifte, die den Wasserspeier auf seinem Sockel hielten. »Diese Dinger hier sind ziemlich lose. Ich würde sie aber nicht herausziehen, wenn ich du wäre.«

»Nein«, sagte der Wasserspeier. »Besser nicht.« Er überlegte. »Würdest du mir einen Gefallen tun? Du bist der erste Mensch, der mir zuhört und mich versteht!«

»Na, wenn das kein Kompliment ist«, lachte das Mädchen. »Was soll ich tun?«

»Geh hinüber zur anderen Seite und beschreibe mir ganz genau, was du siehst«, sagte der Wasserspeier. »Ich will alles wissen! Wie die Dächer aussehen und wie viele Türme es gibt. Ob sie auch Parks haben oder einen Fluss. Ich will wissen, ob die Stadt bis zum Horizont reicht und welche Farbe die Sonne hat, wenn sie aufgeht.«

»Mir scheint, es wird eine lange Nacht«, sagte das Mädchen. »Aber wahrscheinlich sollte ich das Gerüst ohnehin nicht im Dunkeln herunterklettern.«

»Nein«, sagte der Wasserspeier noch einmal. »Besser nicht.«

»Und es gibt ein riesiges Hochhaus, das nur aus Fenstern besteht, in denen sich die Lichter spiegeln. Auf dem Platz vor der Kirche steht der Brunnen, aus dem die Tauben immer trinken, und das laute

Geräusch, das wir manchmal hören, kommt von den großen Schiffen auf dem Fluss.«

»Hm«, sagte Ferdinand und schaute unschlüssig von der einen zur anderen Seite. »Tja, weißt du, das wusste ich.«

»Aber du hast es mir nie erzählt!«, rief der Wasserspeier. »Natürlich meine ich nicht dich, sondern den anderen Ferdinand«, fügte er entschuldigend hinzu. »Den ersten.«

»Wie meinst du das, den ersten?«

»Ferdinand der wievielte bist du denn?«

»Ich«, sagte Ferdinand und machte eine tiefe Verbeugung, »bin Ferdinand LXXXVIII.«

»Oh«, sagte der Wasserspeier. »So lange wart ihr schon nicht mehr hier?«

»Ich weiß nicht, was du meinst«, sagte Ferdinand. »Ich war noch nie hier oben. Ich war mir nicht einmal sicher, ob es ein noch höheres Oben gibt. Wie meintest du das jetzt, du kanntest den ersten von uns? Kanntest du wirklich Ferdinand I.?«

»Wahrscheinlich kannte ich sogar seine Väter«, seufzte der Wasserspeier. »Aber ja, ich kannte ihn.«

»Das ist ja unglaublich!«, rief Ferdinand und nahm neben ihm Platz. »Und, wie war er?«

»Weißt du«, sagte der Wasserspeier und blickte wieder auf die Stadt hinaus, wo die Menschen ihre Häuser einrissen und wieder aufbauten und die Bäume ihre Kleider abwarfen und wieder anlegten. »Jemand hat einmal gesagt, alles ändere sich, und ich habe das damals geglaubt. Mittlerweile weiß ich nicht mehr, ob das wirklich stimmt. Eigentlich bleibt sich doch alles gleich.«

»Hm«, sagte Ferdinand. »Tja.«

Der Wasserspeier sah, dass er immer noch hoffte, etwas über den ersten Ferdinand zu erfahren, und dachte nach. Dann fiel ihm etwas ein.

»Ich weiß«, sagte er, »dass er ein erfülltes Leben hatte.«

Das Kind war ganz plötzlich da gewesen, der Wasserspeier wusste nicht, woher. Vor ein paar Jahren hatte man diesen Teil der Kirche für Besucher freigegeben, aber es kamen nur selten Menschen so hoch; die meisten blieben auf der großen Terrasse schräg unter ihm. Von zwei Jungen hatte er einmal aufgeschnappt, dass es zweihundertneunundsechzig Stufen bis zu dieser Terrasse waren.

Der Wasserspeier hatte sich die letzten Jahre nicht mehr viel unterhalten. Die Tauben hatten immer nur dasselbe zu berichten, und die Mäuse waren irgendwann mit ihrer Zählung durcheinander gekommen und hatten sie abgeschafft. Das kam dem Wasserspeier ein wenig wie Verrat vor, weniger an ihm als an jenem Ferdinand, der die Zählung damals eingeführt hatte. Es wuchsen wieder gelbe Blumen auf der Mauer, und der Wasserspeier fragte sich, ob eines Tages wieder ein Mann mit einer Brille und einem Pinsel kommen würde, der ihn mitnahm, ihn säuberte und ihm Geschichten erzählte. Am meisten aber vermisste er das Mädchen, das damals die Nacht bei ihm auf der Kirche verbracht hatte. Er hatte sie nie wiedergesehen, aber er hatte sich gemerkt, wie groß die Bäume im Park damals gewesen waren. Mittlerweile wuchsen dort andere Bäume.

»He«, sagte er, »pass auf«, denn das Kind hatte den rostigen Eisenstift in seinem Sockel entdeckt und begann, damit herumzuspielen. Aber das Kind hörte nicht, und ruhig sah der Wasserspeier zu, wie die kleinen Finger den Stift herauszogen. Das Kind staunte, wie lang der Stift war, und legte ihn dem Wasserspeier zwischen die Füße.

»Hier«, sagte der Wasserspeier und nickte unmerklich mit dem Kopf. »Hier ist noch einer.«

Das Kind fand auch den anderen Stift, der ebenfalls verrostet war, und zog auch ihn heraus.

Dann gab es auf einmal lautes Geschimpfe, und die Mutter trat auf die kleine Terrasse und zog ihr Kind an der Hand mit sich davon.

Der Wasserspeier wartete.

Der Wind blies wild und wieder sanfter, und es war ein gutes Gefühl, denn der Wasserspeier fühlte sich freier, als er jemals gewesen war, und lockerte erwartungsvoll seine Schwingen. Er fragte sich, ob er es schaffen würde, einen Blick auf die andere Seite zu erhaschen, oder gar bis zum Mond zu fliegen, so wie in der Geschichte, die das Mädchen ihm damals erzählt hatte.

Dann kam die Zeit der großen Herbststürme, die Bäume unten im Park warfen all ihre Blätter ab, und eines Nachts, als der Mond groß und voll vor ihm am Himmel stand, breitete der Wasserspeier seine Schwingen weit aus und flog los.

Ich habe Drachenschwingen, dachte er und fühlte den Wind in ihnen pfeifen. Das sind die stärksten Schwingen, die es gibt, und ich fliege damit, so weit ich will.

Bis zum Mond – und wieder zurück.

Pantomimenflüstern

oder Die gefährlichen Reflektionen von Paris

Fabienne Siegmund

Eine Laterne flackerte und warf ihr unstetes Licht auf die gepflasterte Uferpromenade. Die Seine flüsterte, wie Flüsse es in der Nacht immer taten, von den Geheimnissen, die sie kannten und die nur wenige außer ihnen verstanden. Die beiden Gestalten standen unweit der Laterne, über ihnen der Schatten Notre Dames.

»Sie ist zersprungen wie Porzellan«, sagte eine von ihnen.

»Ich würde eher sagen, sie ist zerbrochen wie Glas.«

»Ist das nicht einerlei? Wenn der Vogel stirbt, bleibt nur der leere Käfig.«

Schweigen, nur die Seine flüsterte weiter.

»Was machen wir jetzt mit ihr?«, erkundigte sich die Zweite.

Die andere gab keine Antwort und die Gestalt, die gefragt hatte, wusste, was das hieß. Sie ließen sie einfach hier.

Als sie gingen, blieben nur die flackernde Laterne und die wispernde Seine, die ein weiteres Geheimnis flüsternd davon trug.

***

Luc fuhr sich durch die schwarzen, wild durcheinander liegenden Haare und betrachtete sich im Spiegel. Nein, es war sinnlos – er bekam sie nicht in Ordnung, nicht mit Kamm, nicht mit Pomade und nicht mit den Händen. Aber später würde es ohnehin niemand mehr sehen. Die Melone lag schon auf dem Stuhl neben der Tür. Er strich die schwarze Hose mit den feinen Nadelstreifen noch einmal glatt und zupfte das ebenso schwarze Hemd zurecht. Dann nahm er den schwarzen

Kajalstift und zeichnete eine Träne unter das linke Auge, wo sie wie ein Onyx im Schnee auf seinem weiß geschminkten Gesicht mit den roten Lippen leuchtete. Spielerisch machte er eine Verbeugung vor dem silbernen Glas, zauberte eine Rosenblüte aus der Hosentasche. Aber der Spiegel war ein stummer Zuschauer und sein Abbild tat nur, was er tat. Luc zog eine Grimasse. Was kümmerte ihn der Spiegel. Er mochte Spiegel ohnehin nicht. Er hielt sie für gefährlich. Immer, wenn er hineinsah, hatte er das Gefühl, etwas von ihm würde dort bleiben.

Aber die Spiegel waren ihm zumeist noch lieber als die Menschen, vor denen er auftrat und deren Spott oder Wohlwollen er sich aussetzte, Tag für Tag. Auch heute würde er wieder tanzen - nur, dass er heute nicht unten in Montmartre sein würde, wie sonst. Die Mädchen des Moulin Rouge, denen er sonst die bitteren Morgenstunden versüßte, würden ihn heute nicht sehen. So wie sie ihn jedes Jahr einmal nicht sahen. Er glaubte nicht, dass es ihnen auffiel. Gut, vielleicht Catherine, mit der er angebändelt hatte.

Er zog die Fliege, rot wie seine Lippen, am Hemdkragen gerade. Nein, heute würden die Mädchen ihn nicht sehen. Heute würde er für Notre Dame spielen und tanzen, so wie jedes Jahr an diesem Tag, auch wenn es bedeutete, dass er heute Abend hungrig ins Bett gehen würde. Montmartre war das erträglichere Pflaster. Heute würde er nur den Wasserspeiern ein Schauspiel bieten und vielleicht noch ein paar Gläubigen, die ihre Wünsche, Hoffnungen und Gebete in der Kathedrale in den Himmel geschickt hatten.

Mit einem Seufzen griff Luc nach dem Hut. Was brachte es, darüber nachzudenken. Er würde vor den Wasserspeiern tanzen und spielen. Denn einer von ihnen hatte für ihn das Gesicht seiner Mutter, die damals vor der Kathedrale gestorben war. Luc wusste nicht wie, er wusste nur, dass man sie dort gefunden hatte und dass er seither jedes Jahr dort tanzte, denn Notre Dame war der einzige Ort, an dem er seine Mutter noch besuchen konnte. Wo ihr Körper war, hatte man ihm nicht gesagt. Als er angekommen war, hatte man sie schon weggebracht und weil sie arm waren, hatte er sie nicht zu einer Bestattung wiedergesehen. Aber als er an Notre Dame hochgesehen hatte, war sie da gewesen – in dem steinernen Gesicht eines Wasserspeiers. Dort waren ihre Augen, und deshalb tanzte er dort, an jedem Jahrestag ihres Todes. Und eigentlich war er froh darüber. Unter ihren Augen war er ein wahrer Pantomime. Sie applaudierte mit Blicken und lobte ihn mit stummem Staunen auf ihrem steinernen Antlitz. »Sehr gut mein Junge, sehr gut.«Das war, was sie ihm zuflüsterte, ohne dass es eines Wortes bedurft hätte.

Er nahm ein schwarzes Jackett, warf es sich über. Dann schloss er die Tür hinter sich und machte sich auf den Weg. Die kleine Pension, in der er sich eingemietet hatte, lag in den Straßen der Bilder, wie man die Gassen Montmartres nannte. Er würde eine Weile laufen müssen, aber die Luft war klar und frisch, und wenn die Sonne höher stieg, würde es wärmer werden. Als er den Fluss überquerte, blickte er kurz nach unten. Es gab Geschichten, dass dort viele

Pantomimen gefunden worden waren. Tot. Ohne Anzeichen einer Verletzung. Aber Luc dachte nicht weiter darüber nach. Er wandte sich schnell ab, denn auch das Wasser der Seine war ein Spiegel. Er wollte nicht, dass etwas dort blieb.

Fast eine Stunde spielte er den Wasserspeiern vor, was er sonst den Mädchen des Moulin Rouge, den Malern auf den kleinen Plätzen Montmartres und den Besuchern der Stadt zeigte. Er jonglierte mit Tüchern, warf seiner Mutter Rosen zu und tanzte, dass seine glänzenden Schuhe nur noch schwarze Sterne waren, die über dem Boden schwebten. Seine Hände formten Bilder, die Maler sonst mit ihren Pinseln zu schaffen versuchten - bunt, leuchtend, still und stark – doch sie blieben nicht wie Kohlestrich und Pinselschwung – sie schwanden, wurden zu Geschichten in der Erinnerung. Kein einziges Wort sprach er dabei, keine Melodie summte er. Er war stumm wie der Stein, vor dem er sich am Ende tief verbeugte.

Dabei sah er sie. Eine junge Frau, die ein Stück hinter ihm auf dem Platz stand und zur Kathedrale hinaufstarrte, als hätte sie dort einen Geist gesehen.

Unwillkürlich schnellte Luc hoch, folgte ihrem Blick – aber dort waren nur die steinernen Grotesken, die immer dort waren. *Vielleicht sieht auch sie jemanden in ihren Gesichtern*, mutmaßte er und sah zu der Figur, in der er seine Mutter vermutete. Irgendwas kam ihm in diesem Moment anders an ihrem Ausdruck vor, als hätte sie einen Schrecken gesehen, der zuvor nicht gewesen war. Da war kein Staunen mehr, keine

Anerkennung und Luc fühlte, wie die kalten Hände der Unsicherheit nach ihm griffen. War er doch nicht gut gewesen, nicht stumm? Schnell schüttelte er den Gedanken ab und sah seiner Mutter wieder ins Gesicht. Da war er wieder, der Ausdruck des Lobes. Erleichterung breitete sich in ihm aus.

Luc warf einen Blick über die Schulter. Die junge Frau stand noch da. Ihre aschblonden Haare waren im Nacken zu einem sorgsamen Knoten zusammengesteckt und ihr schlichtes graues Kleid endete am Hals mit einem weißen Spitzenkragen. Immer noch starrte sie über ihn hinweg zu Notre Dame. Ihr Blick war fragend, ihre Lippen leicht geöffnet, als könnte sie etwas nicht fassen und suchte im Himmel bei Gott eine Antwort.

Luc wusste, dass sie keine bekommen würde. Auch er hatte nie eine bekommen.

Spontan beschloss er, auch für sie zu tanzen und sprang behände auf sie zu, leise, so leise, wie es nur ein Pantomime vermochte. Als er bei der jungen Frau war, stellte er mit leisem Erschrecken fest, dass sie fast so blass war wie er, ganz ohne Schminke. Ihr Blick wich nicht von Notre Dame ab, als er direkt vor ihr stand und sich verbeugte. Erst als er eines der bunten Tücher vor ihrer Nase flattern ließ, sah sie ihn an. Ihre Augen waren vom matten Grau, das dem Morgennebel über der Seine glich. Mit einer Verbeugung begann er seine Vorstellung und am Ende reichte er ihr eine Rose. Die junge Frau schenkte ihm ein mattes Lächeln, dann verbeugte sie sich ebenfalls. Ihre Hände flatterten vor ihm, als wären sie Perlmuttfalter, die ihren Glanz verloren hatten. Tanzen jedoch konnten sie noch, sie malten feine, blasse und zerbrechliche Bilder. Luc verstand sie nicht gleich. Irgendwann meinte er den Eiffelturm zu erkennen und er bot an, sie hinzuführen. Sie nickte dankbar und Luc dachte, dass diese grauen Augen viel zu traurig für ein so junges Gesicht aussahen. Aber als er fragte, zuckte sie nur mit den Schultern. Für einen kurzen Moment öffneten sich ihre Lippen, als wollte sie etwas sagen, aber sie blieb stumm.

Als sie über die Pont Notre-Dame liefen, die sie von der Île de la Cité weg führen würde, sah sie zum Wasser, legte die Hände wie zu einem Trichter ans Ohr und lauschte auf die Wellen. Luc sah sie verwundert an und lauschte ebenfalls. Aber die Seine gluckerte und plätscherte nicht anders als sonst. Schemenhaft verzogen sah er sein Gesicht als weißen Fleck neben ihrem, das nur blass und verschwommen war. Als wären sie Sonne und Mond, die gleichzeitig auf den Wellen ritten. Schnell hob er den Kopf, während die junge Frau neben ihm noch auf die Wellen lauschte. Das Spiegelbild im Wasser war gefährlich, beinah hätte er es vergessen. Dann hob auch sie den Kopf, ihre Arme deuteten wild fuchtelnd auf das Wasser und ihre Perlmuttfalterhände schrieben unentwegt Worte in die Luft. Aber er verstand sie nicht, wusste nicht, was sie ihm sagen wollte.

Die junge Frau sah ihn traurig an, dann wandte sie sich vom Wasser ab und folgte ihm, als er sie durch die Straßen von Paris führte. Sie hatte ihm den Eiffelturm beschrieben, jenes Konstrukt aus Stahl, das das Gesicht der Stadt so verändert hatte. Als Luc ein Kind gewesen war, war er noch nicht da gewesen. Heute schon. Manchmal tanzte er auch dort, aber nicht gerne. Er fand, dass dem Ort die Magie fehlte. Wenn er seine Auftritte vollführte, brauchte er Stein um sich, der starr und steif und doch lebendig schien. Unter dem Eiffelturm war ihm zu oft ein Wort aus dem Mund gerutscht, schnell wie ein Blitz und ebenso zerstörerisch. Denn ein Pantomime war stumm.

In Montmartre kamen die Worte seltener, aber auch dort wurden sie gehört und mit hämischem Gelächter quittiert. Selbst die Hauswände warfen das Lachen dann schallend zurück. Bei Notre Dame nie. Weil seine Mutter bei ihm war, das wusste er. Weil sie seine Worte fortnahm. Aber Notre Dame zählte nicht. Da war er so selten. Montmartre, da musste für ihn die Stille liegen, und so formulierte er auch jetzt wieder seinen größten Wunsch stumm in den Himmel, ohne ihn zu sagen. Über Wünsche sprach man nicht. Dann zerbrachen sie.

Er sah die junge Frau in dem mausgrauen Kleid wieder an. Ihre Nebelaugen starrten ihn im stummen Entsetzen an und deuteten immer wieder auf seinen Mund.

»Was?«, entfuhr es ihm. Beim Klang des Wortes, so hart und unwirsch es auch war, hellte sich ihre Mine wieder auf und sie schenkte ihm ein Lächeln. Dann deutete sie auf den Eiffelturm, der vor ihnen aufragte. Sie würden bald dort sein, und mit ihren Händen erklärte sie ihm, dass sie auch allein gehen könnte. Sie spielte das stumme Spiel weiter und Luc, der es als Training sah, verabschiedete sich unter großer Geste und Verbeugung.

Dann gingen sie ihrer Wege, Lucs Schritte führten ihn zum Karussell, das zu Sacre Cœrs Füßen stand.

Vielleicht konnte er doch ein paar Franc verdienen, jetzt, da er früher von Notre Dame zurück war. Die junge Frau, die keinen Namen hatte, verschwand hinter der nächsten Straßenecke, wurde verschluckt von Häusern und Menschen, als hätte sie es nie gegeben und Luc ahnte nicht, dass er sie schon bald wieder sehen würde.

***

»Er hätte es fast getan.«

Die Gestalt, deren Stimme in der Nacht neben der Seine zu hören gewesen war, sah die andere an.

»Er wird es tun.«

»Und dann?«

»Dann werden wir tun, was er verlangt.«

»Wird er auch zerbrechen?«

Die erste Gestalt grinste.

»Tun sie das nicht alle?«

Die andere wagte leicht zu widersprechen. »Aber er kennt das Geheimnis der Spiegel.«

»Er glaubt, es zu kennen. Niemand kennt es. Niemand kennt uns.«

Unbehagen schlich in die Stimme der zweiten, als sie sagte: »Aber er meidet es, zu lange hineinzuschauen und es zu tun.«

»Er wird«, sagte die erste nur.

***

Ich wäre besser bei Notre Dame geblieben, dachte Luc, als über ihm die ersten Schneeflocken vom Himmel tanzten. Ihm wollte heute nichts gelingen. Selbst die

Mädchen aus dem Moulin Rouge, die gerade eine Pause vom Tanztraining gemacht hatten, waren in Gelächter ausgebrochen, als ihm plötzlich die Worte über die Zunge gerutscht waren, kleine, kurze Worte nur, fast nicht mehr als Silben, aber eben zu viel. Auch Catherine hatte gelacht. Heute Nacht würde er nicht bei ihr schlafen. Das stand fest.

Ein paar Touristen warfen ihm ein paar Franc zu und mit einer eleganten Verbeugung verneigte er sich zum Dank vor ihnen. Sie hatten die Worte, die herausgerutscht waren, nicht gehört. Aber andere. Und sie hatten gelacht, über ihn, den Pantomimen, der nicht stumm war. Und verbittert dachte er wieder an seinen Wunsch, den er im Herzen trug, weil seine flatterhafte Zunge kein Ort für ihn war.

Am Abend, als er müde und durchgefroren in der Dunkelheit den Weg zu der kleinen Pension antrat, dachte er wieder an die junge Frau mit den Nebelaugen. Er dachte an den Schrecken in ihren Augen, als er an seinen Wunsch gedacht hatte. *So als ob sie ihn gehört hätte*, dachte er und zugleich, dass das nicht sein konnte. Gedanken konnte man nicht hören.

Als er an seiner Pension ankam, blieb er unschlüssig davor stehen. Sicher, dort wartete ein warmes Zimmer auf ihn, aber das war nicht, was er wollte. Er würde noch einmal zu Notre Dame gehen, wo niemand über ihn lachen würde, weil er dort keine Worte flüsterte. Weil seine Mutter bei ihm war, die sie wegnahm.

Er nahm den gleichen Weg, den er auch mit der jungen Frau genommen hatte. Auf der Brücke hielt er an und lauschte auf das Plätschern der Wellen. Irrte er sich, oder flüsterten sie Worte? Er beugte sich ein wenig über das steinerne Brückengeländer und formte mit seinen Händen einen Trichter, wie die junge Frau am Mittag. Und tatsächlich – in den Wellen der Seine waren Worte, leise gesungen, gezischt, geflüstert und manchmal, wenn die Wellen sich brachen, auch geschrieen und gestöhnt. Luc klammerte sich an das Brückengeländer. Nie zuvor hatte er Stimmen im Fluss gehört. Für ihn hatte die Seine immer nur geplätschert und gegluckert, wie Flüsse es taten. Er schüttelte den Kopf, als wollte er einen bösen Traum abschütteln. Flüsse wisperten nicht. Er drehte sich um, wollte seinen Weg zur Kathedrale von Notre Dame fortsetzen, da schrie er auf. Beinahe wäre er gegen eine Person gelaufen, die plötzlich neben ihm stand. Aschblondes Haar und weiße Haut leuchteten im Mondlicht, während die zuvor nebelgrauen Augen fast den Ton ihres Kleides angenommen hatten. Die junge Frau.

»Du schon wieder«, stieß er hervor, nicht darüber nachdenkend, dass es unhöflich war, sie zu duzen. Sie hatte ihn beinahe zu Tode erschreckt.

Sie sah ihn nur stumm an, dann breitete sie entschieden die Arme aus und bedeutete ihm, nicht weiterzugehen.

Luc fasste es nicht. Sie sagte immer noch keinen Ton. Er aber war es leid, wollte jetzt nicht spielen, wollte wissen, was sie von ihm wollte. Schreiend fragte er sie. Tränen stiegen in ihre Augen, als sie immer wieder auf ihren und dann auf seinen Hals zeigte und zwischendrin wieder und wieder auf die Seine, die immer noch flüsterte, eindringlicher als zuvor, nicht mehr aus tausend Wellenstimmen, sondern nur noch aus einer. Doch auch diese Worte konnte er nicht greifen, genauso wenig, wie er die Perlmuttfaltergesten der jungen Frau verstand, deren Gesicht noch eine Spur blasser geworden war, fast durchscheinend.

Kopfschüttelnd lief er an ihr vorbei, rannte zu Notre Dame, zu seiner Mutter, die ein Wasserspeier war.

Und als er dort ankam, spielte er, tanzte unter dem Schein des Mondes und ihren Augen, und seine Zuschauer waren die Sterne, die niemals lachten. Wie immer, wenn er hier spielte, blieben seine Lippen versiegelt. Tränen stiegen ihm in die Augen, als er daran dachte, dass es ihm nur hier gelang, nie vor Publikum. Als er sich am Ende seiner Vorstellung verbeugte und den stummen Applaus seiner Mutter genoss, war die junge Frau wieder da. Sie sah ihn stumm an, mit noch traurigeren Augen als am Morgen. *Was wollte sie nur von ihm?*

Luc raufte sich die Haare und fuhr sich durchs Gesicht. Ihm war egal, dass die Schminke verschmieren würde. Es war Nacht. Die Bühne war geschlossen, selbst die Augen des Wasserspeiers, in denen er sonst seine Mutter fand, waren leer und schreckgeweitet wie die der anderen. Als wollte sie ihn warnen, ihn von Notre Dame wegtreiben. »Geh weg! Lauf! Verschwinde!«Das war, was in ihren Augen lag. Als wäre er ein Teufel, den sie vertreiben musste, und nicht mehr der Sohn, den sie lobte.

Die junge Frau kam näher, er hörte keine Schritte, sah nur den Saum ihres Rockes, der kurz darauf dicht vor ihm war und beinahe seine Schuhspitzen berührte.

Er sah sie an. *Warum nur sagte sie nichts?*

Doch sie deutete wieder nur auf ihren Hals und tat so, als würde sie sprechen wollen. Aber es kam kein Geräusch.

Ganz fest sah sie in seine Augen und er sah in dem grauen Nebel, der in ihnen schwamm, lachende Leute, die mit ausgestreckten Fingern auf jemanden deuteten.

Bilder krochen in ihm hoch, wie von den Malern Montmartres gemalt, allesamt voller Spott und Häme, die er erlebt hatte, wenn ihm eine Silbe über den Mund gesprungen war. Mit einem Schrei stieß er sie von sich, lief fort, rannte ans Ufer der Seine, die immer noch wisperte und flüsterte. Er beugte sich über die Mauer, die vor einem Sturz ins Wasser schützte und blickte in die Wellen. Sein weißes Gesicht war abermals wie ein Mond, der im Wasser schwamm. Er dachte nicht mehr an die Gefahr, die von den Spiegeln ausging. Leise, aber deutlich hörbar, flüsterten seine Lippen den Wunsch hinaus, den er bisher im Herzen gefangen gehalten hatte: »Ich will ein wahrer Pantomime werden. Ohne Worte. Ohne Stimme.«

Er sah, dass neben ihm auf einmal die junge Frau war. In ihren Augen schwammen Tränen und ihre Augen erzählten die Geschichte, die sie bei Notre Dame begonnen hatten, zu Ende. Wieder sah er lachende Menschen, Gesichter voll Spott und Hohn und dann die ausgestreckten Arme. Doch sie zeigten nicht auf ihn, sie zeigten auf ein junges Mädchen, geschminkt wie er selbst, das weinend auf dem Boden lag.

Dann wandelte sich der Nebel in ihren Augen und er sah die Spiegelung ihres Gesichtes in der Seine, sah, wie sich ihre Lippen bewegten, hörte das Wispern der Wellen und dann – dann war da nur noch Stille und

Dunkelheit. Ihre Augen wurden wieder grau und traurig.

»Du bist stumm«, flüsterte er. Sie nickte.

»Weil du dir gewünscht hast, stumm zu sein«, setzte er nach.

Eine Träne rollte ihre bleichen Wangen hinab, als sie ein zweites Mal nickte.

»Du wolltest mich warnen, es nicht zu tun«, fasste er all die bisher unverstandenen Perlmuttfalterworte zusammen.

Wieder ein Nicken. Ihre zierliche Hand deutete auf ihren Mund, dann auf die Seine.

»Sie hat deine Stimme.«

Ihre Lippen formten ein stummes »Ja«, und über ihre Wangen lief eine weitere Träne.

»Was geschah dann?«, wollte Luc noch fragen, aber dann spürte er auf einmal eine Berührung an der Schulter. Die junge Frau starrte entsetzt in die Dunkelheit hinter ihm, aber er sah nichts. Seine Augen suchten panisch die Umgebung ab, schnellten unter die Brücke und wieder zurück, als unsichtbare Hände nach seinem Hals griffen. Er fasste sich an den Hals, aber da war nichts. Seine Blicke wanderten unter die Brücke, die nicht weit von ihm lag und blieben an einer Gestalt hängen, die dort reglos am Rande der Schatten lag. Eine junge Frau, mit aschblondem Haar und grauem Kleid. Er sah sich zu der jungen Frau um, die immer noch neben ihm stand und den Mund zu einem stummen Schrei geöffnet hatte. Ihre Gestalt war durchschimmernd und der Gedanke, dass er sie nie wirklich angefasst hatte, selbst nicht beim Wegstoßen, blitzte in seinem Bewusstsein auf, als er begriff, was geschehen war, nachdem sie ihren Wunsch ausgesprochen hatte.

»Die Spiegel«, röchelte er, »sie nehmen etwas, wenn man hineinsieht und einen Wunsch ausspricht. Die Seine – sie ist einer.«Er hatte es immer gewusst.

Die junge Frau, nur noch ein feiner Lufthauch, nickte. In ihren Augen sah er die Wahrheit, die so bitter war wie das Wissen, das ihn jetzt umgab. Dann verschwand sie, und es gab nur noch das leise Flüstern der Seine, die mit tausend Stimmen wisperte, zu der nun auch seine gehörte.

***

Unter einer flackernden Laterne in der Nähe standen zwei Gestalten, nicht mehr als silbern spiegelnde Schatten im unsteten Licht.

»Auch er hat es getan«, sagte die eine.

»Am Ende tun sie es alle«, bestätigte die zweite.

»Er ist zersprungen wie Porzellan«, fügte die erste hinzu.

»Ich würde eher sagen, zerbrochen wie Glas.«

»Ist das nicht einerlei? Wenn der Vogel stirbt, bleibt nur der leere Käfig.«

Sie sprachen die Worte wie einen alten Scherz.

»Warum tun sie es? Warum wünschen sie sich ihre Stimme fort? Sie zerbrechen doch alle.«

Die zweite Gestalt war kleiner und schien vom Klang ihrer Stimme jünger zu sein als die erste.

»Weil kein Pantomime begreift, dass in seiner Stimme seine Seele liegt. Und ohne Seele kann man nicht leben. Wie gesagt – wenn der Vogel stirbt, bleibt nur der leere Käfig.«

»Warum liegt sie in der Stimme?«

»Weil die Stimme das Wertvollste ist, was ein Pantomime hat. In ihr findet er die Worte, die seine Hände malen.«

In die Stimme der ersten Gestalt hatte sich fast so etwas wie Traurigkeit geschlichen.

»Was machen wir jetzt mit ihm?«

Die erste Gestalt gab keine Antwort und die Gestalt, die gefragt hatte, wusste, was das hieß. Sie ließen ihn einfach hier. Wie auch die junge Frau und die Pantomimen vor ihnen. Man würde sie finden und über ihren Tod rätseln.

Als sie gingen, blieben nur die flackernde Laterne und die wispernde Seine, die ein weiteres Geheimnis flüsternd davon trug.

Die Autoren

Johannes Harstick, geboren 1984 in Hildesheim, lebt in der Nähe von Peine in Niedersachsen. Derzeitiges Studium an der Universität Hildesheim. Bisher wurden einige kurze Geschichten von ihm in Zeitschriften und Anthologien veröffentlicht.

Tabea Petersen wurde 1979 in Sachsen-Anhalt geboren. Nach dem Abitur siedelte sie nach Dänemark über. Sie absolvierte eine Ausbildung zur Diplom Kultur- und Sprachmittlerin und arbeitete unter anderem als Fremdsprachendozentin und Fachübersetzerin. Sie lebt mit ihrem Mann und ihren drei Kindern in Graasten nahe der dänisch-deutschen Grenze. Sowohl ihrer alten als auch ihrer neuen Heimat ist sie innig verbunden.

Wiebke Beyer, geboren 1984, führt ein Leben mit, um und für Bücher. Nach abgeschlossenem Abitur absolvierte sie die Ausbildung zur Buchhändlerin und lebt jetzt in Gutenbergs Stadt Mainz und studiert, wie könnte es anders sein, Buchwissenschaft. Neben ihrer Liebe für alle Erscheinungsarten von Geschichten, hängt ihr Herz an Pferden, an langen Regenspaziergängen und an japanischen Kampfkünsten.

Christoph Marzi lebt mit seiner Familie im Saarland, in einem Haus, das einen Keller und viele Räume hat und das in einem Garten steht, der wild und geheimnisvoll ist. Dort denkt er sich Geschichten aus, von denen manche zu Romanen und manche zu Kurzgeschichten werden.

Torsten Scheib, geboren 1976 in Ludwigshafen. Seit 2002 schreibt er regelmäßig Erzählungen und Kurzgeschichten, die meistens im Horrorbereich ihre Wurzeln haben. Seine Story »Gute Ansätze« aus der Anthologie »Disturbania« belegte beim Vincent Preis den siebten Platz in der Kategorie »beste Horror-Kurzgeschichte deutschsprachig.« Wer mehr über ihn erfahren möchte, kann dies gerne auf seiner Homepage tun: http://www.beepworld.de/members51/torsten-scheib/index.htm

Chris Lind lebt mit einem Ehemann in Duisburg und fünf Katern in Kassel. Die promovierte Sozialwissenschaftlerin arbeitete in unterschiedlichen Berufen, bis sie sich selbstständig machte. Bücher haben sie ihr Leben lang fasziniert und 2005 wagte sie den Schritt von der Lesenden zur Schreibenden. Inzwischen veröffentlichte sie Texte in Anthologien und gewann einige Literaturpreise.

Miriam Denise Weeke, geboren 1960 in der Eifel, lebt als Landschaftsplanerin in Berlin, arbeitet hier seit dem Jahre 2000 als Umwelt- und Friedenspädagogin, widmet sich seitdem auch der Schriftstellerei und Malerei. Ellas Hochzeit entstand aus einer besonderen Liebe gegenüber der Stadt Danzig, die Stadt der Beischläge und Wasserspeier.

Tanya Carpenter

Mit der Vampirserie »Ruf des Blutes«, die seit 2007 im Sieben-Verlag erscheint und ab 2010 als Taschenbuchlizenz im Diana-Verlag von Random House, hat sich die Autorin inzwischen erfolgreich auf dem deutschen Markt platziert. Darüber hinaus ist sie in diversen Anthologien vertreten und hat weitere Serienkonzepte in Arbeit.

Ihre Freizeit verbringt die Naturfreundin und Tierliebhaberin mit ihrem Hund oder ihren beiden Pferden. Außerdem begeistert sie sich für Fotografie, alte Kulturen und Magie. Mehr unter www.tanyacarpenter.de

Julia Müller wurde am 11.11.1986 im Ruhrgebiet geboren. Ihr erstes Gedicht schrieb sie mit sechs Jahren; Bücher, Papier und Geschichten waren von Kleinauf ihre Leidenschaft. Sie lebt in Bochum, wo sie studiert, lebt und in den Tag hineinträumt.

Christoph Hardebusch, geboren 1974 in Lüdenscheid, studierte Anglistik und Medienwissenschaften in Marburg und arbeitete anschließend als Texter bei einer Werbeagentur. Sein Debütroman *»Die Trolle«* (Deutscher Phantastikpreis 2007) stand monatelang auf der Harenberg-Bestsellerliste. Christoph Hardebusch ist verheiratet und lebt als freischaffender Autor in Heidelberg. Zuletzt erschien sein Mystery-Roman »Die Werwölfe« im Heyne Verlag.

Mehr Informationen unter www.hardebusch.net

Mein Name ist **Lisa Wagner**. Ich bin 23 Jahre alt und studiere an der Universität des Saarlandes Geschichte und Germanistik auf Lehramt. Seit meinem elften Lebensjahr schreibe ich eigenständig kleine Geschichte und Gedichte. Sowohl Lesen als auch Schreiben war stets fester Bestandteil und eine Bereicherung meines Lebens.

Susanne Wolff, geboren 1983, ist keine Schwäbin aber überzeugte Stuttgarterin, auch wenn sie gerade woanders wohnt. Die Psychologin und Schriftstellerin in Ausbildung liebt es seit Anbeginn ihrer Erinnerungen, fantastische Geschichten zu erfinden und zu erleben. So war es nur eine

Frage der Zeit, bis sie vom leidenschaftlichen Lesen zum Schreiben kam.

Madlen Walther
Ich bin Jahrgang 1982 und stamme aus Erkner, Brandenburg. Mein Studium der Biologie absolvierte ich an der Humboldt-Universität zu Berlin. Mittlerweile arbeite ich dort als wissenschaftliche Mitarbeiterin. Ich bin begeisterte Schachspielerin, Leserin phantastischer Literatur und Hobbyautorin.

DERHANK (Hank), geboren 1965 in Leverkusen, Vater von zwei Kindern und freier Landschaftsarchitekt in Dortmund. Im Sternenfeuer IV/1995 die Veröffentlichung »Innen«. Seit 2006 Texte auf Internetplattformen, unter anderem die »Geschichten aus der Todeszelle« auf www.unruhr.de und »Liebe aus dem All« auf www.liebe-aus-dem-all.de. Zwischen 2005 und 2009 entstand der Roman »Nymphalidae«, im Frühjahr 2009 der Krimi »Hause«. Im Frühjahr 2010 erscheint die Kurzgeschichte »Barbie«.

Katharina Seck
Ich wurde am 08.06.1987 in Hachenburg geboren und legte am ansässigen Privaten Gymnasium Marienstatt die Fachhochschulreife ab. Derzeit bin ich als Verwaltungsfachangestellte im öffentlichen Dienst tätig und studiere nebenbei Kulturwissenschaften an der Fernuniversität Hagen.

In meiner Freizeit beschäftige ich mich mit dem Schreiben von Kurzgeschichten und Fantasy-Romanen und konnte bereits erfolgreich an verschiedenen Wettbewerben teilnehmen. Weiterhin verbringe ich viel Zeit mit Freunden, Hund und Familie und genieße inspirierende Abende mit dicken Lektüren.

Schon als Kind hat **Ruth M. Fuchs** phantastische Geschichten geschrieben. Ihr erstes Buch »Die wunderbare Welt der Elfen und Feen« veröffentlichte sie 2003 unter dem Namen Ruth Schuhmann. Ihr bisher letztes Buch »Kunibert Kumbernuss gefundene Geschichten« erschien im August 2009 (mehr dazu auf ihrer Homepage www.ruthfuchs.de). Ruth M. Fuchs ist außerdem die Herausgeberin des Magazins »Neues aus Anderwelt«.

Daniela Perndl, am 21. Januar 1991 in Kassel geboren, wuchs als zweites Kind eines Technischen Zeichners in Immenhausen auf, wo sie bis zu ihrem sechzehnten Lebensjahr eine kooperative Gesamtschule besuchte. Anschließend wechselte sie auf eine Oberstufe und machte 2010 ihr Abitur.

Chris Schlicht wurde am 06.06.1968 in Frankfurt am Main geboren und lebt mit ihrem Mann und den zwei Töchtern in Waldems bei Wiesbaden. Lehrberuf war Gärtner im Garten- und Landschaftsbau. Dieses Fach studierte sie dann und ist heute als Diplom- Ingenieur der Fachrichtung Landespflege in der Stadtplanung beschäftigt. Nebenbei arbeitet sie als Illustrator für Romane und als Handoutzeichner für das Rollenspiel »Cthulhu«.

Melanie Brosowski, geboren 1979 in Uelzen, zurzeit beruflich tätig als Team-Assistentin, wohnhaft in Lüneburg, verheiratet.
Literarische Arbeiten: Mehrere Veröffentlichungen von Fantasy-Geschichten in Anthologien (u. a. »Dark Future«, »Unheimliche Geschichten«, »Hexe, Vampir und Magier«, »Winterwelt«) und Beiträge in Lyrik-Bänden (u. a. »Blumengrüße«, »Natur«, »FrauenFriedensgedanken« und

»Liebe«). 2009 Veröffentlichung des historischen Romans »Ferner als der Horizont«.

Chefredakteurin des monatlichen Newsletters »IncomingMessage« von www.trekzone.de. Weitere Informationen unter: www.melanie-brosowski.de.

Vincent Voss
Meine Abirede hat mich 1992 zum Schreiben gebracht. Aufgabe im Deutsch Leistungskurs war, eine freie Interpretation der Lorelei von Heinrich Heine vorzustellen. Diese hat es bis zum Abschlussfest gebracht. Seitdem schreibe ich. Ich lebe glücklich im Norden Hamburgs und mag mich gerne gruseln.

Diana Kinne lebt und arbeitet seit dem Jahre 2008 im Saarland. Gemeinsam mit ihrem Lebensgefährten betreibt sie mehrere Online-Stores. Vor dem Wechsel ins idyllische Saarland lebte sie 8 Jahre im Rhein-Main-Gebiet und war in der Immobilienbranche tätig. Seit ihrer frühesten Kindheit faszinieren sie phantastische Geschichten und Bücher im Allgemeinen. Seit ihrer Jugend finden phantastische Geschichten auch immer wieder auf Papier – »Niemals mehr« ist die erste Geschichte, die in die große weite Welt entlassen wurde.

Oliver Plaschka, Jahrgang 1975, studierte Anglistik und Ethnologie in Heidelberg.

Zu seinen Veröffentlichungen zählen »Fairwater« (Feder&Schwert 2007, ausgezeichnet mit dem Deutschen Phantastik-Preis), das offizielle Rollenspiel zu »Narnia« (Brendow 2008, gemeinsam mit Ulrich Drees) sowie »Die Magier von Montparnasse« (Klett-Cotta 2010).

Fabienne Siegmund wurde im März 1980 geboren und lebt heute in der Nähe von Köln. Zunächst versuchte sie sich als Kinderkrankenschwester und Buchhändlerin, ehe sie eine Ausbildung als Bürokauffrau bei einem Hörbuchverlag abschloss.

Die begeisterte Leserin von fantastischen und märchenhaften Stoffen hat sich schon früh Geschichten erdacht und schreibt diese mittlerweile auf; gelesen werden können sie bislang in verschiedenen Anthologien, Zeitschriften und Magazinen.

Seit 2006 ist sie Herausgeberin einer kleinen Literaturzeitschrift.

2004 gründete **Maik Schmidt** gemeinsam mit seiner Künstlerkollegin Elke Brandt die Manticor Illustrations GbR. Noch im selben Jahr brachten sie ihre Werke erstmals nach Leipzig und sind seitdem fester Bestandteil der jährlichen Buchmesse. Mittlerweile schöpfen sie nicht mehr nur aus ihrer eigenen Ideenwelt, sondern helfen auch den Gedankenbildern anderer das Licht der Welt zu erblicken. Neben Privatkunden fertigen sie unter anderem auch Illustrationen für bekannte Autoren und Firmen.

2006 wurden die Künstler in das Who is Who der Bundesrepublik Deutschland aufgenommen.

Fantasy vom Feinsten

Verlag Torsten Low

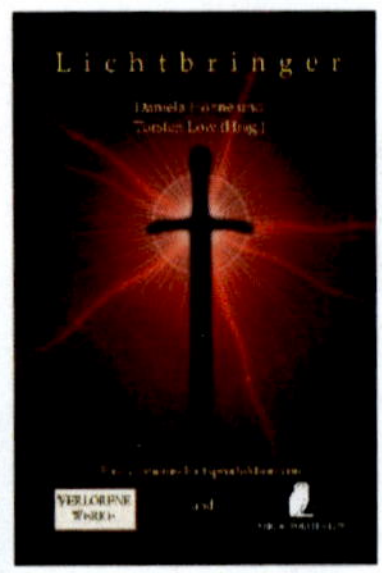

Informationen über unser Verlagsprogramm unter www.verlag-torsten-low.de oder auf den folgenden Seiten.

*19 phantastische Geschichten
in einer Anthologie des
Fantasy-Forum*

Geschichten unter dem
Weltenbaum

von Lothar Mischke (Hrsg.)

Er ist das Zentrum der Welt. Seine Äste stützen das Himmelsgewölbe, tragen die Heimat der Götter und Lichtelfen. Seine Wurzeln umarmen das Reich des Todes und behüten die Geschöpfe der Nacht. Sein Stamm durchzieht die Welt der Menschen, Riesen und Zwerge, nährt sie und gibt ihnen Lebenskraft.
Er ist nicht einfach nur ein Baum. Er ist der Weltenbaum.

300 Seiten Taschenbuch
Jedes Exemplar ist nummeriert.

ISBN 978-3-940036-04-9
Preis 12,90 €

Mit einem Vorwort versehen von Bestsellerautor
Christoph Hardebusch
(http://www.christophhardebusch.de/).

14 cthuloide Geschichten
in einer Anthologie der
Edition Geschichtenweber

Metamorphosen

Auf den Spuren H.P. Lovecrafts

von Sabrina Eberl, Nina Horvath
und Manuel Bianchi (Hrsg.)

Sie sind Teenager, Familienväter, Karrierefrauen. Sie machen ihren Job, gehen ihren Hobbys nach und treffen sich mehr oder weniger regelmäßig mit ihren Freunden. Sie lachen, sie weinen, sie gehen auf Konzerte oder in Fußballstadien.
Doch dann zeigt sich ihr dunkles Erbe. Etwas ist in ihnen und dieses Etwas will hinaus. Sie alle werden Opfer einer Verwandlung, die selbst die grausamsten Alpträume übertrifft.

200 Seiten Taschenbuch
Jedes Exemplar ist nummeriert und enthält einen Downloadcode für die CD Devourer der Band Sorrowfield.

ISBN 978-3-940036-03-2
Preis 11,90 €

Ein Schwert, eine Legende, eine Fantasy-Welt.
In Worte gefasst von 14 Autoren, erzählt in 18 Geschichten:

Lichtbringer

von Daniela Höhne und Torsten Low (Hrsg.)

Ein Schwert wie ein Sonnenstrahl. Leuchtend, ätherisch, rein. Und immer dar.
Lichtbringer suchten viele; unvergessen werden sie sein, eingemeißelt in die unerschöpflichen Stelen der Geschichtenerzähler.
Saïd, der seine Beute verschleiert und voller Stolz jagt. Die Priesterin, die über sich selbst hinauswächst. Cuinn, der von den Göttern gesegnete Barde. Ein Magierschüler, der nach dem Unerreichbaren verlangt. Liala, die aus ihrem sicheren Leben ausbricht.
Sie alle haben eines gemeinsam: Den Traum, das heiligste aller Schwerter zu finden.

236 Seiten Taschenbuch,
mit einer farbigen Karte und einem Lesezeichen.
Jedes Exemplar ist nummeriert.

ISBN 978-3-940036-01-8
Preis 12,90 €

Mit einem Vorwort versehen von Jury-Mitglied Heide Solveig Göttner (www.heidesolveig-goettner.com).

In Vorbereitung:

Im Zentrum der Spirale
(Cecille Ravencraft)

Als Tommy als Anhalter in das Auto einsteigt, weiß er noch nicht, dass er für ein Barbeque eingeplant wurde. Als Hauptgericht!
Ein Horror-Roman der Extra-Klasse.
In Vorbereitung.